大西南

海男 著

江苏凤凰文艺出版社

图书在版编目（CIP）数据

大西南 / 海男著. — 南京：江苏凤凰文艺出版社，2018.10
ISBN 978-7-5594-1970-5

Ⅰ. ①大… Ⅱ. ①海… Ⅲ. ①长篇小说－中国－当代 Ⅳ. ①I247.5

中国版本图书馆 CIP 数据核字(2018)第 088828 号

书　　名	大西南
著　　者	海　男
责任编辑	黄孝阳　汪　旭
出版发行	江苏凤凰文艺出版社
出版社地址	南京市中央路 165 号，邮编：210009
出版社网址	http://www.jswenyi.com
印　　刷	江苏凤凰通达印刷有限公司
开　　本	880×1230 毫米　1/32
印　　张	10.375
字　　数	213 千字
版　　次	2018 年 10 月第 1 版　2018 年 10 月第 1 次印刷
标准书号	ISBN 978-7-5594-1970-5
定　　价	46.00 元

（江苏文艺版图书凡印刷、装订错误可随时向承印厂调换）

目　录

前言 \ 001

上部　前世

第一章　天堂般的野人山 \ 003

第二章　我们都是迷失者 \ 019

第三章　蒙难者开始的进行曲 \ 035

第四章　野人山的神秘侣伴们 \ 050

第五章　你知道饥饿的滋味吗 \ 065

第六章　来自野人山的生死面面观 \ 079

第七章　妖魔与精灵相遇的野人山 \ 091

第八章　野人山搜魂记 \ 103

第九章　逃亡者的野人山 \ 116

第十章　通向野人山尽头的路 \ 129

第十一章　回家 \ 141

下部　转世录

第一章　重陷野人山的轮回之路 \ 157

第二章　偶遇 \ 170

第三章　怒江岸边的收藏家和一个女人 \ 182

第四章　再续怒江小镇上的故事 \ 194

第五章　失忆者的温泉 \ 206

第六章　野葵花小路上出现的村庄 \ 219

第七章　前世的黄牛皮笔记本 \ 231

第八章　前世和今世 \ 244

第九章　进入野人山的迷幻之路 \ 256

第十章　野人山栖居之夜晚 \ 268

第十一章　生活在野人山的老兵和他的葬礼 \ 281

第十二章　最后的老兵和我们的愿望 \ 294

终曲　野人山的无穷无尽之渊薮 \ 308

前　言

　　我想写这部书已经有太长时间，我曾一次次地往返于从滇西到缅北战场的路……我曾无数次地与来自缅北战场的仍然活在世间的、为数不多的老兵相遇……这渺茫的宇宙间，唯有心灵可以隐蔽也可以呈现，手眼鼻耳唇都在时间中历经着寒冷的历练。虽然我们正在逐渐地丧失着记录的潜能，无数高端的科技和文明在悄无声息中剥离了我们的记忆和缅怀的深情，但我仍坚信语言是这个世界上记录历史传奇和神话的一种魔杖。正是它的存在，让我终于开始面对野人山的原始森林，开始了艰难中的饱含泪水的记录。

　　生命因其渺茫从而获得了大海以上的陆地，因为有触觉眼眸幻影，从而与万灵所厮守，并与自己的躯体朝夕相处，介于两者之间的神秘关系，心灵获得了光阴的馈赠。

　　我想写这本书已经有太长时间……它捆绑着我，记录在今天显得如此珍贵，若干世纪以后，钢笔、纸质、墨水将像剪裁术、铧犁、村庄尽头的森林、海拔深处的天鹅逐次地消失于人类创造的每一轮回的泡沫之中。或许有一天，地球人终将迁往另一星球所居住……然而，时间不可能会改变我们大脑中植物神经的漫游,也不可能改变从肉身中产生的触觉区域,以及对疼痛饥饿的体验……更不能割舍并改变称之为"灵魂"的那种东西,它始终会潜伏在我们体内并携带我们的生命,朝着时间之书的彷徨和巨雾弥漫中走去……

我想写这部书已经有太长时间了……很多次,我拜谒着山冈上的一座座墓地,我拜谒着来自一座座博物馆里的战争遗物,同时我也去看望生活在民间的一个个老兵……我移动着笔触,仿佛移动着来自野人山的天堂或地狱的两种光泽。噢,脆弱,写作中的脆弱,生命变幻莫测中无尽的种种脆弱,它不仅是一种现代人的疾病,也是一种艺术。因此,我感恩世间有小说文体的存在,因为小说,尤其是一部长篇小说,就是我们的人生,里面装满了荒谬、谎言、战乱以及生与死的轮回,众生的迷途和幻想。

时间是最大的魔法师,它给予我们年轮因果之缘。曾经诞生的青春给予我们烈焰、美酒、咖啡般的生命寓意,之后的中年给予我们青鸟、岩石、古刹、经书拂开的天地之顿悟。面对时间,我们从一座座空中花园重又辗转到了尘埃之上。所有的时间循环着,仿佛熔炉术,给予我们仰望星空的长夜,在仰首时我们是冥思者,而更多时空我们是来自尘世中的游者,只有在躬身屈膝时,我们才获得了生命的渺茫、羞涩、敬畏于芸芸众生的一束束光芒,也只有触摸到尘埃时,我们才知道我们从哪里来,将到哪里去。

漫长的黑夜过去后,战争终于结束了……我小说中穿越了野人山的昨天以及现在的时间,我们彼此往返的因果之缘中的磨难终将过去,那些培植我们良知和爱的神意,终将我们的生命引入另一个神圣的世界。我曾在野人山消失了生命的踪迹,我同时也获得了新的轮回,因而,生与死是庄严的,也是日常生活为我们所缔造的事件。我们有前世的历史,也有此世的现实生活,还有来世的因果,不管这个世界将发明多少原子弹核武器,生命的躯体是柔软也是坚韧的,两者的禀性将融为一体,去探索这个星球上不可以被时间所湮灭的爱,只有爱才是永恒的。

战争终于结束了……黄色的硝烟弥漫了
太长的时间,她和他建立的城堡,还有他们的家族
还有那些像蚁族般流离失所的灵魂
都在备受战争的煎熬。此刻,巨大的帷幕合上后
在舞台后面,他们谢下了战争的易容术
我们将离开座位,前去面对现实中的焦虑
当街道移动着人影,笼子里的鹦鹉仿效着人的声音
我们将怎样从白色的泡沫中找回自己洗干净的衣服
舞台上曾经是掠夺和暗杀者们的血腥味
男人女人被战争推到了舞台的中央
啊,当肉体像黄沙已经在风暴前夕开始呼啸而去
灵魂搭上了什么样的车辆去寻找死去的肉身
战争终于结束了……她想在舞台上拥抱一个人
那月牙儿升起来了,清冷的街景中她倚依到了一棵树
当满地碎片下重又长出了野百合
花朵在微风中摇曳着,哀婉的黄手帕舞动在她手下
战争终于结束了,她可以为自己睡上一觉了

以往的战乱,她头顶的帽子总是被战火中的硝烟
吹到崖底,她库存的种子总是在潮湿的雨季
长出了霉迹。战争终于结束了,她解开了警戒线
将衣服上的血腥味洗干净。之后,她又察看了
坍塌的花架,屋顶上是否还潜藏着最后一个敌人
空气中飘来的野百合的香气告诉她说,战争已经结束了
是的,战争已经结束了,可以将荒芜的小花园
种上玫瑰了,可以为自己做一条漂亮的裙子了
可以让唇色艳丽,让躲在角落中的妖孽见鬼去了
是的,战争真的结束了,她和她的国土开始渐次美丽起来
她爬上了山冈,在那里,曾经是烽火台,如今变成了天堂

也许,第二天或者第三天,奇迹就会出现,称之为魔法的那个东西,虽然无法看见,却会从一束光芒中向你奔涌而来。我想写这部书已经有太长时间,世界急速转身,只有你昔日的回忆,犹如掠过耳边的鸟翅,可以带你从原路返回故乡。在某个时刻,你只想绕着过去的痕迹重新走一遍,你只想面对云絮、警戒线,弯下腰做一个安心的朝圣者和祈祷者。

安静,请珍惜神赐予我们的好时光,在安静中你会有时间漫步;在安静中,你才会有时间看到一大片凋亡的花园,在一场春光破晓而来之后,又如何含苞绽放?在安静中,你才会有时间在人类的天空之下,看一群离散之后的孤鸟怎样使用秘密的音律彼此召唤?

而我又将在这本书中怎样与他们再次相遇,并彼此寻找到

失散于时间中的灵魂？简言之，这是一本搜魂之书。感官是一种奇妙的存在，如果在你的感官之下触抚到了红色，那么，你的心中起伏荡涤中充满了热烈的玄幻……如果你的感官之下有蓝色潮汐般的块状出现，那么，你也许已在旅途中远行……而此刻，我的感官之下出现了深紫色的犹如羽毛拍翅般的旋律……正是它，将我的灵魂牵引到了中国远征军在缅北战争中所撤离的某一个时辰……

尽管如此，我知道，旅者或探索者是想通过自己的行走，以此抵达灵魂深处那座波浪不惊的岛屿。

乐器，它或许正在你怀中静卧，如能以温柔之心怀抱乐器并抚琴者，一定是这个世界上最能享受光阴的秘密使者。

认识自我，要抵达一座座黑暗的堡垒，要抵达忧郁之后，你所看见的一条大河之后，你被蓝色波涛所召唤的那个时辰。因而，这本书，也是抵达之书……人的生命以轮回的不同场景和时间，互相致意，相互缠绕并热爱着那一幕幕为灵魂而幻变的时间之谜。

上部：前世

活下来，就意味着你的肢体有了语言……噢，语言，在这个世界上只有通过身体我们才会言说那些流逝在岁月中的生与死的苦难。

谨以这部书献给第二次世界大战中的缅北战场；谨以这部书献给中国远征军的大撤离；谨以这本书献给野人山的生死之逃亡肉体蒙难史；谨以这部书献给野人山的人鬼情未了的玄幻传说。

第一章　天堂般的野人山

逃，是需要玄机的，就像生需要依附于母体，细细想来，母体是一个多么复杂而又温暖的世界。如果说寄生于母体让我有了生命的渊源，那么游离于母体之外，却让我寻找到了与世界周转不息的纽带。这是在第二次战争笼罩下的缅北战场，我们将逃往野人山。你无法深究野人山在哪里，环顾四周，这座四野间的屏障已经来到身前身后，成为我日后漫长时光中活下来的一座黑色的原始森林的古堡。而逃往这座古堡里的原始森林同样需要一种勇气。在进入森林之前，我就看见了一条巨蟒仿佛全身闪烁着纯银色的碎片，以目光中的寒冷的利刃在逼近我们几近败北的身体，仿佛在宣布死亡的证书。而我们的身体就是在这银色的惊悚中进入了野人山的第一道屏障，这是巨蟒筑起的王国，我们该用什么样的方式绕开或从巨蟒的身体下进入野人山的森林。

我们是三个中国远征军的女兵，因为大撤离，所有女兵汇聚在一条路线中并分别组队开始撤离。事实上，我们均是陌生的队员，来不及细诉自己的历史，在之前此刻或之后的历史，也许是从细枝末叶中编织出的一道花环。然而，此刻，我们可以选择的只有大撤离，而撤离说穿了就是逃亡……我不知道这撤离有多远，我是历经逃亡的女人，虽然我才二十二岁……这些历史现在来不及吐露，我背着一只军用挎包，我是随军的记者，包里有我参加中国远征军以后记录的全部文字。之前，我们在大撤离之前，曾接到上级军令，让所有撤离野人山的兵士销毁并抛弃身体上负载的累赘，其中包括远途撤离中不能负载的重型武器。那是一个特殊的时刻，一只掘开的大坑出现在眼前：所有人排队走向大坑，这仿佛是一场撤离之前隆重的仪典，它或多或少都充斥着悲壮的气氛旋律。尽管旋律是无法听到的，每个人都在走向这只土坑之前仔细掂量着身体中所有携带的物件和武器，这只掘开的土坑将秘密埋葬中国远征军在撤离野人山之前的物品或巨型武器，这也是逃亡的前奏曲。

　　土坑很大，可以埋葬很多沉重的武器和私人小物品，可以埋葬中国远征军在缅北战场的诸多悲壮的记忆。我走在中间，我和他们所有人一样带着我的肉身。这肉身在之前并不明确，我只有感觉到它是支撑点，也是我母亲给予我的生命，之后，作为西南联大的学生，在南渡于长沙昆明的艰难旅程中我才慢慢地意识到了肉身的存在。这肉身此时此刻已感觉到了撤离于野人山的艰巨，然而，我们没有时间去卜占命运的又一次撤离，这显然是一次中国远征军集体的大撤离。我看见经过土坑前的将士们已将物品和武器不断地抛在土坑中，它们相互摩擦，发出并不悦耳的声音，土坑中有沉重的枪支有背包有手风琴有衣装……就要到我了，我身上的东西并不多，除了换洗的两套行装就是肩上挎着的那只包，里面有一个笔记本……这是我从西南联大报名参加远征军以后的第一天就开始的记录……很显然,黄色的笔记本是不可能抛弃的,它们就像我的生命一样重要。那么,要抛弃的只有衣装了,里面有三套衣服,第一件衣服是蓝色碎花的布裙,我衡量着它的轻重,它虽然不重不轻却是母亲在我赴北京大学国语系之前送我的,我曾在逃亡夜穿着它到了长沙,并在赴昆明后的联大校园中穿过它,它的存在能充分让我感觉到母亲的存在。第二套衣服是远征军制服,参加远征军后我配制了两套服装,一套穿在身上,另一套换洗用。此刻,我想将包里的这一套被我穿过还来不及浣洗的军装留在这土坑里。就要到我了,我从包里取出了军装,我用双手捧着这套充满我气味却在事先已经叠得整整齐齐的军装,迎来了这场庆典。这庆典显得忧伤,当我将手中的军装放在土坑中时,我同时从包里掏出了一支笔放在了军装之上……之后,我们围在土坑外围,很快地,一层又一层原来被掘开的尘土重又落在了堆满了武器和衣物的土坑之上……我相信,从那一刻开始,这进入野人山路口的一座巨大的土坑将埋葬中国远征军撤离野人山之前的物件,我坚信这是一场战争中悲壮的秘密,自此以后,这土坑之上将会长出巨树和灌木……

  站在我前后的两个人将与我形成一个三人小队,踏上通往野人山的道路。当身后有追杀的敌人时,我们来不及选择……在不同的时间、地貌和背景我们选择着生命中必然选择的现实。时间是第一要素,如果你视时间为神咒,那么,你就会在有效的时间中安排好生命中必定经历的几件大事,具体点说,当你早上醒来时,你完全应该清醒得被风声所惊醒或被鸟翅的飞翔所震撼，并开始一天中最为现实的劳动和工作。地貌是第二要素，经纬海拔中的坡度湖水植物都是陪伴你命运的伙伴，有了它们你的舞台上就有了另一种沉默或说话的同谋者，有时候，一棵树或一朵浪花都会改变你的命运。背景，则是我们置身其中的自然和居所，无论它是荒野海洋博物馆学校或城堡都有会响彻时间的过去、此在、将来的旋律，而就现在来说，我们三个女人构成了通向中国远征军撤离野人山的一个小小的集体，在拥有时间地貌背景的元素之下，我肩背着挎包里的一个黑色笔记本……自此以后，我的生命将迎来野人山茫茫无尽头的原始森林叙事曲。

你看见过红色的原始森林吗？那是落日前夕的野人山，夕阳辉映着我们面前的森林，从双脚进入野人山的那一刹那，就意味着我们的生死成为悬念。就我个人来说，悬念是从一件蓝花布裙开始的，我发现了，自从我的脚开始踩着森林中的层层腐殖落叶，就开始触到了身体中那些铭心刻骨的线索。人之所以在逃亡时善于回忆，是因为边走边看的世界让你在情不自禁中已回到了原初。

原初，就是我们曾经穿过的一件件旧衣服上的纽扣和失散的体温；原初，就是用过的杯子和使用过的情感荡漾下拥抱过的人或事物的紧密联系；原初，就是通向将来的那根纽带下出现的命定的一座座个人史的舞台。

当我的脚踩在腐叶之上时，整座野人山都被红色的夕阳所笼罩着，你根本就看不到它里面的幽深和黑暗，也看不到变幻莫测的凶险……每棵树都是红色的，也就是喜庆或吉祥的那种色彩。然而，夕阳流逝得很快，几乎就是转瞬间，那种热烈而温暖的红色消失了。取而代之的色彩是什么呢？当我刚刚在红色的温暖色调中想起母亲为我缝制的那条蓝花布裙时，视线开始变得昏暗，仿佛有无数幽灵正朝我们奔来。

兰枝灵说她很害怕，之前就听人们说过野人山是一座地狱，走进去就很难走出来。兰枝灵是宣传队的小歌手，她才十九岁，是我们三个人中年龄最小的。我伸出手去拉她的手，她的手很纤柔，好像刚刚在春雨之后冒出来的竹笋。我牵着她的手往前走……确实，我也曾听说过野人山是一座炼狱，是装门炼制活人的心跳和血液循环的。无论是地狱或炼狱都是为了迎候那些正在走进来的人们。与兰枝灵相反，白梅走得很快，且一直都走在前面，她之前是一位卫生护理员，看她行走的姿态就能感觉到她的从容，她比我大一些，进入野人山之前已经二十五岁了。

面对野人山，我害怕吗？现在我来介绍自己，我叫苏修……这本书之所以有开头，是因为我想起了这座曾经被我们穿越过的野人山……有了开头还不够，最为重要的是要将故事讲下去。故事就是从夜幕下的宿营地开始的……在一座原始森林中逃亡，前方的宿营地非常重要。打个比方，蜜蜂飞累了要回到自己蜂巢中去，万千溪流奔腾向前是为了汇入大江大河，人要有居所是为了休整身体，获得明天的力量。前方的营地很重要，它像是逃亡中的一面旗帜，哪怕是在原始森林中也能让我们感觉旗帜拂过了面颊，召唤着我们前行。

旗帜是从遥远的古战场延续而来的……我一边走一边想起在不同的世纪中的旗帜飘扬于半空中……而我们的脚在移动，闯入野人山的第一天黄昏，我们就看见了被夕阳所笼罩的一座原始森林,相比那传说中的鬼门关,当原始森林蜕变成红色时,我想起了炉火中发明的熔炼术,好像最原始的人类咒语就出自神秘的熔炼术……在那一时刻,我遗忘了战争。

我们并不孤独,有陆陆续续的人们已经开始进入了野人山。简言之在大撤离中已经有好几万中国远征军自不同的方向汇聚在野人山的灌木林中……野人山很大很大,大得令人眩晕,这是我后来才慢慢感觉到的。而在当时,除了见证夕阳中一座红色的原始森林,黑夜就降临了。红色令我们心跳,我能首先感觉心脏的搏击使血液顿然畅流起来,这红色甚至让人欣喜和忘却了战争赋予我们逃亡中的那种使命。

红色顿然逝去就在弹指间,你知道的,弹指下有露水融化,弹指下白昼逝去,夜晚染黑了视野下的所有世界。

兰枝灵走在中间道上,她说一生中最怕鬼。小时候母亲早逝她就与外婆相依为命,因为父亲一直在外征战,她从母亲去世后似乎就再也没有见到父亲了。外婆供养她上学,而她每晚与外婆睡在一张木床上时,最喜欢让外婆给她讲鬼故事。

鬼故事是什么?我小时候也喜欢母亲给我讲故事,越害怕越喜欢听,更多时候听完鬼故事后就会钻进被子里面去。

这原始森林中有鬼吗?我想应该没有,因为很少有人会与这座森林产生生与死的关系,而我们则是在没有任何退路的情况下开始撤离进野人山的。

"野人山"这个称谓,与中国远征军的大逃离的传说相关,野,就是野史,野人,野鬼,野魂……此刻,在夜幕之下,有几万人正在黑夜的掩饰下开始了大撤离。我开始慢慢地正视这个现实,我们确实已无退路可走,而当我们闯入了野人山,已就摆脱了身后的追杀。

营地在一座高坡上,我们看见了少许的篝火……在我们进入野人山时就有明确的规定,如升火,不可以大,因为很大的篝火会让敌机在空中巡飞时发现,小堆的篝火会被空中天然的枝蔓藤架所遮挡。发现火,也就看见了旗帜,这是来自第一个夜晚的希望和召唤,我们三个人几乎很快就加快脚步奔向了有火焰飘荡的营地上。一屁股坐在营地的山坡上,仿佛就回到了家,我们三个人肩靠肩,一路走来,我们几乎不敢歇脚,因为这一夜的撤离很重要,要尽全部力量走出敌人的追杀区域。我们做到了让脚下速度随同星月在移动,实际上我们根本就来不及抬起头看一眼星空在树枝上变幻的速度,我们低头往前走,只想走得越远越好,在我们看来,当我们走得越来越远的时辰,我们就摆脱了追杀,拥有了逃亡的自由速度。

我们肩靠肩竟然就睡着了,这或许是我们进入绵延不尽的野人山之后,最安详和没有饥饿的一夜……在我们旁边有许多人就背靠着树身睡着了,营地上没有一顶帐篷,只有几堆零星的篝火。所谓野人山的营地就是升起像双手捧住的一饼火热的向日葵,从而告诉人们我们是一支由几万人汇集而来的逃亡者,我们并不孤独,每天无论走得有多远,在天黑以后只要朝着原始森林深处那些闪烁的火苗走去,就会寻找到我们的集体核心。

这一夜,野人山相比传说和想象中的要美好得多。首先,是来自野人山的万千屏障,当我们从黄昏走到半夜肩靠肩开始小歇脚时,四周沉寂的空气似乎已经让我们摆脱了缅北战场的硝烟弥漫……简言之,我们似乎已经就开始逐渐地摆脱了敌人的追杀……再就是野人山的凉爽,这是久违的凉爽,它使身体有一种舒适的感觉,而在黄昏前夕进入野人山之前,我们的身体从早到晚几乎均在汗淋淋的世界中挣扎。就我个人的体验来说,那些从肉体中涌出来的汗水使肌肤变得黏稠,所以,在缅北最最向往的生活就是能够每天洗一次冷水澡。当然,有淋浴的卫生间是永永远远不可能出现的,作为随军记者,我们基本上就没有长久居住地,来自战争的变幻莫测逼使我们的营地,半个月或者更短一些的日子就会在迁徙中被改变。

我是一个喜欢洗澡的女人,这种习惯哪怕在最艰难的日子里也会促使我寻找到洗澡的水源。在从长沙到昆明的旅行团中,哪怕在旷野乡村我也会克服种种困难去实现自己生活中的梦想:记得那天黄昏旅行团抵达了一座望不到尽头的荒野,再往前走是不可能的了。当炊事班开始用石头搭起了锅架时,我和另一个女生便开始走向荒野去寻找洗澡的水源。这个女生叫凡晶莹,像我一样喜欢洗澡,总是幻想让劳顿了一天的身体变得干干净净,所以,从一开始凡晶莹就是我的同谋,我们沿着星群的照耀走了很远……耳边突然响起来了细流的汩汩声,在逃亡生活中,你的听力非常关键,它会在特殊的时刻让你分辨生命可以出入的道路,也可以分辨敌人和野兽的声音。

耳边响起的细流使我们劳顿了一天的身体开始雀跃,我和凡晶莹向水边走去。这是荒野深处的溪流,两边竟然还长满了野草,仿佛天然悬挂的浴帘使我们具有安全感。于是,我们开始站在水边脱衣服,那是春天的水流,它显得有些寒冷,而当水流经过肌肤时我们又会感受到一阵喜悦。

还有一次关于洗澡的难以忘却的记忆来自一座古老的村庄,那天黄昏抵达村庄时天已经黑下来了,我们将在村庄里的小学校过夜。晚饭后,我和凡晶莹又开始寻找可以洗澡的地方,我们走完了这座有五六十户人家的村庄,发现了好几口水井,但水井是裸露的,没有屏障可以遮挡。就在我们徘徊于村庄小路时,一个女人提着水桶来到了一口水井边,在月光的照耀下可以看见这个年轻女人头上盘起的发髻,还有那双大红色的绣花鞋。女人看见我们就笑了,邀请我们到她家去坐一坐,这是一座乡村特有的宅院,女人说她是从邻村嫁过来的,婚后不久她的男人就参军打仗去了,留下她和婆婆经营着村庄里的几亩地。在她说话时,我朝堂屋里的另一间房瞅了一眼,突然就看见了一只大浴盆……那一时刻你们知道我有多么喜悦吗?女人似乎触到了身体中最敏感而需要的那部分,这是身体的触觉,我们是女人,我们都需要在时间的他乡寻找到一只装满洗澡水的浴盆……那天晚上,我和凡晶莹很幸运地在这个乡村女人的浴盆中洗过了一次热水澡,直到如今我还记得这个女人从井中来回三次用水桶打来了水,又倒在铁锅中烧温,我似乎又看见了女人弯下细腰从炉灶中点火的模样,而她的那只浴盆足以满足我们在那一夜对洗澡水的渴望。

关于洗澡的渴望从我进入缅北战争中以后,便成为一件艰难的梦想。每次随军迁徙到新的战略营地,在安顿下来以后通常也是黄昏。这时候,身边不再有凡晶莹陪伴,当然,除了有对于在任何艰难环境之中对于洗澡的渴望和追求,凡晶莹同样在那一年联大动员学生从军时,同我一样成为了中国远征军的一员,但我们奔赴缅北时就分开了,她好像成为了一个话务员。在没有凡晶莹的陪同下,我自己开始寻找着可以浴身的水源。起初,我显得很孤单,但无论如何我还是要去实现自己小小的梦想。每个黄昏,通常我已从前线采访回来,关于战争前线的故事放在下面不断递嬗的故事中,而现在,我只想回忆洗澡的故事。或许是野人山的凉爽让我头一次以局外人的目光审视着我的过去,在我每天汗淋淋的身体迎来了一场黄昏以后,我独自潜游在营地的外围,渴望着一条溪流同时也渴望着一道屏障……

我们迎来了野人山的第一个黎明时,我看见了一张张似曾相识而熟悉的面孔,但在晨雾的笼罩下我们都来不及驻留辨认:在突然涌向我的雾障中,一些本来可以立足回忆的线索仿佛被一束束银灰色的雾飘带紧紧缠住,而当我再将目光看远,一些人已经在我之前走了。野人山的雾来临了,它来得如此之快,我刚好在营地的一条溪流洗漱过,雾就来了,看上去,雾是飘过来的,它从树枝藤架上飘过来,雾是无形的,你无法抚摸,很像空气……这是进入野人山的第一场雾。在缅北的营地上之前我们经常面临着雾幔的干扰,尤其是在前线,我曾经出入一场雾战的原址,在一场大雾中的肉搏以后的山冈,缅北最热的温度仿佛火炉烘烤着山冈上的一大片血迹,几乎就是血迹覆盖着血迹……在这片山冈上日军趁雾而来空袭没有来得及防御的远征军的一个连队……整个连队无一人存活。雾中之战结束后,我奔赴这片战区。那天午后,有成群的兀鹫飞翔在半空中,也许是它们远在天空的另一端就已经窥嗅到了这片山冈上人肉相交的血腥味。它们集体而来,饥饿是属于群体的,战争也同样是属于群体的,最终,死亡也同样是属于群体的。我抵达时,参加了一个连的士兵的安葬仪典,在这座山冈之上的松树林中,有一个连的战士将葬于这片土地。对于缅北战争中来自中国远征军的征战,我是见证人之一,由于我的职业,我有机会在第一时间赶到现场,每一个现场都很重要:因为战争中的每一个现场就是死亡和生存的数字,我记住了那些用鲜血和生命浇铸的数字,那不是一个数字化的年代,而是一个扳着手指计数的时代。

你无法想象我独自一个人待在那片刚刚结束了雾中肉搏战的山冈……大雾早就撤离,我不知道那些充满魔咒的雾又到哪里巡游去了。我什么都不知道,我来不及知道也没有研究雾与人类相处的更多关系。我站在山冈上目睹着空中的那一群黑黢黢的兀鹫,因为我正在走动,阻止了它们从空中落下来的时机,我想它们很快就会明白的,这片山冈只剩下了血腥味,已再无肉体可供它们饥饿的利齿咀嚼……

大雾中只有我们小队的三个人可以清晰可辨,而其余的世界已被野人山的雾障隔离……认识并走进野人山的雾也很重要,它起码教会了我们不要轻易远离我们的小队,虽然我们只有三个人,却可以相互捆绑好视线和身体,以此从雾中向着野人山的深度走去。我们开始前行,而我们将凭着什么样的方向前行,这时候我们会在雾中仔细回忆昨夜抵达营地时,大撤离的一个分队长站在营地的一块石头上告知大家的话语,他说:由于这次大撤离缺少更多的向导,我们要尽可能地跟上队伍,通常情况下向导都会在前面,走在前面的小分队都会在每一个需要拐弯的路段上将红布条系在树枝上,大家记好了,如果看见树枝上系着红布条,请一定要沿着红布条指示的方向走下去……切忌偏离路线,如离开集体规定的路线,那就会意味着迷路,在野人山迷路是很危险而麻烦的……如果迷了路,一定要设法寻找到有红布条指示的路线……路线构成了野人山大撤离最关键的链条,而通常我们想到那些活生生的链条就会想到通过火和水铸造过的,那一根根锈迹沉重的、用来锁住我们自由之心的那种铁器。而在野人山,构成链条的是开始变得诡异的天气,这从雾开始笼罩我们的网状般游离的雾世界……这根链条之下是树枝上的黑色大蜘蛛开始出现,在雾游离过去以后,我看见了一只黑色的蜘蛛就像红枣那样大,它栖在树枝上织网……蜘蛛是安静的,仿佛不会受到外界影响,我们经过它身边时,它趴在已经织出的网状中也许是在休眠。

随身携带的口粮是我们唯一的粮食,所有撤离于野人山的人每人只有七天的口粮,也就是说我们要竭尽全力在七天时间内走出野人山。在饥饿没有完全到来时,我们都舍不得动用口粮……饥饿是战争年代最主要的问题之一,我在随旅行团南渡而下时曾看见了除我们之外更多逃亡者的饥饿,几乎每个逃亡者都会将口粮藏在离心窝最近的地方,我想那应该就是人一旦走在逃亡路上时,人用身体建构的仓穴,这些口粮似乎比黄金白银更珍贵。仓穴中有玉米面粉装在一只口袋中,至于大米是很少的,它只可能掺杂在玉米面粉中。进入野人山之前,后勤给我们每人发了一袋口粮,告诉我们这口袋里的粮食只够一星期用,所以大家一定要尽可能地分配好粮食与饥饿的关系,在粮食未用完之前一定要走出野人山。

　　一星期并不长也并不短,我们当然是满怀壮志走进野人山的,而且初进入野人山我们视野下相遇的世界都是美妙绝伦的,与传说中的那个有地狱和炼狱的世界完全不同。尽管如此,诸多来自身体中的经验告诉我说,地狱和炼狱往往都是具有隐藏性的,只有走得更远的人才会遇到。在我的人生经验中,能够在波光变幻莫测的旅途中与地狱和炼狱相遇者,要么是勇敢的探险者,要么就是伟大的哲人。因此,我坚信如果我们能够遇到野人山的地狱和炼狱的话,我们就会寻找到去天堂的路线。

　　树林开始变得幽秘起来时,我们三个人同时感受到了巨大的饥饿……如果说这饥饿来自一张嘴,这证明生命是存在的,细细观望宇宙星空之下居住着人类的地球,有一个不能忽略的存在,创造历史的是来自我们吟唱的语言,这语言中有音韵和旋律,因而我们要为这吟唱时间之神的嘴唇补充食物以给予它巨大的永不消失的能量,或许这就是人类简史中的一部分,因为嘴而创造了历史,而同时这嘴里散发的饥饿给人类的历史带来了浩劫和战争。

　　我们三个人开始坐下来,这是午后的野人山……我掏出了一块怀表,这也是母亲给予我的,除了蓝花布裙之外的第二件礼物,再就是一只褐色的皮箱……想起来,这三件东西都是具有隐喻的,人们虽然很少谈论隐喻却遵循着生命中那些神秘的现象朝前走。在这三件东西中的隐喻,分明是:蓝花布裙是母亲赋予我青春的第一种隐喻,它告诉我说,所谓青春就是应该像这条蓝花布裙一样盛开;怀表带着时间清晰可辨的指向,它似乎在暗示着我,我个人史的分分秒秒在朝前走时,也在不断地记录着过去的时间;箱子,那只褐色的皮箱跟随我从北到南,因为参加了远征军,那只箱子不可能跟随我来到缅北中的战争前沿,于是,它不得不寄存在西南联大校园的储藏室里。那里面不仅有我的箱子,也有联大所有参加中国远征军的同学赴前线后留下的行李、书籍和箱子。箱子的隐喻是沉重的也是轻盈的,在箱子中有曾经读过的书籍,用过的物品……当箱子敞开就会看见它的主人,而当箱子合拢,就会为主人保存着秘密。

现在,我们将开始解决饥饿的问题。坐在一棵可以依倚的树身下,我们逐渐感觉到了安全。树,在野人山多得就像繁星,不过,找到一棵可以让脊背依倚的树,在逃亡中尤其重要,因为一路上,脊背是最为辛苦的,脊背的挺立可以让我们看到路是无尽的。我们三个人都寻找到了三棵不同的树依倚着……饥饿就这样来临了。我们解开装有口粮的布袋,里面有炒熟的燕麦粉,我们伸出右手抓了一把燕麦粉喂进嘴里……很香浓的味道,只是太干燥了,现在我们所需要的是可以饮用的水。

随身携带的那只军用水壶中已没有一滴水,这就是我们三个人所面临的现状。我们决定马上到附近去寻找水源,我们商议了片刻,决定分头行动,最终又回到这里,我们在头顶上的树藤上做了标志,我将包里的一根红布条系在了半空中的树藤之上,我们相约半小时后一定要到这里集合。

还好,在雾散以后,林子里显得很明亮,透过树梢可以看见晴朗的天空,好天气使我们三个人都显示出了独立的力量,就连有些怯懦的兰枝灵也雀跃地说她要到林子里去寻找到一条水源。

　　天气晴朗的野人山宛如天堂之境,每棵树上的藤架都像天堂中的空中花园……人如置身在这样的好天气中自然会忽略许多之前的训诫。我们分别向外围走去,朝着三个不同的方向,在我们看来来去三十分钟寻找水源并不遥远,而且我们早先已摆脱了敌人的追杀,是的,逃亡的身体似乎从来就没有像此刻这样轻松过……是的,松弛是忽略一切危机警令的前提,也是在野人山迷失方向的前奏曲。

　　我们三个女人以身体中不同的松弛正在阳光朗照的野人山寻找着各自的水源,临出发前我们再次相互嘱咐:半小时后,无论寻找水源结果如何,都要到这棵云杉树上的红布条下面汇合,这似乎是我们带走的唯一的契约……而在这小小的契约之下衍生而出的将是我们各自寻找的路线。这路线使我们的身体显得很欢快,也许我们相信野人山是不会缺少水流的,来回半小时的路上寻找到一条水路是简单的。我们在这梦幻与现实的交织之中以三个不同的方向往前走……我向着西边的丛林深处走去,越往深处走才发现满树的松鼠正在树枝上演奏着音乐,地上的腐叶越来越厚,走在上面时身体仿佛在踩着弹簧床垫,我继续往前走,突然就发现了地上有块状的大面积的潮湿诱人的青苔……正是这青苔将我引向了一条溪流……常识告诉我说滋生潮湿青苔的地方,附近一定有水源,因为青苔的生长是离不开潮湿土壤的。果然朝前再走了五十米,就感觉到地上的腐叶植被不像刚才脚踩上去会发出声音,有水渗入的腐叶层,当你的脚落在上面时是没有声音发出来的。

沿这条被水弥漫的腐叶层往下走五十米就倾听到了溪流声。这是我最喜悦的时刻,在野人山我第一次通过自己的探寻竟然发现了水流,之前,我们曾接受训诫,在野人山只可以喝流水,没有流动的水里有毒气细菌是不可直接供人饮用的。这也是在摆脱了敌人的追杀以后,我所看见的第一条清澈无忧的溪流。面对这条溪流,除我之外的任何人都会忽略掉之前我们所接受的训诫。那天午后,我们不得不在大撤离之前的紧张空气和短暂的时间里接受训诫,其中,在关于进入野人山后饮用水的训诫中我记住了腐水不能喝,无流动的湖水不能喝……水,尤其重要,在更多时候也许比粮食更重要,一个人也许可以忍受三天的饥饿,但不可以忍受三天的口渴……人在无限饥饿时会全身无力,没有任何欲求可以付诸践行,而人在无限的口渴中嗓里里仿佛冒着烈焰,身体仿佛接近灰烬……

我趴下身,将嘴唇靠近野人山深处挟裹中的这条小溪流,我想,我一定是寻找到了世界上最甜最纯净的甘露,我喝到了最甜的水……水流中漂着绿色的青苔,很像青苔仙子……

第二章　我们都是迷失者

我似乎在前面说过,在野人山,迷失方向是很容易的,这是一种不知不觉的迷失,因为方向可以从漫无边际的原始森林中伸展出来。地球上之所以有原始森林的存在,是因为神分割了人和兽的居住区域,简言之,原始森林应该是众兽群的居住地,人类则住在原始森林外的地平线上,在这些无垠的地平线上有半山腰、丘陵、盆地,人类就以此建立了城域,行政机构等等。

在野人山迷失方向很容易,我喝了水滋润了嗓子,再将水壶灌满,于是,我开始往身后走,我记得来时的路似乎就在我身后。记忆,任何在野人山刚刚蕴藏的碎片似的记忆都会变得模糊而不确定,这也是我们迷失方向的原因之一。我往后走,以为我已经找到了刚刚走过的回去的路,于是,我加快速度往前走,但我走上的是一条分岔小径,它已经在不知不觉中脱离了原来的那条小路。大约走了半小时,我仍然未能找到树枝上系着红布条儿的地方,我再往前走,事实上是绕着不同幅度的圈在行走……我又走了半小时,仍然无法寻找到原来的地方……

就这样,野人山,传说中的野人山,开始施展它的魔力了……它牵引我脚下的方向,因为是正午我并没有感觉到恐慌,也许是还没有到恐慌的时刻,我必须寻找到我亲自系下红布条儿的地方,这是眼下唯一的目标。只有奔向这个目标,我才可能与我的另外两个队友相遇……红布条儿到底在哪一棵树上,我发现我已经又走了一个多小时,还是没有寻找到树冠上的红布条儿,而最为关键的是,我也同样看不到兰枝灵和白梅的踪影……我陷入了这个现实中,于是,我开始使用嗓子,一旦呼喊声越过了嗓带,我清楚了,我们开始在野人山迷路了……我几乎就听不到任何片刻的回音……我们迷路了,它告诉我,我们也许再也回不到树枝上系着红布条儿的那个地方了。突然,我看到了几个人正在朝前走,我叫了一声,我不知道那声音是在说什么内容。总之,我叫了声,终于,声音传到前面去了。他们停下脚步回过头来看见了我,我跑上前喘着气大声说我的另外两个队友不见了,他们说,走吧,他们的队友也同样不见了。他们说得很平淡,容不得我解释其中的任何过程。于是,我们开始继续朝前走……这么说来,朝前走才是正常的,而盲目中前去寻找队伍,迷路以后往前走成为了唯一的行为。走,是我们此刻唯一的选择。于是,我朝前走,只想去追赶上我的另外两个队友。

然而,三天时间已经过去了,我根本就无法寻找到她们……在野人山的女兵很少,更多的是男人……这使得野人山充满了阳刚之气……尽管几万中国远征军进入了野人山,但是因为野人山很辽阔,几万人很快就湮没于丛林深处了。三天以后,我们在野人山迎来了第一场大雨,这是下午四点半钟的大雨,大雨来临之前的野人山,就像涂了灰蓝色的墨水,这色调很朦胧,我当时正跟随着几个年轻的大兵往前走,我很害怕离开他们,之前我跟随的那几个大兵在眨眼之间已经消失了……是的，你别害怕，在野人山如果你累了歇上几秒，就会看见走在你旁边的人往树林中走去了，你目击着他们的背影在往前走；而如果你歇上两到三分钟，你就会看见刚刚走在树林深处可以看见背影的那几个人不见了，而一旦你跑到树林中去寻找他们时，你就再也无法见到刚才与你一同行走了很长时间的那几个人了。我这样说，似乎很令人惊悚，确实，就我当时的感受来说，野人山可以在咫尺之间湮灭并幻变着，几分钟几秒钟内存在的人或事，他们或离你远去，或者就在你附近的迷雾中行走。

暴雨来临之前的野人山，首先被一层来历不明的灰蓝色笼罩着。这层层叠叠中的灰是其主色，中间挟裹着蓝，两者之间非常融洽，自然界的每一层色调类似恋人絮语中的炽热关系，似乎只有在它们的默契携手之中，才可能完成自然史的每一个历史的演变进程。当灰蓝色大面积地开始笼罩森林时，仿佛行走在史前的历史中，关于"历史"这个词汇，早些日子对于我来说就像宇宙星群一样深奥。在历史这个词汇中有无数难以触抚到的星辰存在着，并同时在距离我们遥远的时空中，给予我们猜测并探索历史的机遇。之前，我认为所谓历史就是曾经发生过的事情，它像海洋天空那般博大而深邃，而此刻，我发现历史不仅源自过去，也同时在此际发生着。

如果说过去的历史是从无数江流中奔涌而来的浪花，现在的历史却是从无数交叉小径中衍生而出的道路。就眼下来说，我们的历史就是在被这一层层灰蓝色笼罩之下的森林中正在奋力往前走。灰蓝色开始变成了黑灰色，是眨眼间的事情，天际运动是宇宙中最无力掌控的,人唯一可以做的事情就是遵循天际变幻的力量去践行人类自己的行为。

先是几滴雨落下来,再就是暴雨哗啦啦从林冠上空落下来。雨落在树冠上时很像打击乐手们演奏出的混合音乐,而当暴雨再从树冠上落在我们头顶时,野人山仿佛进入了黑夜,我不可能再往前走,仿佛整座野人山有无数支打击乐团,那些来自金属的、黑键白键的、长管的乐器散发出一阵阵让你的身体惊恐不安的节奏,而在这节奏之下我们的身体很快就被暴雨淋湿了。我感觉到了自己变成一只落汤鸡的过程,整个身体从内到外的衣服在几分钟完全湿透。

我记得很清楚在暴风雨中我驻足着,站在一棵大树下,视线完全地黑下来,内心翻滚的所有情绪在这一刻都已后退,剩下的只有面对,我要面对这场刺骨的暴雨,它跟我在以往所感受的暴雨完全不相似,在这场暴雨中我根本就不可能挪步,哪怕移动半步都不行……我索性就闭上了双眼,人在任何时刻倘若闭上双眼,要么是在梦游,要么是在玄幻中生活……我在这两者之间重又回忆起了在不同场景的几场暴雨中,我与周围的人或事的关系:那是在北方城市的小学校门口,因为暴雨我站在门口避雨,突然我看见在倾盆暴雨中母亲撑着一把黑布雨伞正朝校门口走来,母亲看见了我,雨水正顺着伞面哗然流下,待母亲走到我身边时,我发现母亲深紫色的旗袍上溅满了雨和泥浆,而她脚上那双黑色的高跟鞋几乎全部湿透了……母亲将伞撑在我头顶,我们避了一会儿雨,但暴雨仍未停息,母亲便携着我的手,撑着伞带着我迎向暴雨向着回家的路上走去,街巷已变成水洼,我们高一脚低一脚地行走在水洼中……暴雨,又让我想起了昆明城联大的铁皮宿舍,有那么一个夜晚,半夜时我们刚钻进被窝,突然间,雨从巨大的高空中落在了铁皮屋顶上,我们躺在床上目视着黑色的屋顶,倾听着雨砸在屋顶上的声音,与此同时,我们发现屋顶漏水了,而且来势凶猛,于是我们从床上起来,三个女生端着三个脸盆开始接着从屋顶上漏下来的水……

而在四点半钟后的野人山,我发现一旦下暴雨,天就渐渐地变黑了。确实,天黑了,衣袋里的指南针模糊下去了,它仿佛想让你忘却时间的规律,在野人山,时间的流逝是没有意义的,只要你迷了路,时间对你就已经失去了分秒针的流逝。那么,有谁能告诉我什么东西有意义?我的身体湿透了,布袋里的粮食湿透了,它所剩不多,但可以维系对抗三四天的饥饿;贴身的内衣内裤当然也完全湿透了,皮肤湿透了;最倒霉的是包里面的笔记本也完全湿透了……身体粮食湿透了都不要紧,最令我绝望的是不该让包里的笔记本湿透了。

我不敢去想象那一本被我舍不得埋藏在野人山之外土坑中的笔记本的命运,我拒绝去想象它们被暴雨渗透的模样……此时此刻,我是怯懦而无妄的……我完全不敢去想象它们的命运……雨水好像停下来了,我终于听不见从树冠上砸下来的雨水声了。我慢慢地往前走,在这样的时刻,我最希望的就是能看见从野人山升起的一束火光,然而,这夜,野人山是不可能有火光升起的。因为所有的松枝柴火都已经全部潮透,湿透的柴火是无法点燃的。除此外,我也希望听到林中深处传来人的声音……在这样的黝黑的森林里似乎只有人的声音能让我战胜恐怖。又走了很长的时间,耳边终于传来了声音。

声音穿过漆黑的森林而来,是一群人还是一群兽?但愿我遇到的是一群人而不是一群兽。野人山过去只有野兽,这里是野兽们的天下,而现在人来了,野兽们的生命状态一定也受到了惊吓和干扰,对于长期生活在森林中的野兽们来说,人无疑也是另一种野兽。但我听到的声音来自人,来自我的同类,这不是乌有之乡,这是现实中的现实:如果这一夜,在我孤身一人的小小区境里,我遇到了一群从黑暗中走来的野兽,我会惊叫吗?如果惊叫的话,可想而知,我会成为那些饥饿野兽扑上前来撕裂噬咬吞咽的对象。我不知道如果我真的遇上了一群野兽,我是否会惊叫?在没有真正置入现实时,所有的定理都缺少真实性。但愿我今夜不要与一群来自黑夜的野兽相遇,我祈祷着,又听见了一阵声音,现在我坚信从前面林子里发出的声音来自我们人类的嗓带……你在镜子里在某个异常无聊的时辰,或者当你的嗓子发炎而疼痛时,你会用电筒面对镜面照照自己的嗓带吗?嗓带犹如一小片粉红色的坡度,你的声音无论是坚韧或柔软都是被内心暖流从那片嗓带中推动而出的。

我顺着人类的嗓音而去就看见了几个人,因为恰好是一根火柴被划燃时我在黑暗中看见了几张脸,然而,火柴很快就熄灭了。我摸黑来到了他们身边,一个男人又划燃了一根火柴,他点燃了铁皮盒中的一根香烟……之后,他们似乎在轮流吸着这根香烟,我来到了他们身边,人群中的一个人竟然认出了我,他说上次我到前线去采访时,他曾经见过我……在野人山有一点是很普遍的,我们相遇时不需要任何介绍,因为一旦陷入这座原始森林后，我们都成为肩负着同一使命的逃亡者。他们不再说话了，在分享完了那根香烟以后，我便跟随他们继续往前走。我告诉自己，这一夜，无论多么累，我都不能再落下，我已经渐次感觉到了野人山的变幻莫测。

每个人都无须介绍自己是谁。置身野人山的每个人都有一个重要的身份：逃亡者。于是，天亮了，曙色真好，在渐次涌来的光束中我竟然看见了一个人……她就是兰枝灵，她走在前面，就像花儿一样跃入眼帘，曙色中她走在另一群人中，她竟然找到了一群人……我在这里所遇到的一群人是三个五个，不会再超出这个数，从野人山撤离虽然有远征军几万人，但一旦进入野人山就不可能按照几万人统一的步伐行走，也不可能在同一首激昂的进行曲下大踏步地向前迈去。因为野人山没有路可以让几万人迈着正步行走，基于此，我们才分成了小分队，但即便是小分队也会因为种种原因而分离，我和兰灵枝、白梅正是因为寻找水源地而无法再回到原来的地方。眼下，视线中出现了兰灵枝的背影，她正走在几个人的后面，我叫了声她的名字，她听见了便回过头来，我奔向前，她一见到我就叫了声姐姐，之后就变得热泪盈眶。我们紧紧拥抱后她说道：那天下午她走了不远就找到了一条水源，树林里美得让人心慌意乱，她喝了很甜的山溪水后便来找我们，然而，她怎么也无法回到系红布条的地方……

年仅十八岁的兰枝灵同我一样在野人山头次经历了迷路的序曲，之后她像我一样跟上了其他的撤离者再继续朝前走。于是，我们相遇了……直到此刻，除了经历迷路和暴雨，野人山还没有出现让我们感受到与地狱和炼狱相似的地方。

蛇,开始出现在野人山是因为它咬伤了一个士兵的耳朵,这是在夜里,我们睡在树下,几天来我们看见了一路上的松鼠,也曾经相隔巨大的屏障,听到了虎豹声,然而我们却忽视了蛇的存在。蛇是一种潜伏在灌木丛中的动物,它的隐蔽性非常强,在你无法窥视到它的存在时,它们却已经感知到了你的存在。存在就是合理的,你必须出场。夜色弥漫中,我们睡在了树丛掩映之下,几天来我们就是这样进入睡眠的。只要不是单独一个人进入睡眠,在野人山就算是最幸运者了。倘若当几个人因为缘分能汇集在夜幕之下的话,等待我们的尽头无论多么遥远,总有一场睡眠在召唤我们。当几个人走到再也无法挪步时我们就会寻找到一片看上去像屋居的小树林,我们会在小树林中将杂草当床单,将落木当作枕头,以粗壮林立的树为墙壁……我们和衣而躺下,我们已再无力气交流,我们闭上眼睛躺下……在林中,我找到了一片杂草,它们摸上去就像棉絮,于是我躺下来了,兰枝灵就躺在我旁边。我们的身体虽然压平了一片草,然而,没有被我们身体触犯的外围,那一丛丛黑夜中的野草们仿佛筑起了屏障,我们就睡在它们中央……

我们七八个人,女性就我们两人,我们睡在中间,偌大的森林王国中我们已经度过了第六天,按计划第七天降临时我们都应该走出了野人山。第七天,也就是明天,这是一个令人瞩目的日子,因而我们躺下时除了身体的疲倦,还充满了一种信念,在此刻,信念下是野人山的荒草,它是我们的床铺枕头棉被,无论我们的身体朝着哪个方向翻身,都能感觉到明天的存在,所以,没有信念的人生是荒芜的。

我们躺下,每天洗漱已经是不可能的事情。在最黑的夜晚,只有想躺下的唯一欲求,这是发自身体的本能欲求,只需要一张床,一个角隅,当所有的床都安置于大地之上时,我们寻找到了一座避风港便和衣躺下。耳边是野草的拂动,风声过来了,草棵便漫过耳际,像洪水之后温柔的一阵阵潮汐。在这样的世界里,我们根本就没有防御异类的入侵。

蛇来了,我想它是顺着灌木丛过来的,蛇的身体整个儿潜伏在大地上爬行,单独观赏蛇时你就会发现蛇皮是世界上最美丽的花纹之一。蛇来了,我们已进入睡眠,在野人山只要左边右边都有人的话,是无法失眠的,因为太疲惫,躺下来就可以完全睡着了。往往是这样,当我们躺下来,双眼往树冠之上的天际巡游而去时,还没有从树枝中看见星星月亮,眼皮就合上了。

大约是在天蒙蒙亮时,我们听见了叫声,旁边一侧一个士兵的叫声,于是,所有人都翻身而起……只见叫喊的士兵用手捂住右耳,他说刚才被一条蛇咬了,另一个士兵说他看见那条蛇了,蛇身是绿色的,它已经从灌木丛跑了。看见蛇的士兵说应该不是眼镜蛇,如果是被眼镜蛇咬伤的话,毒性很大会致命的。我们围观着受伤士兵的耳朵,蛇已经咬伤了他的耳垂,血渗出来了,一个士兵用他水壶里的水帮他洗了下耳垂,但愿这条蛇没有毒性。尽管如此,这是我们进入野人山以来的现实一种:蛇咬伤了士兵的耳朵,野人山已不再平静,我们开始上路,这是第七天,按照总部的原计划,第七天应该是我们走出野人山的最后时间。于是,我们将手伸进了装粮食的那只口袋,刚开始那条装有粮食的口袋,应该像动物的大肠那样饱满,而现在它已干瘪,底部有最后剩余的一点点粮食将维系第七天的生命。

手抓一把燕麦粉放进嘴里,边走边品尝,唯恐它们很快就从我们的嘴里消失了……但即使是现在我们也同样没有考虑别的事情,我们只管朝前走,这一天我们仍然朝着偶有红布条的方向前行。但一路上并非都有红布条儿在指示着道路和方向,更多的时辰我们都会迎着早晨初绽的阳光而走,我们从未想过野人山更多的迷途,我们朝着有人声的方向走去,满怀信心地走去,并执着地相信在这七日,我们定能走出野人山。

天又黑下来了,野人山依然看不到尽头。这时候,我们的脚开始变软了,我们用力往前走,想以此寻找到一种属于主流的声音,不知道为什么,在这样的时刻,我们多么需要倾听到一段宣言……在野人山我们想倾听到的宣言类似招魂的力量,所谓"招魂",在这里就是指点迷津,让我们的灵魂不要因迷路而走错道,从而尽快地在原始森林寻找到哪怕是在黑夜中,也有一条明灯照耀的道路。

天完全黑下来时,我们依然在原始森林中行走着。兰枝灵走上前来气喘吁吁地说:姐,我的粮食没有了,他们的粮食也没有了,照这样走下去,何时能走出野人山?

这是一个我无法回答的问题,现在,我们来面对粮食,我们这路上相遇的队友共八个人,但所有人袋子里都已经没有一点点燕麦粉了。粮食就是那种在饥饿时最需要的东西,当你的胃里有食物时,粮食尽可以放在任何地方,它可以不需要跟随你去历险。而一旦饥饿时,你才会知道粮食,是补给生命的最大魔法。我们正面对着几只空空的粮袋,它们垂拉下来时,多么像被婴儿吮吸完干净的母亲的乳房。粮食没有了，但必须走，到了半夜时再也无法走了，于是我们挨个儿寻找到了林子里的床铺，很快我们又在饥饿中睡着了。大概每个人的意念中都有一个强大的希望和梦想支撑着我们的身体：到了第八天，就会在曙光辉映下寻找到走出野人山的路。

这一夜的后半夜，我所梦到的都是在迷路的时空中穿越，它与身体相关：从头到脚似乎都挂了许多朦胧的枝条，它们织成了一座迷宫，我每每走动，枝条就像树藤一样捆绑着我。总之，这个有限的梦让我浑身不舒服。醒来以后，就又感觉到了野人山的缥缈，我翻身而起，我比谁都醒来得早一些，离曙光显现大约还需要半小时。亲爱的读者，请别埋怨我啰唆，我知道在二十一世纪，你们正在经历的内心战乱与我们这一代人相比，已经大相径庭，如果你们细读，也会寻找到另一代人与你们共有的苦役：无论地球的运转是怎样改变了人类的故事，有一种叙事依然存在着，这就是个人灵魂与这个世界面对面的一场审问和追忆的过程。

啰唆的过程也就是重视细节的过程，试想一想，如果这个世界失去细节，那么，毫无疑问，也就是夜莺失去歌喉，玫瑰失去绽放，恋人失去耳语的时刻。简言之，如果这个世界已不再需要细节，那么，所有时针分秒将为此失去前行的速度，远航者的大海将变成茫茫冰川，群山森林盆地将失去人类的踪迹。

我并非一个完全为了细节这个词活着的人。在这里，细节并非在前面，而是我的灵魂在前引导我，从而让我看见了黑色的野人山正在醒来。这是又一天的序幕，拉开序幕的是伟大的时间以及无处不在的我们。首先,让我将脚挪移出去,只有到了夜晚,你才会知道,如此众多的追杀者在后面,而前方是层层迷宫般的野人山,而我们作为人类的一部分,到了夜宿时只需要方寸之地就可以躺下来,与青山绿水为伴。我因为早起而看见了这细小的树丛中躺着的七个人,他们蜷缩着身体在梦醒之前,从梦神那里是否已探索到了走出野人山的道路?我将脚移动在他们身体的缝隙中,同时问上苍:既然人类身体栖居得这么小,人类又为什么要发动战争相互残杀?

第十三天过去了,我们仍在野人山穿行。而最为糟糕的一件事发生了:那个被蛇所咬伤的战士的耳朵开始发炎。炎症也是历史上第一、第二次世界大战历史上无法避免的问题。很多人死于伤口的炎症,是因为没有抗炎药品;更重要的是伤员得不到较好的护理和休息,死于辗转不休的大逃亡之路上。他的耳朵开始发红肿胀,这是最明显的炎症状况,有人说使用盐水可以消炎,可我们到哪里去寻找盐水?我们已经有十三天没有尝到盐的味道了。而且第七天以后,我们的粮袋就变空了。他的耳垂越变越红时体温开始上升了……我将手伸向他的前额。

对于体温,我有太多的经验:小时候,我是一个喜欢发烧的女孩,每到发烧时,母亲就会端来一盆凉水,用毛巾濡湿后覆盖在我前额上。如果高烧很重的话,母亲就将半瓶烈酒倒在碗里,再将火柴把碗里的酒点燃,待酒煮热以后,将手指伸进酒碗里,取少许酒为我用手指摩擦手腕腋下等部位,我的身体充满了酒精的弥漫,再后来,我的高烧也就慢慢地降下来了。如果说人生的最初经验是母亲赐予我的,那么,这成长记忆中的经验将被我所实践。那是我们从长沙向昆明迁移的路上,一个女生的脸被一只蜜蜂咬伤了……她竟然因此而发起低烧,在一座荒野的营地,烈酒是没有的,但有水,旁边就有一条水流。我们如果没有抵达村庄,通常会在有水源的地方扎下营地。那一晚我用湿毛巾为发低烧的女生降下了温度,我很高兴,这小小的经验告诉我说:正像母亲在我穿上蓝花布裙去火车站的前夕所嘱咐我的,人生的路很长,而且并不全是笔直的路线,更多时候路上有泥浆水洼,还有魔鬼敌人,当然,一路上碰到的更多的是好人。所以,你要学会照顾并管理好自己,除此之外,也要尽自己的力量去帮助别人。

我需要些水,只有到此刻,我们才发现在粮食没有之后,我们几天来竟然完全在靠水维持生命的循环过程。正午时分我们走到了一条山泉水边,看上去水波晶莹剔透,宛如明珠。我们已经饥饿到了无话可说的时刻,几个人开始蹲下去屈膝喝水,我站在他们中间,看着他们喝水的背影很像传说中的河马……啊,河马,是否就是像它们名字一样的,伫立在河岸上以水为生的一种马?而这些趴下喝水的是人类,是饥饿的人类,是好几天以来已经没有咽下过任何食物的人类。

耳朵发炎的年轻战士就坐在一棵树下,他的前额很烫,因为小时候发烧,我对温度异常敏感,我记得母亲在我小时候用酒精擦洗我耳垂时的低语:宝贝,听妈妈的话,你一定要将温度降下来,否则,妖魔会从窗户爬进来把你带走。现在,我又一次地感觉到了高烧的严重性,因为耳朵发炎的年轻士兵的高热使我手指感受到了危机,我似乎已经忘却了饥饿,我不知道人应该在什么样的状态中会忘记自我？而此时应该就是我在饥饿难耐中已经忘却了自我的一个时刻,我掏出毛巾往溪水中洗干净后拧干水,走向耳朵发炎的战士,将湿毛巾贴在他前额……之后,再用另一块毛巾擦洗他的脖颈手腕……我发现了,当你的心为另一个垂危中的生命滋生起悲悯的力量时,你会忘却自我,甚至会忘却自己的饥饿……几十分钟过去后,我明显感觉到他的体温降下来了一些。天啊,这真不容易,我的心情刚变好了一些,饥饿就来偷袭我了。饥饿是一种什么东西？它让你的气息断断续续,如果一口气上不来,可想而知,我们的命就到此终结了。

饥饿到底是什么东西？从第八天断粮之后,我们已进入了第十三天。我喝了些水,水很甜,水从咽喉下流到血液中去了。我感觉到水在我的肠胃和血液深处,它们正在翻江倒海,我感觉到想吐,但吐出来的几乎又都是水。饥饿到底是什么东西？它会让我回到自我,但当你胃腔中已经没有一点点食物时,你所谓的自我只剩下了一堆松软的皮肉而已。

我竟然在路途中看见了他……隔得很远我看见了他,他身上系着一根宽宽的深咖啡色的皮带……一个多月之前,我采访过他。他是一名三十五岁左右的将军,在他中了十三颗子弹之后躺下了。这是缅北丛林深处的另一座营地,我走了很远,从另一座营地赶来,那正是他手术后的下午,我从护士端着的盘子里看见了被取出的一颗子弹……我找到了医生说,我想带着那只盘子里的一颗子弹明天上午去采访我们年轻的将军。医生同意了,那只盘子里的一颗子弹被我带回了下榻的营帐,这是我来缅北进行战事采访前最复杂的一个晚上。

我默默地研究着白色医用盘子里的一颗子弹。在月之辉映下,我试着用手去触摸那颗子弹……在金属铸造的每一颗子弹中布满了火药……人类为什么非要制造武器又为何要制造战争?也许人类附有原罪,只有武器和战争可以解决原罪的问题。那一夜,我将这颗子弹托在了手心……它的重量并不轻,这不是陨石的重量,而是死亡和伤口的重量。三天后,我将面对面地前去采访将军,这第十三颗子弹曾在他身体中留存了几十个小时,因考虑到将全部子弹取出的危险,只取出了一颗。当子弹离开了他身体以后,我们年轻的将军到底在想什么?三天后的上午阳光显得更加斑驳,我挎上军绿包前往将军的营帐病房,他躺在军绿色的床上,身穿军绿色的衬衣,护士在他的头下垫上了一只枕头,他说他想下来走一走,到外面谈话更好一些,警卫过来了,想搀扶他,他说可以自己走的,于是,我和他便走出了营帐,背后紧紧跟上的是护士和他的警卫。我们大约走了几米后才打开了说话的机缘,我从包里掏出了用一只白纱布口袋扎紧的一颗子弹,我将它打开,我说,这颗子弹从你体内取出来的,你能告诉我,它们在你身体中已经有多长时间了?他看了我一眼后再凝视着前方,这时候我们已经走到了营帐的外围,那应该是一片寂静树林,里面有两把活动的军用椅子,也可能是早就有的,也可能是刚刚在我来之前才安置上的。总之,这两把椅子似乎在等待着我和将军的对话。从看见那颗子弹之前,我想我就已经预感到了这不是一次寻常意义上的采访,而是一次生死之对话。于是,就有了我们下面的采访录,如果非要给这次对话起一个题目的话,它的名字就叫《第十三颗子弹》。好了,让我们回到这篇对话之中去。

　　我说:谈论战争是荒谬的,每一次战争总是荒谬地到来,荒谬地结束。我们就谈论子弹吧,从你身上的第一颗子弹开始说起,能开始了吗? 这第一颗子弹应该是从什么时候开始的,能告诉我们吗?

　　他说:这是我二十五岁那一年,每一颗子弹都应该有它的来头……你是做记者的,我知道你对时间的过去和时间的现在感兴趣……我是二十岁离开故乡的,我的故乡在江南的一座小镇。二十岁之前我一直在读书,起初是在镇里读小学,之后是去县城读初中高中,再之后去了美国读西点军校,而在去美国读书之前,我已经穿上了军装。在一次战乱中,第一颗子弹飞来了,那时候,只是一点点疼痛,因为这是一场不能公开的战乱,在兵荒马乱的时代,动用武器只是在眨眼间的事情,总之,第一颗子弹飞进了我的胳膊,我没上医院处理,自己动手扎住了伤口,很快就去了美国。这一颗子弹就长进了肉里,大约是我天生就有用身体收藏子弹的能力,这颗子弹竟然埋在肉里也不吭声,我也就懒得去理会它了。之后就有了第二、第三颗子弹,这两颗子弹几乎是同时射来的,这时候我已从美国西点军校毕业回到了祖国,战争一轮一轮地开始了。从我穿上军装的那天开始,战争似乎就是世界上最大的人生和社会历史中的主题,我是被我的叔叔拉进军队的。

第三章　蒙难者开始的进行曲

我想追上将军,然而下雾了,在你走着的时候饿着的时候想趴下不走的时候,野人山的一场巨雾又降临了。在雾里你不可能不走,野人山的雾有一种诡异的力量驱使你朝前走,我就是那个被雾朝前推动着继续往前走的人。雾中行走时,你会失去同行者,几秒钟前兰枝灵还在我身边,现在就看不见踪影了。也许在雾降临前,我看见了将军的背影,这是一段来自野人山的原始森林中意想不到的插曲,它使我回忆起将军身体中的十三颗子弹,而这被我以一名战地记者的名义申请收藏过来的一颗子弹,就在我的包里,这本书开始的第一序篇,我没有声张这个秘密,是因为我不想告诉任何人,我想将它带到很远的地方去,待到战争结束的那一天,我也许会交给一家博物馆,也许会再私自收藏下去。将来是看不到的,不要说是将来,就现在的我来说,走在雾里的我也看不到自己的脚,也看不到自己的一双手,以此类推我当然也就看不到周围的人,而且,就连离我最近的兰枝灵也在这咫尺间不见了踪影。

巨雾的降临,使我中断了与将军面对面谈论十三颗子弹的回忆。我们在雾中行走,甚至饥饿也消失了,剩下的是害怕,你不可能停留下来,这些灰白色的林中雾中仿佛行走着一个个看不见的幽灵,是的,也可以说这里是幽灵之家。虽然幽灵,大都是人类凭借着自己的想象力虚拟出来的幻影,但我还是能够触到它们存在的空间。以往,幽灵大都会在夜间及阴郁的环境中存在,它们存在是因为时间是轮回的,幽灵的再现,充分表达出了地球人对生死之谜的想象力以及对自身他人原罪的恐怖,从某种意义上讲幽灵是在生与死的界线中出现的,代替生者和死者复述灵魂使命的异灵。不过,多数人是看不见幽灵的,只有少数人会看见幽灵穿行在阁楼上,也会在屋顶上行走,在角落中的坛子里隐居。

此时此际,我隐约看见了野人山的幽灵,它们是用指甲来触摸雾中有呼吸和身体灵魂的另一种生灵,我们理所当然应该是它们的幽灵之手所触摸的对象,因此,我感觉到了身体上有一阵阵的惊悚;它们还有呼吸声,这是最令人惧怕的,那些从雾中飘来的呼吸仿佛利刃,可以直抵你的咽喉,我已失语,咽喉仿佛已被泥沙堵住⋯⋯

我奋力地行走,因为我深知,如在巨雾中离我们的人太远,那么凭我自己的力量是无法走出野人山的。幽灵们穿梭在野人山,但并不阻止我前行,幽灵也是良善的,它们在这雾中行走更多是嬉戏或奔赴目的地。像人类一样,它们有触须分良善和罪恶,同时也有人类管理自身的时间观念,而且,我与幽灵之间不存在冤缘,它们用不着在此阻止我的远行。

我不再害怕幽灵了,我的某种灵魂似乎醒了过来,这真的让我好舒畅。即使一个人身陷野人山的巨雾中我依然能往前走,这使我不仅仅忽略了饥饿,也同时忽略了恐怖。我发现再往前走时,巨雾突然移开了,也许是被那群幽灵们带走了。

我又想起了将军,不知道为什么,从现在开始只要一想起他也在野人山撤离,我的脚就增加了几分力量。我在上面已经叙述到了那十三颗子弹中的第一颗和第二、第三颗的故事,现在,趁着我刚刚穿越了野人山的巨雾,我体内保持的那种雀跃的激情还在我脚下穿行,让我将那场与将军的对话再叙述下去……也许,我隐隐约约已经感觉到了:趁着时间的光亮将生命中遇见的、铭心刻骨的叙事记录下来,除了让它留存在纸质笔记本中,也应该在合适的时间公开那些撼动人心的记录。我相信,记录这种古老的方式是永恒的,哪怕这个世界有一天轮回于茫茫冰川,那些笔记本中的行文将留下人类生活的证据。

我的笔记本中有这样的记录:缅北丛林深处中国远征军的那片营地边缘有两把椅子,将军取出一颗子弹后的第三天,我们面对面地坐在了两把椅子上,关于十三颗子弹的对话就从这里开始……

我说:将军,你刚才说过,你是被你的叔叔拉进军队的……这很有意思,能回首一下这段往事吗?

将军说:我的叔叔是一位军队中的营长,那一年我十八岁,正处于无所事事前景迷惘的年龄,我的叔叔带着他的军队途经了我们的小镇。叔叔说,跟我们走吧,男人应该去打仗……只有在战场上你才会知道人活着是为了什么。就这样我跟着叔叔的军队离开了故乡小镇,离开了我十八岁前生活过的地方。

我说:请讲讲你身体上另外的子弹的故事,在这样一个战乱的岁月,一个人身体上承载着十三颗子弹需要多少勇气和力量?

将军说:作为一个军人,以不同的时速辗转于不同区境的战场……紧随着到来的是第四、五、六、七、八、九、十颗子弹,它们穿入了我的手臂大腿的肌肉中,非常幸运的是,没有射穿我的大脑和心脏,否则的话,我就不可能坐在这里与你对话了。我并非钢铁之躯,但每次子弹进入肉里想做手术时,时势的变幻总是改变了我躺下取出子弹的时间,之后,是我带军队进入了缅北战场……等待我的将是第十一、十二、十三颗子弹的降临……就这样,我躺下了,因为有一周的时间我可以离开战场……我躺下了,一颗子弹来到了离心脏最近的地方,医生告诉我一定要做手术取出子弹,否则伤口一旦感染就会影响心脏的跳动。这一次,我说服自己必须躺下了,手术之前,当医生为我的身体做全面的检查时,惊讶地发现了我身体中竟然有十三颗子弹的痕迹……外科医生竟然用手就触到了埋在肉里面的那些子弹……之后,等待我的是一场取出一颗子弹的手术时间……

我说:我知道这场手术用了十个小时的时间,而残留在你身体中的那些子弹却悄无声息地在你身体中,与你生活了几十年的时光……能谈谈那些子弹在你身体中时你与它们是怎样相处的吗?

将军说:人这一生很快,我几十年前穿上军装,从那一天开始,就感知到穿军装从某种意义上讲就是用身体去迎接子弹的到来,你如果害怕子弹的话,你就无法做一名军人……我似乎还隐约记得第一颗子弹从空中射来的时间,那是人生一个最为荒谬的时间,我置身在一群人中,子弹本应该射穿的是另一个人,然而,我恰好又靠近他,于是,子弹就那样毫不留情地过来了……人群突然混乱起来,旁边的人跑了,所有人都开始跑了起来,我也跑了起来,顾不得子弹已在我手臂的血肉里,跑在我旁边的一个人边跑边把我拉进了一条小巷并在慌乱中低声地告诉我说,听我的话,赶快躲起来,千万别去医院取子弹……你知道吗?你惹麻烦了,你用你的手臂为你旁边的那个人挡住了子弹,而那个人却跑了,所以他们一定会到处找你,你千万别到医院去取子弹,否则麻烦会更大……他说完后朝着小巷尽头跑远了,我也开始在跑……我用手捂住了受伤的手臂也在跑……我转眼就自己动手草草处理了一下伤口,之后就去了美国。没有任何人知道我的手臂中有一颗子弹,看上去,我表面上是听了那个陌生人的告诫,其实,我是没有时间去让医生取出子弹,久而久之,子弹就长进了肉里……

他说:我的身体也许天生就该迎接一颗颗子弹,除了第一颗子弹是来历不明的,其余所有的子弹都与战争有关系。就这样,那些子弹仿佛是我身体的一部分进入了我的肉体,它们给予我疼痛,你刚才不是说过用什么样的勇气与力量承载那十三颗子弹的,也就是说我是怎样在几十年中与那些身体中的子弹和谐相处的?几十年从北到南,大都是在战乱中度过每一天,只有在夜深人静,我能感觉到这些子弹在肉里在离骨骼最近的地方,悄无声息中在折磨着我的意志,我甚至能感觉到每颗子弹在倾诉着它们的欲求,似乎它们也希望穿越出我的身体,而每一颗子弹无论它是镶嵌在肉里还是漂浮在肉体的路线中,它们都在告诉我每一颗子弹的黑暗历程。

他说：现在好了，而当我身体里那一颗危险子弹在漂游出身体时，我感觉到了某种召唤，也许还有新的战争和子弹在等待着我……

雾散去了，就像舞台上的层层帷幕拉开了。

我第一个看见的人是那名耳朵被蛇咬伤的士兵。

他倚靠在一棵云杉下，紧闭着双眼，我走上前，他是我穿越这场巨雾之后遇到的第一个人。尽管他闭着双眼，我仍然寻找到了我的盟友。我蹲下，伸手放在他前额，这时候我还没有忘记他在发高烧，说明饥饿、疲惫、恐惧和迷失方向都还没有摧毁我清醒的理智，我还醒着，包括我的良知和经验都在陪伴着我。在这些东西的支配之下，才可能让我去帮助另一个人，在此处，当我与他独处时，才知道他比我更需要帮助。我的经验在此开始发酵，沿着他清瘦面颊上的前额，我又触到了一丝丝火苗，它随时可以上升到这具身体中的所有器官，而人之器官无论它是大是小都在肩负着生命存在的元素，没有它们身体就顿然间失去了活力。他前额依旧处于发烧状态，我将他搀扶而起时再次发现他被蛇咬的耳朵比之前更肿胀了，如果从模糊中看这只耳朵，就像一朵红色的鸡冠花。他已力不从心，脚步很软，站起来时就像踩着一团团棉花，每一次移步都似乎很艰难。我几乎是拖着他在前移，终于，前面有了声音，确实是声音，是前方林子里的声音。

他似乎也同样被这声音所召唤，他仰起了头，他喃喃自语道：飞机，这是飞机的声音……我的心被召唤了一下，仿佛扇面将一阵风语带给了我，我有一个发自内心的惊喜和焦虑，天空中确实有飞机在我们头顶上盘旋，但不知道是敌机还是我们的飞机？

不管怎么样，飞机的轰鸣声已经给予了我们足够的力量，人在最为困难的时候，确实需要借助于外在的力量推动自己的身体，当外在的声音召唤我们时，证明我们与这个世界还保持着生命纽带般的联系。耳朵受伤的战士似乎感知到了飞机轰鸣声的魔力，他的脚步较之前向前跨得更大了，这样一来我们朝着前面的树林走去时感知到了除了我们在奔向前方的树林，还有从不同方向过来的人也在奔向那片树林。前方的树林离我们五六百米远，我们到了，我们终于到了。这是进入野人山之后看到的相对平缓的树林，而且这是一片矮树林，从各个方向汇聚而来的人们突然间涌满了矮树林，飞机又来了，只要仰头就可以看见树林上空有几架草绿色的飞机在盘旋，这是我们的飞机。

飞机开始抛下了一袋袋黑色的物体……我们开始叫嚷着奔向那些落在树林中的物体，我看见一双双已经饥饿了好几天的手慌乱中撕开了一袋袋从空中抛掷下的食品袋，里面有压缩饼干等等。一幕幕饥饿众生相突然就在眼前，这些空中掷下的食物成为了汇聚在这片小树林中饥饿者们最好的食物，我们已顾不得吃相，我们都是饥饿者，只要手中有一点点食物就会被我们送到嘴边，人的嘴在这一刻似乎会异常地亢奋……你如果是一个局外人，当你突然观望到这一张张饥饿中吞噬食物的嘴巴时，你的内心一定会涌起一阵阵酸涩不堪的念头，想将你手中可能有的食物全部馈赠给他们。

尽管这愿望美好良善，但最终只是一种愿望而已，因为在我们之间,相隔巨大而辽阔的野人山的屏障。其次,是时间的隔离,时间是无情的,它再不可能让你回到从前,无论你现在有多少财富粮仓,都无法施舍给昨天的饥饿者;也无论你现在有多少汹涌的起伏荡漾的爱情,都无法再回到从前,与旧日的恋人互诉衷肠。时间是回不去的,在这里,只有语言可以带领我们回去……而此刻,当我历尽苍茫的语言重又来到这里,我又感觉到了自己的嘴正在饥饿中吞咽着那些枯干的压缩饼干……我还将那些饼干分给耳朵受伤的士兵,我记得他吞咽最后一片饼干时眼睛里的哀伤无助,这也是我最后一次看见他吃东西,之后等待他的将是昏迷和死亡。飞机空投下的食物分到每个人手上,也就每人一包压缩饼干,我们不敢一口气吃完,每个人都预感到了走出野人山的渺茫,这渺茫使想一口气吃完一包压缩饼干的欲求顿然锐减。饥饿会产生两种功效和经验,其一,会将手里仅有的粮食短时期内全部消耗,然后等待着饥饿将体内的细胞杀死,让血液干枯,等待着死亡;其二,尽可能地省下有可能不吃的一小团食物,就能用这省下的食物在饥肠开始萎缩的时候去安抚你的胃,然后携带你仅剩一口气的身体一步步地走出野人山。我省下了手中的压缩饼干,天空之上空投食物的飞机已远去,剩下的是我们自己。我重又携扶着耳朵被蛇咬伤的年轻战士往前走,刚才的两片饼干似乎给他增加了脚力、因为他的存在,我没有心思去寻找出发前的队友。当一个人离你最近,在你视线下成为生命最垂危者时,你只可能向他伸出手,从而忽略耳边的风,甚至天空下更大的浩劫,同时,也会忽略你念想中一个个的幻影。我将他携扶而起,野人山的森林中晃动着一个个的有头有脚的生命具象,他们是真实的,我自己的存在也是真实的,等待我们的更漫长的煎熬也将是真实的。正是这些真实,使我们朝前走,我不停地告诫自己,不走是不可能的,除非你想死。当然,在野人山死是容易的,就像在战场上死同样是容易的,但我相信,从缅北战场中撤离到野人山的人们每个人都想活下去。

我自己当然也想活下去,每当我抬起头,透过树梢看见冠顶上的一束阳光时,我感觉到身体在奋力地向上跃起,说实话,我还没有活够,因为我的生命才刚开始。在野人山每每遇到泉水,我就会珍惜这一次偶遇,因为野人山并非到处是溪流缠绕,很多时候口渴的滋味就像成群的蚂蚁在口腔中噬咬住你的咽部和舌苔,所以,每遇到溪流时唯有将自己的军绿色水壶灌满(而这时候,总是会嫌自己的水壶太小,容不下多少水,走在路上时,又会感觉到自己的行囊太沉重),除此外,是将脸及所有可以裸露在外的手和胳膊洗得干干净净。看见水,人就会心生喜悦,尤其是当你突然间发现了一条从原始森林中已经环绕到你脚下的溪流时,你会弯下腰让身心融入溪流,这时候,你所经历的所有磨难似乎也都被你忘却。一个想死的人,如果面对野人山的一条溪流,那么无论死神怎样召唤自己,他们都会从死神召唤自己的咒语中发现一条生的通道。

又走了将近一天后接近了黄昏,这一天走得比任何一天都艰难万分,因为除了我自己行走,我还要搀扶住耳朵被蛇咬伤的年轻战士。我不可能抛下他,如果我一松手,他就不可能再往前走了。我已发现了他被炎症所笼罩后身体的无力感,支撑他身体的一根根骨骼仿佛在他体内已经弯曲了。他的每一步行走,都是我用手臂将他拽着往前走半步或一步,我们又渐渐偏离了人群。在野人山的逃亡录中,存在着一个残酷而真实的现象:每个人的行走既是独立的,也是被他人所捆绑的。之前,我是独立的,尽管与两个队友已分离,但我一直在往前走。而现在,我已在不知不觉中,被他所捆缚,他已像一根绳子般拴住了我,我要一直使用我身体中残留的、无论怎样艰难都将激荡在我血液中的本能,将他搀扶着继续往前走,这本能就是良善和悲悯。它使我没有松手抛下他,所以,我们终于又走到了黄昏。再往前走半步都是不可能的,黄昏是我们寻找营地的时辰,一旦错过这个时间段,天空顿然会黑下去。

所谓寻找营地,就意味着要在眼皮底下尽快搜寻到有大树支撑的一小片灌木丛,大树可以作为屏障,也可以在猛兽袭击时作为攀爬物,但这只是我们内心跃起的避难台阶而已,如果真的有野兽突如其来,那是一个无法预先想象勇气与搏斗的事件。还有灌木丛,它几乎可以成为我们天然的睡床,因为野人山的灌木丛中央总是会出现一小片长满了野草的地方,我们就可以借此躺下去。我听别人告诉我,如果你身不由己不得不在原始森林过夜的话,最好的办法就是躺下去后,尽可能屏住呼吸,并且要将自己的身体气味融入植物之中,这样会混淆猛兽的嗅觉感,以此减少它们对人类肉体的侵犯。

我找到了几棵云杉树,它们已在天空筑起了屋顶,之下就是灌木丛和里面柔软的野草,我将身边的他搀扶到了野草中让他躺下,他似乎太需要躺下去了,我从他无神的眼睛中感觉到了某种垂头丧气的不再想攀援的勇气,他就像一只散了架的盔甲已经没有斗志。其缘由是又一轮高热开始降临,我的手触到了从他呼吸的鼻腔中荡来的气息,而他的耳朵已肿胀得像一只拳头。我已无力替他降温,水壶中已再没有一滴水。而且黑夜让我感到迷茫而又恐惧,我躺在离他有一个枕头的距离之外,面对他的高热,除了陪伴守候,再无别的选择。这时候,风声从巨大的野生灌木丛中过来了,野人山的夜晚温度骤降,躺在野草中的我最大的祈愿:第一,是让年轻战士的高烧退下,第二,是让我战胜恐怖和不安尽早进入睡眠,第三,是请野兽们放过我们,别惊扰我们的梦,也别来吃我们的肉和骨头。

尽管如此,我还是借助于夜色在睡前以自己尽可能有的力量做了三件事:我摘下了一些树枝,上面的云杉叶枝茂密,我有一个美好的既取暖而又有防御功能的愿望,睡前让这些树枝盖在我们的身上,它既能挡住一些凉风,更为重要的是倘若真有猛兽途经此地的话我们睡在树枝下会更安全些。树枝会让野兽视觉模糊,野人山是野兽和植物王国的天下,而如今我们不得已闯入其中,所以,在很多不测的黑夜之中,我们要伪装成这座王国中的一棵树,一些与它们殊途同归的形象相似的存在。之外,我站起来倾听了一会儿,从四面而来的风声中,是否挟裹着野兽们突袭而来的脚步声,但我欣慰地告诉自己,风声是平静的,没有凶险的预兆。除此之外,我再次蹲下并屈膝,在夜色中端详着年轻战士的面孔,他安静地睡过去了,也许是已经昏迷过去了。他就像孩子,又像我的弟弟,如果我有弟弟的话。我突然诞生了一个愿望,在他醒来之后,告诉他,如果愿意的话就做我的弟弟,我们就以野人山为背景,结拜为姐弟,这样我们好相互关照,多一些力量,就能使我们更早地突围出去。我为他身体上盖上了一层刚折下的树枝,又为我自己的身体也盖上了一层树枝,之后,我就躺下去了。

夜空真美啊,人在任何逆境之下的陌生背景中都能寻找到自己的安寝之地,我躺下后因为太疲惫,很快就又睡着了。这个下半夜,我无任何梦,一觉竟然就睡到了天亮。我发现了树枝上的露水正抖落在我身体上时,我开始醒来了……也许是因为在战乱中长久迁移,每每醒来,睁开眼睛的第一种习惯性本能是环顾四周,弄清楚我置身在哪里。

他竟然没有了呼吸。这是我面对现实中触抚到的第一件事情,这件事真实得使我没了任何迂回的路线。醒来后,我掀开了身体上的树枝,我叫唤着他,我叫他兄弟,我想在他醒来后告诉他,我没有弟弟,如他愿意,从此刻开始我们就结盟为姐弟吧!他没吭声,我用手靠近了他的前额后发现,昨晚的高热已退下,因为他前额已是一片冰凉,然而,我慢慢地发现了,这是一种接近冰的冷,一种全身心的冰冷从他口腔中弥漫而出……我渐次被一种过往经验中的记忆所包围,因为我虽然年轻,却已经历了太多的与冰冷气息相关的记忆。我环顾四周,看不到一个人,就连鸟语也无法听到,我似乎和他待在了另一个星球上。

来自死亡的经验通常都是冰冷的,这冰冷源自肉体,他的手脚已经冰凉了很久很久……我在试图寻找到来自他身体的一点点体温和气息,哪怕一点点都会证明他还活着。手的感知力量在这顷刻间显得非常重要,只要有可能触抚到他体温的地方,我的手都在尽力探索着,我在绝望之中总是心存一点点侥幸的期待,哪怕他手腕上有一点点脉跳,都可以证明他还在活着。

人如果活着,就一定会有脉跳,它在身体的血液中穿行。

而人一旦失去脉跳,就像一条树藤面临着衰竭,在缅北的原始森林中,植物们也有生死状态:刚刚获得新生的植物是鹅黄色向青绿递嬗的过程。鹅黄,是春天所有枝头初绽芽胚的颜色,当它们迎着初生的太阳而上时就会将自己的身体演变为青绿色。而当植物经历了纷繁时间的沧桑之后,其姿容将呈现疲惫萎靡,如果再经历一场突发其来的磨难,其身心气息已散尽。一路上,我既看见了新生的野生植物欢喜得像人类的幼儿们在糖果积木房中跳着舞唱着歌的状态,也同时看见植物们死亡前夕的挣扎,当植物临近死亡时,满身的树叶将逐次凋零,比如人的毛发突然从黑变得枯燥后开始脱落的状态。我曾看见过一根巨大的树藤在盘旋着另一根青绿色的巨藤时的死亡状态,它的藤心已空,就像地球上的空心人已失去了灵魂,同时也失去了人身体中的血液循环和有节奏的脉跳。

而当他的脉跳再也无法被我的手触抚到时,我已感觉到了他的死亡。面对死亡,也就是面对一个人身体失去再生之后的现实。我用双手扒开了层层叠叠的落叶,我的心告诉我,只要有可能,我都要用尽我全部的力量为他的身体寻找到安息之地,落叶下我触到了缅北原始森林中的泥土,我仿佛用手指触到了他躺在这片泥土之下通往天堂的路线。于是,我将他的身体迁往那片长方形状的泥土,我知道就我个人的力量来说,虽然显得渺小,然而,我却已经用心地为他搜寻到了这片看似安静又温暖的床榻,之后,他将在此安息。我伸手将土覆盖在他年轻的身体之上,再从头顶的树枝上折下了许多鲜绿的树叶铺洒在泥土上,然后从包里掏出笔在一块落地的树桩上写上这两句话:他的灵魂已在此安静,请附近的飞禽走兽们别打扰他。

若干年后的某一时辰,我曾将星期六的玫瑰献给了自己,那一刻,所有的烦忧仿佛都被一轮银白色月光卷走了。我仍然爱着黑夜的面貌,任凭这个世界在人妖间周转不息,只要暗含幽香,我们就能在荆棘密布中遇见另一朵玫瑰。

我亲手将一个人埋在了野人山的原始森林中,我很想摘到空中花园中的一朵玫瑰,最好是红玫瑰……然而,你知道,野人山从不诞生玫瑰,它只诞生望不到尽头的原始森林中的人与兽妖怪搏斗的场景。当然,它也诞生了蔓生的青苔、复杂而难以掌握的气候特征。这不是人类可以穿越的一座原始森林,所以它不可能预先为人类的逃亡准备好粮食、药品和床榻,更不可能为逃亡在野人山的几万人准备好抵御死亡疾患和饥饿的特殊武器。

当我亲手埋葬了一个年轻的战士之后,我似乎又变得勇敢了一些。既然你已经成为了进入野人山的一名逃亡者,那么,就必须让自己变得勇敢起来。仅仅谈论勇敢这个词汇是空洞的,它需要来自野人山的熔炼。对我而言,能够独立地将一个已失去脉跳的中国远征军战士掩埋在泥土下,本身就是一次熔炼。若干年以后,当我回首这件事时,仿佛仍在使用我那双没有皱纹和老年斑的手,伸向那落叶下的泥土,我用手掘开了一层层的泥土,看上去这些土质很肥沃,所以它才诞生了野人山众树的灵魂。我的手,忘却了疼痛掘开了泥土,因为一个严峻而残酷的事实已在面前,年轻战士的身体再也不可能站立起来,跟我们去穿越野人山,当脉跳停止,人的生命就停止了歌唱。我是见证他死亡的唯一在场者,所以,只有我可以将他埋葬在泥土下。独自一个人将他气息也尽的身体移向泥土,这座属于他自己的小房间将为他抵挡暴风骤雨,这是属于他自己的避难所,再不会有蛇的毒液进入他的耳朵,也再不会有饥饿高烧分裂他的身体。我曾听别人说,人一死,也就开始了轮回……当林子里又荡来了树枝的芳菲时,我从他的墓地上重又站立起来,我经历了一个人的死亡,我同时经历了通向勇敢之路的磨砺。我离开了一个人的死亡,面前的路仍然是看不到尽头的原始森林,要走多远才能遇到他们,在这里,他们这个词就是我身边的侣伴,经过了死亡的体验,一个现实结束:那个被蛇咬伤了耳朵的士兵,同样在这条路上历经了几十次高热的侵袭,还是被死神带走了。

　　我知道,我已在冥冥中感悟道:死神是另一个阴界之神,他肩负职责来阳界收走那些饱受痛苦和罪孽深重者。在野人山的巨大丛林深处,死神们游走在我们中间,稍不留神,我们中的另一个人就会被死神带走。

第四章　野人山的神秘侣伴们

遇到兰枝灵时,她走在一个年轻的战士身边,我认出了这名战士,他曾是我们西南联大的学生,好像是外语系的,而且是一名诗人。想起来了,在一次演讲活动中我听过他的诗歌朗诵。想起来了他的名字,他叫穆夫,一个属于诗人的名字,从西南联大来到了缅北战场,再从战场撤离到了野人山……这些都是传奇故事,不知道为什么,从看见诗人穆夫和兰枝灵走在一起时,我感觉到了一种新鲜的活力。

实话实说吧,当我将那名耳朵受伤的战士的冰凉之躯移向那个潮湿的土坑时,我的身体几乎坍塌了,但是在那个没有第二个人在场的现实中,是神给予了我力量。我的神,我亲爱的神,那个看不见的神,总是在我艰难的时光中给我助力,所以,我忘记了虚弱和惊恐。事后,我回忆着那番情景时,手仿佛还在半空中战栗:我要赞美我这双手,因为有了它的伸展柔软之力,我的手开始将他的身体往另一边移动,你们知道,人一旦气息已尽时,身体就变成了石头和泥土的一部分,我所要做的一切是要将他的身体送到西去的路上,尽管只相隔几米远的距离,我却要耗尽全部的力量。就这样,他躺在了泥土中,我没有时间悲伤和淌眼泪,在那一时刻,我没有忘记从他的包里搜寻到一个人的生命的称谓,然而,他的口袋中什么都没有,他的口粮袋早就空了,所以他的躯壳也空了,但愿他的灵魂能去到他想去的地方。于是,我的双手从空中落下再上升,在重复了无数次的落下再上升的这个姿势之后,我的双手变成了铁铲为他合上了泥土,当我最后一次看他一眼时,他就像一个婴儿睡着了,而我就在那一时刻,竟然发现了他前额下的一道伤疤,这显然是刚愈合的伤疤,这是最后的证据,我铭记了他的死亡。我的手离开了他身上的泥土,再帮助他折下了那些新鲜的松枝,之后,一个人埋葬另一个人的死亡事件结束之后,走了很远,我遇到了他们。

他们,是故事的另一部分,带着新鲜的血液正在朝前走去。我先是看见了兰枝灵的背影,她头上的两根小辫子甩动着,走了这么远,她竟然从背影看上去还是那样充满了活力,这归结于旁边走着的那个叫穆夫的诗人。

忧伤,这个词汇,让我回到了叙事中的缅北野人山。

野人山需要侣伴,他们来了,他们就是野人山的侣伴。

有一个细节很重要,在我即将喊出兰枝灵的名字时,我看见他们的手牵在了一起。我不想惊动他们的手,首先是不想惊动他们的心之板块,那是一片深陷于野人山的葱绿板块。刚刚经历了死亡的我,身心中滋长着从阴郁悲伤中上升的希望,那就是尽快地寻找到他们,在这个从死亡中上升的世界里,只有寻找到他们的影子,然而这不是一道道虚幻的影子,它们是真实得可以触抚到的影子。他们,就是汇集在野人山的中国远征军的大撤离,我感觉到一阵阵饥饿,那些从空中抛掷下的压缩饼干已经从胃里消失……我正携带着我的饥饿继续朝前走,在此地同他们相遇。兰枝灵的手和穆夫的手松开了,他们大约是发现了身后不远处的我,我并没有在他们牵手朝前走时绕开他们。你不知道在野人山如果迷路会有多么可怕,最怕的是一个人走了很远却看不到任何一个人的局面,一旦发生这样的事情,你就会完全失去方向感。野人山的辽阔中几乎没有为你设计的路线,有一些人和野兽曾经走过的路因为长久没人走,时间长了后几乎就被野草所覆盖了。在朝前方走去的兰枝灵他们现在走的就是一条曾经是路又被野草所覆盖的路。通常能够找到这样的路已经是幸运者,只要延续这样的路往下走,就有希望了——这是临出发时,向导告诉我们的。问题是在朝前走时,路会被各种事物覆盖,比如,倒下的树冠,这些树冠从顶部倾覆而下时几乎会将一条路前后几十米的路径完全笼罩,别轻视这些倒地的树冠,它们在这林子里已经生活了几百年甚至是几千年,它们也许就是伟大的树神,它们倒地是为了接受神圣的死亡,以此获得再生。

　　野人山的路,人或野兽们曾经走过的那一条条路,被各种自由生长的野生荆棘和灌木所覆盖后,剩下的只有用人的判断力才可能发现的,那些潜游在无尽灌木丛中曾经被人或巨兽们用野心丈量出来的路。路,在今天的二十一世纪是用柏油铺展在高速公路尽头的,贯穿着数字化和立体道路史的全球化的文明,而在第二次世界大战传说中的野人山,对于中国远征军几万人的大撤离来说,在那些被坚硬的野生植物覆盖之下的路,有死去的野兽们的肢体和裸露的骨骼,如果细看,你的肉眼会在那些野兽们的尸骨上发现毛茸茸的绿色和金黄色的苔藓……宇宙真是一个无法解读之谜,一物降一物,一物寄生于另一物体,不断演绎着生命的奇观。

兰枝灵回头看见了我,我们就这样又相遇了,在他们之中又增加了我。兰枝灵显得很活跃,也许是来自野人山的爱情滋养了他们,我虽然不知道他们是在什么样的背景中相遇又相爱的,但当我走近他们时,我已经感觉到他们之间那些从眼神中散发的爱情故事。我们来不及细诉,也无法追究我们之前的小团队中的他们此刻已经走到了哪里。我省略了刚刚埋葬另一个人的故事,也许是我们要省下力气继续朝前走。

在往前走的野生灌木丛中,阳光突然从高高的密林树冠下射了下来,可想而知,这一束束光芒对于我们来说就像双手捧住了明珠。而在朝前走时,我们发现了一具巨兽的尸骨,准确地说是尸骨挡住了我们的道路。我们三个人从灌木丛中蹲下去,猜测着这是一个什么什么样动物时,我发现了一张已经风干的老虎的兽皮。它的金黄色斑纹略显黯淡,但仍然可以想象出一只老虎曾经轰轰烈烈的生存状态。到如今,它虽然已丢失了生命的迹象,但仍可以想象它曾经是野人山纵横在时间长夜和白昼中的王。生命的极限在于,即使是伟大而杰出的王,也有告别的时刻。它就在这里躺下去了,也许是老死或者是因孤独饥饿疾患而死。我抚摸着已脱离了它肉身的兽皮,它不再拥有完整的四肢,但我相信它的某种灵魂仍在野人山的原始森林中奔跑。尽管它的四肢也裸露在灌木丛下,我仍能感受到猛虎的呼啸声,生命一旦完成了自己的绝唱,那么死亦生,生亦死,又何尝不是一曲最终的哀歌。

我们继续着生的权利,这权利来自身体的温热,它使我们有所渴望,在临近黄昏时我们再无法往前走一步了,仿佛再走一步等待我们的就是死亡。令人欣慰的事终于出现了,我们竟然又临近了中国远征军撤离于野人山的营区,而且我们还发现了几顶帐篷……蓦然间,兰枝灵跳了起来,我不知道刚才已无法再挪动半步的女子,身体为什么有力量朝空中跳了起来,是她首先发现了黄昏升起的幕帐下的营区,是她最早听见了这原始森林区域中来自人类的声音,于是,她欢喜地叫出了声,身体便往空中跳起。

当兰枝灵的身体往空中跳起来时,我有一种灵魂出世的感觉,这感觉好极了。我在刹那间忘却了饥饿、死亡、迷惘而又疲惫不堪的逃亡,半空中一个精灵上升了,她身着中国远征军的服装,细腰上还有一根宽宽的皮带,脚上缠着军绿色的绑腿……在这里,我们是统一的远征军服装,如果在森林中有猛兽想袭击我们,乍一看去我们就仿佛是一棵树或者是一片延伸出去的树林。兰枝灵军绿色的身体往空中跳起来了,我的双眸在此际充满了玄幻的力量。人,哪怕置身于地狱,只要内心有扑不灭的火焰,剪不断的流水,念不尽的魔咒……他们就必定是玄幻的精灵,带着他们的灵魂在飞翔。

而当兰枝灵的身体落下来时,我明白了,即使是长出翅膀的精灵们也有将翅膀栖在大地上的时候;我明白了,当我看见她的脚落在松枝上时,一个朝前奔赴几百米外的营地的奔跑姿势开始了。先是他们两人跑了起来——亲爱的读者们啊,请理解我们的奔跑吧!倘若当你遇上了野人山,我说的是第二次世界大战中的缅北野人山,当你行走了数日,用尽了口粮和灵魂中的气息,用尽了脚力,手臂揽紧又松开,日日夜夜后,你突然发现了前方的营区,你是否会用最后的力量奔跑起来?

就我而言,这种奔跑,有一种死里逃生的感觉:在野人山的原始森林中,如果看见了营区便意味着我们寻找到远征军的核心区域,意味着在营区我们会遇见很多人……人很重要,当我独自一个人埋葬那名耳朵受伤的士兵时,我是多么希望旁边有几个人同我一起掘开泥土,为年轻的死者寻找到他的安息之地;人很重要,当我们往林子里继续逃亡时,如果在白昼没有遇到任何人,你的身躯还可以忍住恐慌迷惘,并在林子里的一只只小松鼠的带领下不知不觉中往前走,而一旦黄昏上升,暮色降临,你如果还是一个人在行走,那么,你血液的畅流声会突然折断,在伸手不见五指的夜色中你用手脚无意中碰撞到的任何一棵树,都会像幽灵和鬼怪,因你的到来而步步逼向你。生命宛如被利齿咬噬而断开的绳索,你在这无尽的长夜中也许就会被孤独惊恐而吓死。

只有幻念和希望交织中的现实世界可以让疲惫僵硬的脚跑起来,我们三个人穿过了几百米的距离后又一次寻找到了中国远征军的营区。这或许也是我们在野人山最后寻找到的营区,自此以后等待我们的路是中国远征军在野人山的无尽磨难。尽管如此,在未进入那些预料中的或未曾想到过的劫难之前,我们忘却了一切,或许这也是人的本能。因为,在刹那间突然又看见了森林中一块巨大的平地上有拔地而起的几顶绿帐篷时,希望重又升起。

当歇下脚喝了一碗热粥之后,身体舒服多了,这是我们撤离于野人山之后第一次也是最后一次喝到热粥。久违了,端在我们手中的那只绿色饭盒中的玉米粥,看上去它们的颜色是那么黄,即使夜色已临,金黄色仍然漂满了整个饭盒。我端着那只饭盒寻找到了一棵树坐了下来,不知道为什么,我有些舍不得吞咽下那些金黄色的玉米粥,此刻我又想起了亲手埋葬的那名耳朵被蛇咬伤的年轻战士,我设想着:假若那名战士能够喝上这么一碗热粥的话,他也许就不会那么快地死去?在那个夜色开始弥漫上升的时刻,凡是来到营区的人都可以喝到一碗金黄色的热粥,但更多人已走到了营区的前面或落在营区之后,与这碗热粥失之交臂,坐在这里能喝到一碗热粥的人已经是非常幸运的了。

我本想省下那碗热粥留给最为艰难的时辰,然而,我那饥饿的胃不同意我这样做,我的胃仿佛在强烈地申诉着一定要让我尽快将那碗热粥喝下去。于是,我听从了饥饿之胃的申诉,将那碗热粥分三个阶段喝了下去。之所以将那一碗粥分成三个阶段喝下去,是为了更认真而温柔地将一碗分成三段:第一段,我想请那名直到今天我还不知道姓名的战士与我共同分享这碗粥,尽管我知道已无法唤醒他,并深知他已去另一个世界,同时相信他去的那个世界不再有现世的饥饿,也不会再有现世的追杀,也包括不会再有一条蛇对他的伤害和劫难。第二段,我想在喝这碗热粥时让心情逐次走出死亡的阴郁。因为,世间之所以存在着粮食,首先是为了维系我们的生命,其次是为了让我们的生命游荡着鲜活的色彩。第三段,我喝着这碗金黄色的热粥时,泪水已在眼眶中转动不息,我需要强忍住悲伤才可能感恩在野人山喝到的一碗热粥,这真的很不容易。

喝完了粥后,我站了起来,等待我去做的还有两件事情。我将去寻找到中国远征军的组织,报告组织说我在野人山刚刚亲手埋藏了一个死者。这个事件不可能就此了结,因为这是一个生命的逝去。在一顶挂着马灯的帐篷里,就是我们申报死者见证录的地方,竟然有几十个人排着队轮次上前申报,我只是其中之一。从记录者的问讯中我已感觉到每个站在这里的人,无疑都是死亡的目击者,也将是死者的埋葬者。轮到我了,对于那名年轻的战士,我所有的口供所能提供的线索只有三点是清晰的:第一,死者是一位云南籍战士。第二,死者是被一条毒蛇咬伤之后,其伤口溃烂发热而死亡的。第三,死者没有留下任何名字,我将他亲手埋葬时,看见了他前额上的一条伤疤,说明这名年轻战士生前曾受过创伤。这三条是我一生中对死者所提供的证据之一,类似这样的死亡很多,问讯员们记录着这些没有名字的死者。我完成了一个人埋葬死者的问讯录后,将需要做的另一件事情就是:去寻找我的另外几个队员。

陪我前去寻找的还有兰枝灵,这时候她已不再是往空中飞去的精灵,她重又回到现实,我们的小团队的名单虽然全是女人的名字,然而出发时她们的面容已完整地保留在我们心中。我们几个人是因为寻找水源而离散的,我和兰枝灵都希望能在这样一个夜晚与她们相遇。

野人山应该是一座由原始森林所绵延不尽的舞台,它用巨大的树冠藤架构筑起了人间少有的阴晴不定的诡异天气,它改变了惯性中人们对于生死无常的态度。野人山不仅仅有地理学的奇特景观,而且保存着地球上为数不多的原始森林状态,所以,中国远征军几万人自野人山撤离无疑是改变了的另外一种战乱的舞台。之前,战争中所面对的敌人,是那些使用着武器掠夺的杀戮者,我曾以战地记者的身份无数次携带着我个人的身体,来到了缅北战争前沿阵地上,那通常是炮火浓密时或是一场战争结束之后。有一次我曾站在距离阵地的几百米的战壕中,在望远镜中看到了一场肉搏之战:两者之间在面对面的一片山冈上开始了残酷的肉搏,那是人类呼吸中一场巨大的沙尘暴,我在望远镜中看到了鲜血迸溅,看到了断裂的胳膊离开了肉身飞上了半空又落下来……我不是一个勇敢者,望远镜从我手中落在了战壕中时我半蹲而下,我掩住了面孔……这是我记者生涯里目睹的最为悲壮残酷的一幕……肉搏之战结束后的那个黄昏,我有机会来到了那片山冈……你无法想象几小时之前这片山冈曾发生过一场肉搏之战,来自两个国家的肉体之战是第二次世界大战的一部分。之前,在我还是一个南渡而下的大学生,开始从北向南逃亡时,我曾悲伤且恐怖地自语:为什么?这是为什么?民众为什么要离家而逃亡?我们又为什么要离开母校而逃亡?

　　在之后前往缅北战场时,我曾在一场暴雨降临之前,半蹲在地上时,突然就发现了一大群白蚁家族的迁徙,它们因暴雨而被迫迁离已有的根据地,它们将前往一个陌生的地方。在我细观它们的四肢时,我隐约感觉到了它们的肉身虽然细小,但同样像人类一样充满了灵性,它们团结一心正跟随着父王和母后,以我们无法想象的力量向前迁徙。于是,我明白了地球上一切生灵都有权利维护着自己的生命,我们的朝南迁移,也同样是为了将生命和教育的理想迁移到西南之隅的天空之下,去寻找到保存生命的避难地。

我曾在肉搏之战的那座山冈上,发现了一个个身体的蒙难现场:在这里你无法寻找到一具完整的身体,往往是这样一个人的身体:他的头颅、双手双脚已不再属于他的原形,战争分裂了他的身体,使其肉身遭遇了空前的劫难。在战争中,作为战地记者,只要经历并目睹这样一座山冈,那么,你就会对战争和死亡拥有更深刻的记忆。而在另一座曾经发生过肉搏之战的山冈上,只相隔了一个夜晚,当我们在第二天上午赶往那片山冈时,才发现兀鹰,天空中用飞翔之黑色翅膀寻找饥饿食物的勇士们,早就已经在我们赶到之前分解了死者们的肉体,只留下了雪白的骨头……我曾在一首古老歌谣中发现过用来祭祀身体的咒语:去吧,去吧,请将我的肉体化成灰后再让我飞吧,将我的骨头留下来变成树变成木头再让我长出翅膀飞吧……在这首咒语中,我心绪中澄清了肉体与骨头的界线,我在它们之间寻找到了分离的神界。于是,我们在那天早晨,借助于缅北灰蓝色的一束束光线,将所有死者残留在山冈上的骨头埋在了松开的沉土下,我由此相信每一根骨头都将变成树和木头。

他们也在走动着,这是我们进入野人山之后人数汇聚得最多的一次,或许喝了那碗玉米粥之后,大家又恢复了部分体力。你一定要充分相信,一粒米就能让一只鸟飞过一片巨大的云层,一碗米粥也同样能让我们枯萎的胃重又激活,因为胃的激活,人身体中的血液细胞也同时被激活,所以,这一夜等待我们的不是睡眠,而是寻找我们的队员。

我的队员们在哪里?兰枝灵陪同我开始在人群中寻找,我们的目光几乎不会错过每一张面孔,只有在不会错过每张面孔的情况下,我们才能搜寻到人群中那一张张我们需要寻找的面孔,我依稀记得她们的面孔是这样的:白梅,卫生员。她有一张清秀的瓜子脸,皮肤像雪一样素白,身材修长,虽然我们没有走多远就相互失踪了,但我如果一旦在人群中看见她,我肯定会叫出她名字来的。我的几个队员长得都很漂亮,这样有姿色的女人是不应参战的,然而,她们偏偏来到了缅北战场,肩负的又都是不一样的职业。在今天的时代流行着一个词,将好看的女人称之为"美人",如果她们活在今天必定是美人中的美人,包括我自己也一定是美人中的美人。

兰枝灵就是美人中的美人,她梳着两根小辫,神情转动起来时就像天上的仙鹤,进入营区之前,我曾看见了她在往半空中飞去。她是我在野人山的撤离中看见的精灵之一。

白梅就是美人中的美人。她白皙的瓜子脸上有一种淡淡的忧伤,或许这跟她做卫生员有关,也许她所看见的伤口和死亡的面孔太多了。而此刻,她是否在这片营区也在寻找我们?

我自己也应该是美人中的美人,尽管描述自己是羞涩而艰难的,但我仍然要对你们披露我的几件事。背景之一,在一二一大街西南联大的校园中,我递交了参加中国远征军的申请书,一个大男生一直在追我,当我写下申请书时,他低声说道:你的这张脸还有你的魔鬼身材不是去参战的,而是用来被男人所爱的。我骄傲地说,在这个世界上还没有任何事、任何人可以阻止我去从军,我已经想好了,我就是要到战场上去实现自己做一名战地记者的梦想。就这样我来到了缅北,我在远征军总部递交了做战地记者的申请书,必须经过面试这一关。那天,在营区的一个下午,面试我的是三个负责宣传的干部,他们将我从头到脚审视了一番后告诉我,做一名战地记者意味着要有不怕死的精神准备,不仅仅不害怕炮火硝烟,还要有从死人堆里爬过去的勇气,除此之外,还要准时精确地记录战争的最新动态……简言之,他们是在怀疑我,猜测我的勇气和能力。对此,我开始使用最简短的语言告诉他们:我来自西南联大校园,之前,我经历过几千公里的步行来到了昆明,一路上我们经历了饥饿和许多次被土匪们的追杀,也同时目睹了逃亡者的一幕幕死亡现场。对此,我有充分的信心和勇气去实现做一个战地记者的理想……就这样,我的美貌姿色并没有阻碍我,我实现了做一名战地记者的理想。

我和兰枝灵几乎是在同一个时刻搜寻到了一个角落,从而发现了一张脸的存在。她的瓜子脸正低垂着,这是在营区的一棵大树下,树冠几乎就覆盖了这个角落,如果我们不用心,也就会错过这片角隅了。重要的是,我们是在用心地寻找,置身于野人山的原始森林使我们明白了一个道理:在这里陪同你呼吸的,战胜饥饿和死亡的,帮助你走过每一步度过每一夜的,无论是树枝溪流浆果飞禽走兽,都是你生命中值得铭刻的记忆。而人,亦就是你的秘密伴侣,正是拥有了他们一路上的陪伴,你才可能继续往下走。而往下走,不断地品味着迷失方向和与队员们的分离,如能在某一段再次相遇,则是一件多么令人喜悦之事。

这喜悦是不死者的活生生的连接线,它们宛如从我们脚下延伸出去的原始森林中千千万万根的原始枝蔓和柔软而又坚硬的藤条。如能在野人山感受到一点点的喜悦,那一定是我们的身心又一次地迈过了地狱之门的历练。这喜悦虽然像闪电般短暂却能让我们彼此感受到生命的存在。我们的目光在这片营地的夜色中搜寻到了一个角隅,在依树而作为栖身地的树冠和巨藤下面,我们看见了她的瓜子脸。某些脸,你一生中会深深铭记,因为那是一张张不可以重复的面容。

她终于出现了,白梅,一个二十四岁左右的卫生员,她的瓜子脸对于我来说是唯一的,亦是不可以复制的。我们来到了她的世界,在树冠下正躺着一个年轻的战士,他已经睡着了,或者是闭上双眼休息着。她看见了我们后就从地上站了起来,我们终于又见面了,她很高兴,她低声告诉我们,她遇到了她从前的病人,之前他因头部外伤,她护理过他,后来,他很快就上前线了,她在迷路时竟然又遇到了他,而这时候的他左腿已受伤,他是从前线直接撤离后进入野人山的,因而他的左腿中还有一颗子弹来不及取出来。因此,她忧虑地说,这颗子弹正在折磨着他,她想找机会将那颗潜伏在他左腿中的子弹取出来,可他拒绝着,不同意这样做。并声称,他要带着这颗子弹走出野人山。他让她为他保密,并坚定地告诉她也告诉自己,他一定会带着受伤的左腿和那颗子弹走出野人山的。

我突然就在夜色弥漫中又感受到了一种信仰的存在,虽然我没有跟这名年轻的战士交流过,但冥冥之中有一种东西告诉我:所谓"信仰",就是从自己的身体中诞生的一个属于自己的神话传说。而当信仰来到了野人山以后,这信仰将驱动我们的身体与灵魂相互捆绑在一起，使它们拥有神性的护佑，从而坚定地相信，野人山除了有一座座未知的炼狱和地狱在等待着我们，也有通向天堂的路在等待着我们。

天蒙蒙亮后，我们又出发了。营区的几顶帐篷消失了，只是瞬间，这座栖居了一夜的营区消失了，拂晓中的出发往往是最为坚定而又迷人的，在这时候你看不到沮丧和绝望，甚至也看不到疲惫得快要倒下地的形体。无论夜晚多么短暂都能修复我们的肉体，在这里的肉体如没有睡眠的补给是无法与灵魂相融一体的。每个人都站立起来之后，生命又开始了出发，只有在野人山你才会发现，当人躺下地时，森林中的灌木野草成为了我们的床枕，而当我们站立而开始出发时，飘忽在森林上空的云彩像魔法巨杖点化着我们的行踪。

只要往出发者的背影看上去，就会发现队伍中已经有许多伤残者，他们将树干作为拐杖撑在手中正在往前走……往前走不是一个神话，然而，神话故事却都是人类创造的。神话，就眼前来说，如果我们用四肢的力量逾越了这座充满无数人妖魔兽的野人山，我们就创造了一个神话故事。

兰枝灵身边走着穆夫，白梅身边走着那位大腿携带着子弹的战士，我身边走着风，我一直感觉到风在陪同我们一块走，很感谢那碗玉米粥，它使我们拥有了又一个清朗而美好的早晨。美好是短暂的，犹如早露顷刻即融解在瓦屋树干草木之间。又有好几天没有在笔记本上记录了，作为一名战地记者，记录是我的职业，尽管这座原始森林看似没有日军在身后追杀了，然而，我早就预感到了，自昨天晚上的那碗玉米粥喝下之后，我们将遭遇到的最大劫难,就是饥饿。我抬起头往前走,我的母亲曾在我前往北大上学的前夜嘱咐我:人生中有许多坎,在它们未到来时,你要在光明荡漾身心时预想到那些正在前面等待你的坎:它们也许是河流中的坎,那你就要踩着石头渡过去;它们或许来自泥浆,那你也要从泥浆中走过去。人生中有坎是必然的,但别害怕它,只有做好准备前去迎接它你才可能拥有人生中的美意和快乐。

继续朝前走,将意味着什么?我昨晚曾借助从森林中射下来的月光写下了这段话:如果我死了,请路过我身边的人将我埋在野人山……今夜月光太皎洁了,我无法想象明天会发生什么?我将枕着一棵树躺下去,今晚的人很多,我不再害怕野兽将我吞噬,这应该是来野人山以后,最踏实的一个夜晚了!晚安,野人山,晚安,兄弟姐妹们!

第五章　你知道饥饿的滋味吗

你知道饥饿的滋味吗？

饥饿是由胃发出的呼叫，它看似无声却像一只爪子顺着我们的身体往上摸索，直到奔出胃囊之后，我们意识到整个身体的肠道系统已经逐渐干枯了。第一轮饥饿已经开始了，这使得我们的队伍开始分散，有些人已经走到前面的树林中去了，我们从后面看不到他们的头或脚，也看不到他们的影子；有些人已经走到前面不远的树林中去了，我们往前看时可以看到他们的头顶上枝叶的墨绿色，他们像树一样仿佛在空中飘动；有些人就在身边，走在身边的人通常是身体受伤的士兵，当然也包括女兵。新一轮的饥饿使我们大多数人都感觉到了恶心，恶心得想呕吐时，胃里根本就没有东西可吐出来。战胜饥饿的办法当然是去寻找食物，好在我们一群几十个人中出现了一位十六岁的年轻士兵，他应该是我见过的远征军中年龄最小的了，看上去他有一张娃娃脸。他是为了追赶一只野兔而落后的，他抱着那只野兔过来时气喘吁吁，满脸是汗水。我迎上前伸手抚摸着那只野兔，他笑了，说终于追上你们了。是的，他确实终于追上我们了。我也由衷地笑了，当然，是他的笑感染了我，笑是需要感染的，有一刹那间,我忽略了饥饿。他说他叫黑娃,大约是我的笑也同样感染了他,所以他想把自己的名字告诉我。

我从他手中接过那只野兔,它有金褐色的皮毛,黑娃说他要带着这只野兔走出野人山……他说出这个梦想时,我点点头,我看上去似乎让他觉得我是很支持他的这个梦想的。梦,一直是寄生在我们身体中的一些瞬息火焰,以及黑暗而飘忽不定的灵息,在这样的时刻,我当然也会支持他的这个梦想,而且幻觉中就出现了年仅十六岁的黑娃带着一只金褐色的野兔走出野人山的背景。

黑娃决定带着他的野兔跟我们去找野菜……黑娃说着云南方言,我已经基本上可以倾听来自云南各个区域的云南方言。云南,这当然是一个无限神奇的地域,在此之前,我们的联大文学院曾在蒙自生活学习过一段时间,我们曾坐着滇越铁路上的小火车从滇池边进入了蒙自再进入了碧色寨……黑娃用云南方言告诉我说他的家在洱海边岸的村庄,中国远征军驻营在村庄集训时,他就报名参加了远征军,之前他是一个放羊娃。所以,他熟悉山里的许多野菜……他走路很轻快,仿佛是一头黑色的山羊……噢,一头看上去是黑色的山羊,自然也像一个黑色的精灵。我感觉由于出现了黑娃,我们的小团体中就增加了朝气,这是一种来自自然的气息。黑娃跑得很快,仿佛他没有饥饿没有疲惫没有沮丧没有绝望没有对野人山的恐惧,我们几个人都跟在他身后,他竟然就这样将我们带到了一片被阳光朗照的灌木丛。黑娃说,野生的灌木丛中生长着许许多多可食用的野菜,噢,野人山可食用的野菜也许很多很多,然而,到底哪几种是可以让我们眼下采撷的野菜呢？黑娃已半蹲在那片看上去是金黄色的灌木丛中,他伸出双手开始在坚硬的灌木丛中寻找着,转眼黑娃就找到了一种根茎,他说这下面有野木薯,一种完全可以充饥的食物,他一边说一边已经用双手掏出了几块野木薯,他用嘴咬了下去,木薯就断了,黑娃高兴地说:确实是野木薯,不过,味道有点苦涩……这是我在牧羊时吃过的,是父亲告诉我的一种可食用的食物。他边说边趴在灌木丛中挖着野木薯,我们也开始趴在地上挖野木薯……我们挖着,饥饿的身体让我们狂喜地挖着,不一会儿我们就挖出了一堆野木薯。

我们抱着那堆野木薯往回走,我们正抱着内心的信仰往回走,每个人的怀中都有了一堆野木薯,这是救命的可食用品,我们将它抱在胸前……我们正在往前走,跟着黑娃往前走。黑娃仿佛不会迷路,是的,他对刚才走过来的路都有记忆,他抱着那只野兔,他幽默地说,我要带着这只野兔走出我们的野人山,可现在它还没有跟我们通灵,如果我将它放回森林,它就会跑远了……我要让它熟悉我们的味道,熟悉我们每个人的味道,这样它就不会跑远了……也许这就是黑娃的通灵术吧!

野木薯成为了我们充饥的食物,周围没有水可以洗干净它们身上的泥巴,我们在可食之前尽量地弄走了每一块野木薯身上的泥巴,但还是有一些泥是无法弄干净的,我们就着那些泥将一块块肉质乳白色的野木薯送到了嘴边……我曾听说过云南有一个古老的土著村落,因长久食用泥土和植物而成仙的传说,世界真是奇妙啊!而此刻,我们正在将一块有泥巴的木薯送至我们饥饿的胃囊,而我们吃了有泥土的食物又是否会像那个土著民族一样成仙？真好吃啊,我们大口地咀嚼并吞咽着,确实的,我们已经品尝到了黑娃所说的苦涩味……

你知道饥饿的滋味吗？哪怕是有苦涩味的野木薯现在也同样成了我们最最亲爱的食物,每个人都在饥饿中及时地补给自己的胃一块或两块带着泥土的野木薯。从此以后,我就在这个世界中用自己的味蕾铭记了一种叫野木薯的食物,但愿我们每个人食用了有泥巴的野木薯后都能成仙。

倘若我们这群人成仙了,我们是否就长出了翅膀？因为常识告诉我,在所有成仙的传说中都有朝向天空中的一双双银色的翅膀在扇动……我突然就被这个意境深深地感动了,此时此际,我们又开始上路了。是的,我们又开始上路了。

黑娃走在前面,并不是他想做引路的旗帜,而是他的脚总是很轻盈地往前走……我想着黑娃在洱海边岸的山坡上牧羊的情景;我想着他往山野之间自由地行走,发现了可食的植物和野菜,发现了山涧从脚边流过,同时也发现了平凡而伟大的时间。

我们又上路了,这是一个时间的音符,我们擦干净了嘴角上边缘的泥巴,那些从森林灌木丛下出世的野木薯滋养了我们,我们携带上剩下的野木薯,内心得到了抚慰。野人山的原始森林依然还是看不到尽头,然而,在叩齿间的冥冥中却响起了一种旋律,它出自这宇宙间的一条小路,在缅北战争背景之下的逃亡录中,茫茫然仍似天际之轨,却会纳入我们的视眸,仿佛眼前热泪盈眶的虚与实之间构成了一条地平线。

美啊,人之身体中那个可以称之为信仰的地方:灰尘之上是旗帜,天空之下奔跑着黑色的精灵,花园中春神扬起了绿袖子。

一个奇迹出现了,黑娃怀抱中的那只金褐色的野兔在他怀中睡了一夜之后,竟然在下地以后跟着我们的队伍出发了,这或许就是黑娃所说的通灵现象。人与世界万物的通灵在野人山尤为明显:说说黑夜吧,人总是需要睡眠的,无论走了多远还有多少路没有走完,你总得停下来,要永远地,毫不停留地走下去是不可能的。搜寻森林中的睡榻并不费心,只要你愿意就可以随倚巨树的浓荫就地躺下,最重要的不是躺下,而是在你躺下之后,身体触摸到植被成为棉絮的过程,天空之上的繁星召唤你入梦境的安详……这时候的人,不再是一个原始森林中的逃亡者,耳根下的树枝萦绕着絮语,脊背下的叶枝铺就的床使你有了一个短暂安眠的梦乡……这是人的肉身与自然通灵的时刻。

　　自此以后,这只来自野人山的野兔便留在了黑娃身边,它总是在黑娃的脚步声中奔跑。本来,兔子是跑得很快的,然而,现在它却跟随着十六岁少年黑娃的脚步在行走,当黑娃走得快时,它也会快起来,当黑娃慢下来时,它也会慢下来。我喜欢上了黑娃,也因此而喜欢上了这只野兔,是的,自从黑娃出现以后,我们的逃亡日志每天就有了生机。黑娃每天晃动着那张黝黑的脸,这张脸是被阳光晒黑的,在他作为牧羊人的时光里,他接受了阳光慷慨的滋养。是战争使黑娃失去了一个牧羊人的生活,他穿上了军装,跟随中国远征军跑到了缅北。黑娃的故事必然会出现在我的记录中,也将会出现在未来的轮回叙事中。

　　轮回是在不知觉中出现的,请留意我们生命中那些剪不断的时间之绳,每当它们朝空中舞动时,一个轮回的线索将开始了。然而,此刻,尚未到达轮回时辰,且让我们先回到现世。

不可能每一片野生灌木丛中都有木薯,而且朝向前面的野生丛林的海拔和天气都在变幻中。这变幻使我们迎来一场暴雨前夕的电闪雷鸣,走着走着天开始就越变越黑,而时间却是正午,这黑色块状涌动的雾很像二十一世纪的雾霾,一场卷席北方和首都的霾使人们生活中添加了三件东西:空气净化器、口罩、吸氧气管。这个话题太远了,而此刻,我们正在翻越野人山的另一片,即将迎来风雨中的电闪雷鸣。当我们已经彼此看不见各自的面孔时,天际间突然就划过了一道闪电,在闪电之下我看见的是那只野兔,它正站在黑娃的脚后跟下面的草丛中,它的眼神晶亮而有些惊恐,随即闪电就消失了。或许这第一道闪电只是来人间探路,宇宙那无穷无尽的魔力变幻无穷,人类文明进程中的探索已经了解雷电形成的关系,也同时掌握了它们到底是从哪里来的,而且我们生命个体从出生以后就生活在天气的变幻之中。小时候,在我所生活的那座北方城市,只要有雷电降临,我们就会跑回家,母亲会掩上窗户关上门。我喜欢站在窗口观看雷电,雷电是白色的,记忆中我所经历的所有雷电都是白色的,但雷电却会折断树枝,某些时候也会伤及人的生命。所以母亲告诫我说,打雷时别在外面瞎转,别在雷电下奔跑,尤其别在旷野中逗留等等。

野人山的雷电离我们非常近,仿佛眨眼间就过来了,它的电光打在了树枝上时,我们离树枝也很近,这是一种咫尺之间的近,它使我们的面孔显得斑驳而又略带惊悚,仿佛我们的每张脸都是野人山幽灵中的一部分。闪电的声音突然间开始变得越来越剧烈,这越来越逼近我们身体的电光突然劈开了一些枝干,之后,暴雨来临了,我已记不清这是进入野人山后的第几场雨。关于野人山的雨有数种,而其中最为显明的雨又有三种:感受到第一种雨是微妙的,那正是我们进入野人山的时候,一场雾雨降临,这雾雨像游散的棉絮,你无法感觉到那是雨还是游丝,你并不介意,只是往前走。我一直在述说走的重要性,走,是唯一的,正像舌头在嘴里来回地伸缩,它的用途是为了帮助人发出声音或者为味蕾服务。而头顶着雾雨行走时也没有多少困难,反之,如果身体不是太疲惫的话,头顶上飘忽着游絮般的雾雨是一件充满幻境感的事,你仿佛置身云端之间。感受到第二种雨时,我们已经陷入了野人山的海拔变幻之中,走着走着雨就来了,走着走着天就变暗了,这是野人山天气最明显的特征之一。走着走着雨就来了,天空中的雨似乎来得很自由,它从来不与野人山商量,甚至也不会有一点点暗示,雨就来了,你会莫名地感觉到面颊上突然间就有了雨滴,它们像某些细小的水晶一样大,而且像水晶一样冰凉,这样的雨虽然来得快,但没有肆虐无止的习性,它们来得快,去得也快,仿佛只是为了与我们做一次短促的游戏就离开了。感受到第三种雨时,我们已经在野人山走了很长的时间,简言之,这时候的我们已经游离于野人山带给我们漫无止境的迷踪。同时,我们已历经了深陷野人山的饥饿和一系列死亡的图像,于是,暴雨在雷与电的挟裹之中开始逼近我们的肉身。——在这本书中,原谅我经常使用"肉身"这个词汇,我很清楚,在没有灵魂映衬的情况下,仅仅谈论肉身这个词汇是浅薄的,甚至是无耻的。然而,请你们理喻在乌云翻滚的第二次世界大战的野人山的中国远征军的大撤离,每个人都是在用肉身筑起了通向灵域之路,这条路犹如黑鸦盘旋于天空,是用无数人的死亡铺就的一条通往野人山尽头的道路。而此际,雷与电之下的暴雨使我们再无法迈出脚步。

　　在第三种野人山的暴雨之下,我的眼眸只可以看清楚并铭记这样的几个瞬间:黑娃不知什么时候已经将森林中的那只野兔抱在了怀中,只要你曾看见过那刹那间的场景,就必然会永远铭记年仅十六岁的黑娃抱着野兔,他的双手完全拥抱住了野兔,他全身心都用力地抱住了那只野兔。世界对于黑娃来说,仿佛不存在,他在用自己的微薄之力完全护佑着来自野人山的一个小小的生命;在惊悚的闪电之下,我还由此看见了另一瞬间,白梅站在那个大腿携带着子弹的战士身边,她仿佛想用身体为那名战士遮挡闪电和暴雨,在急速奔涌而来的一束雷电之下,我看见了白梅的瓜子脸,她的脸像雪一样白;与此同时,我还看见了兰枝灵和她的男友,他们两人的身体在暴雨中紧紧地拥抱着,仿佛一尊雷电交织中筑起的雕塑……

　　除此以外,世界就模糊了,而我自己,也是另一尊雕塑,我是属于我自己的雕塑。在这场来不及躲避的雷电之下的暴雨中的我,当然也是由一个由肉身贯穿而来的个体,我感受到了她从头而下的雨水,她的发丝、面颊、脖颈及锁骨以下的身体也被这场暴雨沐浴过,她的眼眶中从此以后便注入了来自野人山的暴雨,同时也注入了闪电,在她的战地笔记本上录入了这场电闪雷鸣之下生命的哀歌与希望延伸出去的另一条道路。

　　浑身淋湿的身体开始在电闪雷鸣之后往前走,饥饿,更大的饥饿在等待着我们,此刻,一头死去的黑麋鹿的尸身出现在眼前,我们不知道它是如何死去的,只是感觉到它并没有死去多长时间,黑娃靠近它观察了一阵说道:这头可怜的黑麂鹿是被雷电劈死的。我们围观着这头气息已去的黑麂鹿,听了黑娃的话后惊讶了半天,黑娃又用方言告诉我们说,在他放牧的路上经常会碰到电闪雷鸣,他还曾经趴在一片坟堆中躲避过突如其来的雷电……打雷时最忌讳在空旷的山坡上奔跑……那时候雷电最易巡游在山冈上,如果你一奔跑,雷电就会找到你……他还说,这头黑麂鹿也许就是在电闪雷鸣中奔跑被雷电缠身而劈死的……

我们一边倾听黑娃说着这些话,一边庆幸着自己因暴雨阻碍了我们的前行,使我们停止了向前行走而避开了雷电的攻击。每个过程都很重要,它教会了我们生活中的许多常识,正是这些常识给了我们生命存在的许多元素。黑娃站在那头躺在地上的黑麂鹿面前突然低声说道:黑麂鹿,请原谅我们即将剖开你的肉身,我们是迫不得已才剖开你的肉身的……我们是一群饥饿的人,我们已经断粮很长时间了,现在,在你肉身未腐烂之前,请你宽恕我们吧!黑娃一边说一边已经用手抽出了刀,黑娃的刀藏在他的腰部,这不是属于中国远征军的刀刃,它应该来自黑娃的牧羊时代,属于洱海边一个手工铁匠打制的利刀,我看见了刀锋之上的某些看不见的痕迹……某些痕迹是看不见的,但可以想象,所有失去的历史痕迹因强劲的想象力而再现在时间面前,是因为通过想象我们又触到了时间中的灵魂。

当黑娃抽出刀开始剖开那头死去的黑麂鹿的肉身时,我眼前出现了这样的场景:在黑娃放牧的路上,因为饥饿他曾经在山冈上用刀剖开过一只死去的飞鸟的肉体,因为这只鸟已经停止了飞翔;他也曾经用刀剖开过一只野兔的肉身,因为这只野兔已经停止了奔跑……人面对饥饿时,都在以生的权利寻找食物,并以饥饿的理由将另一些可食之物送到嘴边。请理解饥饿,就像理解二十一世纪的欲望和混乱,黑娃使用利刀开始切割那只黑麋鹿的肉身时,所有前后正在行走者,似乎也从空气中嗅到了这血腥的味道。因为黑麋鹿刚死去不久,它那被剖开的肉体的血腥味游荡在周围的森林间,走在前面不远处的开始往回走,因为循着空气中弥漫着的血腥味往回走,会使他们寻找到久违的野味;走在后面的人也在朝前走,他们在饥饿中已经不知不觉加快了脚步……

此时此刻,黑娃已经用手中刀刃切割下来了一块又一块的黑麋鹿的肉,那鲜红色的肉使从原始森林中各个方向赶来的人们围成了好几圈。请原谅我们吧,倘若没有黑娃发现了那头死去的黑麋鹿的身体,我们正在盲目中无休止地与饥饿斗争,并寻找野菜充饥,然而一路上的野菜大都已经被我们采撷尽了,我们又不敢走得太远,因为如果走得太远的话,就很容易会迷路的。倘若没有黑娃果断地抽出刀剖开黑麋鹿的肉身,那么走在森林中的饥饿者们就无法从空气中嗅到血腥味……人类的肉身中畅流着细密的水渠般的血液,正是这血液的循环已使生命变得鲜红,人们对于自身血液的味道非常敏感,也同时对飞禽走兽们的血液流布其中的肉体充满了探索和研究的兴趣,因为地球乃至宇宙都是一个坚固而依赖于太阳和月亮所维系的球体。

回到那头野人山的黑麋鹿身边去的所有人,都是第二次世界大战的撤离者,简言之,这是一群已经离开了粮食补给太长时间的饥饿者,当他们已经忘却了大米苞谷土豆麦芽的味道时,新的野味开始与他们相遇。我是他们之中的一个逃亡者,我跟他们所有人一样,正饱受着饥饿的折磨。从现实的意义上讲我离黑娃最近,自从黑娃出现之后,我总是离他最近,在我有些飘忽不定的意识之中,黑娃的出现就像一个精灵的再现,自从他出现以后,我们就寻找到了野木薯,此刻又寻找到了一头死去的黑麋鹿。所以,我总是不愿意在行走中落伍,并总是走在黑娃身边。

关于一头黑麋鹿的肉,它到底能在那一天维系多少饥饿者的生命?这不仅是一个来自野人山的现实问题,也是一个来自人类史的问题。我的复述又回到那天下午,非常幸运的是,一个战士竟然保存下来了火柴,很多携带火柴者都被暴雨淋湿了,只有这名战士他将火柴放在了铁皮饭盒中由此保存了火柴。所有前后赶来的饥饿者那天午后便架起了篝火,黑娃分解出的黑麋鹿肉块就架上了篝火中的柴火,顷刻,烤熟的黑麋鹿肉块的香味便开始弥漫在森林中……时间过去了很久,我仍然记得黑麋鹿的肉块烤熟的味道,它的香味简直太香了,使用世界上的任何一种形容词去赞美它都是微弱的。烤熟的肉块被分到了在场的每一位饥饿者手中也就没有了……我相信在场的饥饿者们,只要是品尝过黑麋鹿肉块的人们,都会铭记那种奇异的香味,它渗入了我们劳顿的骨骼中去,使我们又增加了继续朝前行走的力量。

同时,我也深信:在场的每一位饥饿者也会由此铭记十六岁的战士黑娃的形象,正是他将烤熟的肉块分到了每一位饥饿者手中。他的形象是我记忆中的精灵,也是野人山最为美好的使者之一。我记得再后来,我跟他坐下来分享手中的那块烤肉,他撕下肉块的一部分慢慢地品嚼,他的慢使我也慢了起来,仿佛饥饿已经被空气中的肉香味填满了。我注意到了一个细节,黑娃的那块肉并没有吃完,而是被他装进了包里。他的行为影响了我,我也将剩下的三分之二肉块装进了包里。多数人很快就将那块肉吃完了,因为在场者们实在太饥饿了。

除了饥饿,另一个比饥饿更严峻的现实正在等待着我们。来自原始森林的邪气已经开始捉弄我们的身体,出发前就听说过的邪气开始从森林中漫游过来了,邪气宛如幽灵,我所说的是那种让我们身心畏惧的幽灵。在幽灵的世界里,也是可以有门派的,有一种幽灵是来与我们赴约的,他们身心高洁优雅而神秘,在广大的世界上他们有着自己的城池传说,同时也建立了自己的信仰,同样有生与死的过程。这样的幽灵出现时,我们并不惧怕,因为他们是来帮助我们解决问题的。与具有优雅而神秘的幽灵相遇时,我们的身心也会变得缥缈起来了。还有另一种幽灵,他们带着邪气,从迷雾和黑暗中走来,倘若你没有与他们错过,只要他们的邪气碰了碰你,那么,你的身心也就会不知不觉中邪。

在野人山,前一种幽灵我曾经在某种饥饿和迷惘的时刻与他们相遇过,他们没有具体到可以看见一棵树的形体,更多时候,他们的存在像云,舒朗而神秘地在你头顶上空变幻着色彩形姿,以至于我认为,如果那朵云来过了,又走了,那么,他们一定已经在我房间的屋顶上或头顶上与我拥抱过了。前一种幽灵,给予了我诸多形而上的暗示,在野人山如果恰值我陷入饥饿迷惘的时刻,一个幽灵的再现仿佛给予了忍受饥饿和迷惘的能力。

后一种幽灵带着邪气降临时,仿佛子弹从密林中射来,如果你避开了那一颗颗子弹,你的身心就不会流血甚至也避开了死神的纠缠。

越往野人山的森林走去,越会感悟到带着邪气的幽灵们无所不在地走在我们身边。第一个与带着邪气的幽灵见面的是走在我们中间的年轻战士,他开始拉肚子,之后是轻微的发烧。自从我成为缅北战场的一位战地记者以后,目睹了许多伤口得不到药物治疗后感染的发烧病人……因为高烧到了四十多度以后如没法降温,是会送命的,在缅北的一座座救护站中有许多发烧病人就是这样送命的。来到野人山后,我曾经亲手埋葬过因耳朵被蛇咬伤后引发高烧而致命的年轻战士,因此我知道,切忌忽视人身体中的发烧状态,它宛如火,会一点点地烧焦身体中的每一个器官的。拉肚子的战士往前走时,已经非常虚脱,我们每个人出发之前也曾经携带过少量的盐,但都用完了,因为撤离到野人山时,我们几万人每个人都只携带了一星期的口粮,包括盐自然也只够一星期……很显然,我们低估了野人山的巨大魔力,一股幽灵所带来的邪气来势汹涌,一批人看上去患上了伤寒,出现了忽儿冷忽儿全身冒虚汗的症状,当他们身体变冷时,嘴唇变成紫黑,瞳孔放大,面色苍白,他们再无力行走,就倚依着树,浑身战抖不休;而当他们全身冒虚汗时,整个身体都想趴在地上。

黑娃告诉我,原始森林中弥漫着瘴气,长久走在里面会水土不服,再加上没有粮食补给,每天靠吃野菜度日,邪气就会来找到你的身体……黑娃看上去也很疲惫,而且我在他眼里第一次看到了迷惘,他不断地来回行走,察看病人……在这座原始森林中躺下了一批又一批病人,他们的疾病大体一致:不间断地忽冷忽热或者发烧、拉肚子、呕吐……就这样,当我们有一天醒来即将出发时,躺在我们不远处的三个士兵再也无法醒过来了。

最初是黑娃发现了这一幕:黑娃就是黑娃,他每天早晨起得最早,我如果听到一阵阵窸窸窣窣的声音,那一定是黑娃已经从树叶铺就的森林中起来了。即使如此,我仍然想抓住最后的机会,在即将睁开眼睛的最后几分钟或几秒钟内闭上双眼,将我那首冥幻曲带到野人山的尽头。由此,我看见了越来越明亮的道路,路的两侧开满了春天的粉红色大叶杜鹃花朵,有许多许多人走在我身边,我们在轻松欢快中奔向野人山最后的尽头……

昨晚,在躺下之前我没有忘记在笔记本上写字,我爱上母语已经太长时间了,离开联大校园奔赴缅北战场时,我携带着棕色牛皮笔记本,从那一刻开始,那些来自战争前沿阵地的炮火烟尘落下来时,就成为了笔记本上的文字,死亡者的名单成为了记录的文字……这个世界所发生的每桩事都依赖于文字的收藏,在这时候,钢笔也很重要……我把笔记本和钢笔携带于包中,它们是我的秘密伙伴。昨晚,我写下了简短的一段话:黑麂鹿的肉很香很香,它使我们又增长了体力。请宽恕我们吧,忧伤的黑麂鹿!如果没有饥饿战乱,我们就不会与一头死去的黑麂鹿相遇!

第六章 来自野人山的生死面面观

当我正冥想着那条通向野人山尽头的路线时,我听见了一阵熟悉的声音:多少天来,即使闭上双眼,我也能听见脚踏在树枝落叶上的声音,也会听见一个年仅十六岁的男孩仰起头来与树上松鼠们对话的声音。自从我们的群体中有了黑娃之后,他总是能在每一个黎明到来之前,用一种特殊的方式将我们唤醒。我的冥幻曲转而遇上了黑娃的绿胶鞋踩着的那条林荫小道,他的绿胶鞋已经破得严重,左鞋右鞋都出现了几个洞,然而,在野人山有一双破鞋已经不容易,如果再失去这双鞋子的话,那就只能赤脚走路了。黑娃起得那么早,他会到附近去寻找水源,那只野兔跟在他身后,野兔已经完全成为了我们中的一员。夜里,它就趴在黑娃躺下的地方,我每晚躺下之前,总想去拥抱一下那只野兔。不知道为什么,每次拥抱它那温热的小身体,我的身体就会变得如此的安静,此刻,我即使闭上双眼,也同样能感知到,它正在追随着黑娃往前走,它是来自野人山的另一个精灵。

我慢慢睁开眼睛,这是我努力而勇敢面对现实的一个时刻,一旦决定睁开眼睛就意味着一个漫长而艰难的时刻又降临了。从草地上爬起来,旁边不远处是兰枝灵和她的男友,每到一个需要下榻的地方,我发现兰枝灵的男友都会竭尽全力地采撷一些柔软的树枝铺在树林中。爱,是什么?应该是可以燃烧的东西,也应该是为另一个人心甘情愿而所做的每一桩小事和大事累积的因果。在整个撤离中,自我发现了兰枝灵身边有了诗人穆夫之后,我就目睹了一个爱情的故事。

在野人山谈论爱情需要多么大的力量,当饥饿降临时,谈论爱情简直就是多余的。无论在哪个时代背景之下,当一个人已经饥肠空荡没有一颗米时,谈论爱情是无耻的。爱情它需要饱满的热情,而当人的气息奄奄时,爱情只不过是一种风中的游丝,很快将会折断。来到野人山之后,很难看到像兰枝灵和诗人穆夫这样一边走一边相互搀扶的年轻恋人,战乱惊恐饥饿以及已经降临的一系列来历不明的疾患,只会加剧死亡的上升,而在这样的背景之下,仍然能手牵手往前走的恋人关系,目前为止,只有兰枝灵和诗人穆夫。

他们从地上起来了,该起来的都已经起来了,我们的这支队伍是走着走着以后不断相遇的,我昨晚还数了下人数,共有十六个人。这已经是一个不小的数字了,他们肩倚肩睡在了星空弥漫之下的野人山,我是他们其中之一,人多了就自然壮胆,有了他们,我感觉到,虽然野人山的屏障看不到尽头,然而,十六个人从身体中散发出气息。我相信只要这气息不中断,我们就能走出野人山。

黑娃又探水源回来了,他说再走几百米就有一条山涧溪流了……他发现了什么?没有再说下去,我们也发现了什么?首先是发现了我们原来是有十六个人的,现在只有十三个人了……用火柴棍可以陈列数字，扳着手指头可以找到数字，如果是一群人，每个人的头脸组成了数字，这当然是简易的数字学。从十六个人减少到十三个人，少了三个人。黑娃目击现实的速度比在场所有人都快，他找到了另外三个人睡觉的地方，才发现竟然三个人都没有起来。黑娃在叫唤他们并且用手摇晃着他们的身体，当我听见黑娃在叫唤时，一种不祥的预感已经降临。

  自从我离开西南联大校园，从一位联大中文系的学生一路辗转不息进入缅北战场后，因为从事战地记者，我有更多时间待在战壕中用笔记录着生与死的故事。直到若干年以后，我仍然能触抚到自己坐在战壕中的时辰，如果恰逢发生战争，我手中的笔记本上会落满炮火震荡的灰尘，战壕之上架起的机关枪扫射着，发出震撼力很强的声音……有一次，一枚从空中飞来的碎片飞到了我手背上，因为是从空中飞来的，落在手背上就有弹力，在它的弹力撞击下我正在书写中的手迅疾奔出一股鲜血……这件事我从未描述过，只因为我见过的来自人身体上的鲜血太多了。血液，是鲜红的，为什么血液是鲜红的？当我们看见自己身体中鲜红的血液奔涌而出，有些人会眩晕，会闭上双眼……我曾看见从缅北战场前线飞来的一枚弹片从空中落下来，手背上渗出的鲜血是红色的，它们渗入了我膝头上的笔记本，一个战士看见了，他从战壕的一边移动过来，从衣服上扯下一条布带帮助我捆绑好了手臂之后，又忙着去送弹药了。我没有来得及看清他的脸，我也无法寻找他，哪怕他在人群中出现，我也无法认出他。

  鲜血残留在战事笔记本的一角，鲜血为什么是红色的？在我做战地记者的时间里，我目击了更多人的死亡。而此刻，黑娃却再也无法唤醒躺在地上的那三个病人,昨晚我们曾在睡前尽一切力量照顾他们,白梅一直以按摩来缓解他们体内的高烧,她是最后一个躺下来的人。一路上,每到夜里,白梅就躺在那个腿上携带子弹的战士旁边,因为子弹未取出来,他的腿部已经开始因发炎而肿胀。旁边是野人山的枝蔓,是另一些身体的温度,也有我自己的温度,只有带着温度躺下又起来者,才拥有生命。简言之,只有躺在地气中看见树叶之上天空之清朗者才会进入睡眠,而在那个称之为睡眠的黑洞里,生命者可以按照自己的愿望筑造梦境;只有用梦神赐予的翅膀迎接曙光者才会看见天空敞亮,并在天与地开始拥抱时出发。

然而,黑娃却怎么也无法像昨天一样唤醒我们的病人了,这个现实是我曾经历经过的场景。很多天前的那个黎明的现场,对于我来说又是如此的残酷,它们仿佛是狂风暴雨中的冰球掷向我的身躯,我不知道我的神为什么要赐予我那么大的勇气,让我面对一个奄奄一息后冰冷的身体,而且是独自一人用双手刨开泥土,为那个没有姓名的战士筑造了一座墓穴。而此刻,黑娃再也无法唤醒三个疾疫者,在场的所有人都已经用了力,在环境恶劣缺粮草药物的情况下,朝前走的每一步都是大家手搀手完成的。这三名身患疾疫者同样已经用了人生中最大的力量,用来战胜死亡……有种种例子可以表明他们对生命的热爱:黑娃从树上捉来了三只小虫,他在几天前的那个午后非常严肃地来到了三个疾疫者面前,那正是我们小歇片刻的时间。

黑娃将手掌松开,上面爬动着三只小虫,黑娃说:我们村里没有医生,有一年我发烧口腔溃烂时,我的爷爷就从树上捉来了这只虫,并让我吃掉虫子,说是只要吃掉虫子,口腔里就没有邪气了,我的身体就不会像火盆一样烫人了。爷爷说这是树上的白虫,村里人生病时都会找到它,白虫住在树上,找到它也不容易,而且也并非每一棵树都可以有白虫的安居之家……

黑娃说,爷爷还说白虫能治很多病,他记得那次发烧,身体烫得像火盆,家里人甚至都已经悄悄地做好了棺木。之后,爷爷来了,爷爷从山背后的树躯上捉来了几只白虫,我已经奄奄一息,爷爷将一只白虫放在了我嘴里,并低声说,嚼吧,用你的小白牙嚼吧,咽吧,用你的口水咽下去吧,这样一来,就能保住你的小命啊。黑娃,你不能去啊,家里的羊全都在等着你的口哨,它们在厩栏中白天黑夜地在叫唤你的名字,你要好好活下来啊黑娃,瞧,外面的阳光就像金子一样亮,咽下去吧,咽下去吧,黑娃,咽下去,你就能站起来了……

黑娃说完后将三只白虫分别送进了三个疾疫者的嘴里,他的自言自语仿佛魔咒:用你们的牙齿开始咀嚼那那些小白虫吧,这是爷爷给我的处方,也是我们那座只有几十户人家治病的良药,我记得我吃掉了那些小白虫后的第三天,身体就开始凉下来了,第四天,我就赶着羊群到山坡上放羊去了……也就是说,我活下来了……我下地后,在楼上看见了父亲为我做的棺材,父亲说,既然活下来了,就把棺材埋在后山中去吧!我就跟着父亲悄悄地将棺材埋在了后山上,那是一口空棺材,父亲说,黑娃啊,你的命真大,现在,去放羊吧,那几十头羊已经好几天没到山上吃青草了……我唱着山歌迎着早晨的太阳赶着羊群又到山坡上放羊去了,我活下来了。好了,现在,请你们配合我将嘴张开,你们每人先吃一只白虫,野人山的白虫很少,我只捉到了三只……明天我再继续在路上找吧！现在,我们来吃虫子……

黑娃一边说一边就将虫子分别送到了三个病人的嘴里。三个疾疫者仿佛融入了黑娃的魔法咒语中去,他们开始咀嚼着,嘴唇虽然看似虚弱,却都已经分别吃掉了各自嘴里的白虫。看得出来,只要身体中有一丝气息,哪怕多么垂危者的病体都会向人间索取最后存活的机缘,不知道为什么,尽管目击的死者已经很多,我依然被这个场景所感动着,这同样也是另一种生命的现象,倘若一个人已经不会再感动时,应该离死亡已经不远了。在多年以后的轮回中,在一个全球使用微信的时代,我发出了这样的微信短语:我和你们一样,需要山坡上照着荞麦地上的阳光,光射过来了,它是我的太阳。我和你们一样,需要银色的河流,抚平满身的皱褶,荡涤的波浪来了,它是我的月亮。我写道:过程,即我们沉湎其中的插曲,它们也许是一只蝴蝶标本,虽死犹生,散发出斑斓的色香,还有水到渠成的细流声,从耳边经过再续写着溯源而下的万顷波涛。

现在,我们将以死亡和在场者的名义亲手掩埋三个死者的身体。他们走了,之前他们同样没有留下称谓,我们是在行走中相遇的,我们就是我们,从朝前走的路上的相遇者们看上去,每张脸和不同的声音就是那些省略了的称谓。我们已不习惯说出自己的名字,相遇时通常点点头,语言在野人山开始变得非常稀少,也许每个人都在省略了语言之后,开始用行走的肢体说话,每迈出一步都可以感知到行走者的语言,在每一步移动而出的肢体语言中可以感受到疲惫。疲惫也可以分类,人的肢体中包含着许多神秘的器官,我们可以在疲惫中隐约看见人身体中每个器官的形状以及它们所发出的种种信号。比如,一个人万分疲惫时,可以在这个人的眼眶、双肋、胸部中感受到他们心脏的跳动、肺活量的元素、血脂的高低……肢语中的手臂足踝都在告诉我们,人的身体就是一个小世界,里面有音箱、风铃、匕首、子弹、房间和窄小而空旷的峡谷……除此外,眼睛则是身体中最后说话的器官,所以,全世界的诗人们都会礼赞说眼睛是来自人类心灵的窗户。我们用眼睛彼此说话,只是碰到许多实际问题时才张口。

现在,我们用十几双手忍住了饥饿和伤痛再次掘开了潮湿的泥土,由于较长时间没有剪指甲,我们的长指甲中塞满了泥巴,野人山森林中的泥巴上落满了众树众鸟的腐叶和鸟粪,使用双手掘开时,总会有一种刺鼻的气息……在那一刹那间,我突然告诉自己,如果有那么一刻,我因饥饿疾疫惊恐和疲惫倒下地,再无法醒来,我很愿意在场的人们将我埋在野人山的原始森林中。我想象着这一幕时,眼眶中顿时又盈满了滚烫的泪花,泪光闪烁证明我仍在活着。我们要争取时间将死者埋葬,因为前方的路真的还很遥远。

在场的几个年轻战士将三个死者的身体移到了潮湿的土坑里,他们没有姓名可以留给我们,甚至也无法找到可以留下的遗物,尽管如此,他们仍然携带着身体上的中国远征军的军装入土了。入土即安,在场者每个人都从碧绿的树枝上折下了一枝叶放在泥土上……黑娃久站土墓前,仿佛又在念咒语,待他念完之后,我问他刚才在念什么?黑娃的目光仿佛穿透了周围因光线而变得幽黑的森林植被,他低声告诉我:我在念咒时,仿佛看见了他们的转世……好快啊,转世是一件难以置信的事情,要花很漫长的时间,人才可能寻找到自己的轮回,可我刚才分明看到了他们竟然每一个人都守着一座村庄,他们从自己的村庄里走了出来……阳光照在了他们三个人的肩膀……但这一幕很快不见了……我三岁时,就看见了一个村里的长老只要有人死了,就会站在一棵上千年的老树下念咒语,我和几个孩子经常站在这棵树下玩泥巴,我们用泥巴捏出了小鸟的身体,将小鸟架在头顶上就跑起来,我们在这场游戏中仿佛像小鸟一样长出了翅膀……也正是在这棵树下嬉戏时,我听到了长老弥漫在风中的咒语,久而久之,随同年岁增长,我竟然分类出了从长老嘴里发出的咒语,有专门为人的离世而念的,也有为死去的庄稼、果木、家禽而念的……我的父亲曾告诉我,长老的咒语是很灵验的,在他的咒语之下,死去的人有一天又会找到回家的路,也包括死去的家禽们也会重新转世…… 我因长久聆听便铭记了长老的魔法咒语,我曾为家里患病死去的一头水牛而施咒语。一年以后,我随父亲到几十公里外的小镇赶集市时,竟然在集市上看见了那头水牛,我和父亲都认定这头水牛就是我们家死去过的水牛转世。于是,我们掏出了所有的钱,买下了那头水牛,而当我们牵着那头水牛回家时的路上,更奇妙的事情发生了。在我们快要进入村庄的路上,那头水牛一下子就认出了通往村庄的那条小路,它欢快地加快了脚步,并发出了牛说话的声音,它很快就找到了我们家的田地,找到了路边的那片池塘……就这样,我学会了给死去的动植物念咒语……

我发现了,自我们来到野人山以后,我和黑娃说话是最多的。那天晚上,我们走了很远才寻找到了一片可以休息的小树林,我闭上了双眼。人,不过就是一个符咒,诵念着,于是,一条河流从枕边过来了,我认定它就是属于灵魂的一种幻象。我闭上了双眼,不知道为什么在缥缈中我眼前竟然出现了身体中携带着十二颗子弹的那位年轻的将军,不知道他此刻在野人山的哪一片区域?

心中仅存的爱,要么像微火,要么像灰烬。时间过滤它们,也在消解我的意志,比如墙上的蝴蝶最终变成了标本。

只要心中虔诚地想着什么事,这件事就已经成为了你的执念,因而它终有一个时刻会与你相遇。离开了三个死者的墓地之后,我们仍然在赶路,走在路上有时也会遇到野兽,白天,野兽藏到了更稠密的树林中去。黑娃说,野兽也会害怕人类,尤其是突然就来了这么多的人,它们弄不清楚为什么野人山突然就出现了这么多的异灵。黑娃虽然没上过学,但他会说许多只有读书人会说的词汇,他告诉我,他们的小村庄是在明代时建立的,祖先们都是五百多年前从江南移民过来的。村庄虽小,却有染布坊、织布机,老年人还会将树皮从后山林子里带回来熬成纸浆,制作成土纸,在赶小镇集市时让马帮驮到市场上去卖。黑娃不知不觉就已经告诉了我许多与他生活有链接的东西,我说过,这一路上,我们两人说话可能是最多的。在饥饿时,想起一些我们记忆中的往昔,会给我们带来某种迷惘饥饿和疲惫中的一丝丝对于生命的希望。

兰枝灵突然病了,之前,她是我们中的另一个精灵,现在,到我开始记录兰枝灵的故事的时候了。之前,一直就忽略了她,因为她似乎一直就快乐地行走着,并且只要她有力气,就会给我们不断增加队员又在减少队员的集体唱歌,她的歌声很甜美,她唱歌时基本上是随性的,走着走着嗓子里就涌出来了一段旋律。她唱的歌无歌词,基本上是旋律,也可以说是哼唱出来的旋律,这些由她嗓子推动出来的音律,充满西南边疆的特质。她对我透露,她从小到大就特别喜欢音乐,她经常模拟鸟语水声雷电的音状,从而自创了自己哼出的音腔,她还告诉我如果没有战争,她真想组织一支自然乐队,用各种乐器演奏自创的音乐……当她跟我说这些话时,仿佛敞开了心门,因为音乐,她的眼神变得更明亮了。在路上,面对一群饥饿和疾疫者,每到营地休息时,她忍受着饥饿,总是会情不自禁地给我们献上一曲,她的嗓子似乎可以让鸟语、山泉、风啸等自然之声重新组合后再回到我们之间,当她哼出那种抒情性的旋律时,宛如天籁,确有一种疗伤的效果,我深信也会有一种战胜饥饿和止痛的效果。

我们都无法想象兰枝灵会生病,野人山周边的邪气开始浸入了她的身体。一觉醒来之后,她的嘴唇就开始变得乌黑,而且身体开始轻度地发热。当她的嗓音不再发出旋律时,我知道她确实已经病得不轻了。我来到她身边,这是又一个即将迎接的夜色弥漫的时辰。啊,时辰,在不同时间和地点的时辰中,我们的命运将以怎样的旋律在演变着生与死的关系。我与兰枝灵的眼神对视了片刻,我伸出双手想抱住她,不知道为什么,一看见她的眼神中弥漫的疲惫和忧伤,我就想抱住她,她将头垂在我的肩膀突然哀求说:姐姐,你知道我有多害怕死吗?我不想死,为什么我刚刚爱上了一个人,就有死神来找我了?为什么?姐,我看见很多人都已经死了,也许就快要轮到我了……姐姐,请你想办法救救我吧!救救我吧……

她刚说完话,黑娃就来了,他又带着那些白色的虫子来了。每到一个地方刚歇下来,乘大家在忙于寻找睡铺时,黑娃就转眼间消失了。我知道他要乘着日落前夕最后的余晖去寻找栖居于树上的白虫。在黑娃看来,那些白虫是具有魔法功能的。他这次带来了更多的白虫,他用宽大的树叶折叠后做了一只三角形的口袋,便将那一条条白虫装在了口袋里。他一回来,首先就来到了兰枝灵身边,他膝头着地将树叶中的一条条白虫摊开在手心,兰枝灵欠起身体说:给我吧,黑娃,只要能让我活下去,我什么都能咽下去,给我吧,黑娃……

黑娃一共给了兰枝灵三条虫子,我和黑娃就这样目视并督促着她将三条虫子放进了嘴里,我感觉到了兰枝灵的那种苦楚和艰难,以及咀嚼和吞咽下去时的剧烈斗争。尽管如此,十八岁的兰枝灵姑娘就这样将三条鲜活的虫子经过咀嚼后吞下去了,因为,想活下去这个冒险而渴望的愿望已经成为了她唯一的现实。

我转过身去,面对着眼前的丛林,活着,并活下去,目前已经成为了我们唯一的现实之路。而活着,就是让自己感觉到鼻息舌苔间涌出来的那口气息,只要有这一口口气息萦绕我们,就证明我们在活着。在此,我在欣慰中感觉到了自己活着的征象,虽然从我鼻息舌苔中荡出来的气息有些虚弱,但我仍然能够感觉到心跳是属于自己的,发丝中飘过的风向一次次地告诉我说,我活着,我活在野人山的现实之中,我依然同他们一样,面对活着这一巨大而艰难的主题,探索着向前撤离的每一步。凡是生病的士兵都吞咽下了黑娃发给的三条白虫,每当黑娃将那三条白虫摊开在他少年的手心中时,我看见三条白虫都一样地蠕动着细长的肉身,黑娃的眼神闪烁着锃亮的光芒,仿佛将他出生并成长的那座小村庄的生死寓言带到了缅北的野人山,并将那个长老的生死轮回魔咒带给了气息奄奄的撤离者。因此,我看见每一个饥饿中身患疾疫的士兵都在通过自己的口腔,慢慢地咀嚼后再吞咽而下……我发现了,这个来自洱海岸边的牧羊人,他虽然才十六岁却已经从自己古老的村庄中传承下生死之咒,并将这魔咒带入缅北战乱,带到了野人山的大撤离的传奇之页中去,我看见了那些书页挟裹着野人山的邪气和光芒之舌,仿佛在召唤着我们。

黎明降临之前,我在笔记本上写道:露水从树枝上滴下来了,我们又要上路了,活着,我们还有十三个人在活着!

第七章　妖魔与精灵相遇的野人山

我一直坚信,在妖魔与精灵相遇的野人山,将有更多的奇迹在等待着我们。

为了让兰枝灵活下去,诗人穆夫捉来了一只松鼠,这是一只幼鼠,穆夫抓住兰枝灵的手让她去抚摸幼鼠的皮毛说道:枝灵,看到这只松鼠你就不会害怕死亡了,只有一个不害怕死亡的人才会忘却死亡。是的,抚摸它吧,我把它带给你,是想让它陪同你往下走……他的声音很温柔,兰枝灵听到这声音时已经是泪流满面了。兰枝灵在我印象中从一开始就是一个喜欢松鼠的女孩,刚入林区我曾看见过她认真而快乐地追赶过一群松鼠,并追得那群松鼠直往树上爬。认真是一件可贵的事情,当你看到一个人认真地做一件事情时,往往可以就观察到,这个人之所以认真是因为迷恋这件事的过程。兰枝灵当然是迷恋松鼠的,穆夫自然也是了解兰枝灵的这种迷恋,所以他才费了很多劲将这只松鼠送到了兰枝灵的面前。我们想象穆夫作为一个诗人去追逐一只松鼠的过程,松鼠在欢快或惊慌中奔逃。总的来说,整个野人山的动植物们对于几万撤离者的涌入都应该是惊慌失措的,然而,动植物却无法抗拒这种现实,它们力所能及的方式应该也是逃离,松鼠们的逃离是往松树枝杆上奔跑,猛兽们的逃离是看不到的,它们可能一嗅到人类的气息就已经逃到更幽深的原始森林中去了。

相比猛兽来说,松鼠们应该是离我们最远的精灵了,对我而言,来自野人山的所有动植物体系都应该是我们人类的精灵。

兰枝灵双手捧着那只皮毛并不丰厚的小松鼠,我看见了她的笑脸……是的,有时候,一首歌曲就会让人活下去。我深信,诗人穆夫带来的这只小松鼠也会让兰枝灵活下去的。

活着,尽可能地抵抗死亡,尽管死亡是难以抵御的。死亡,不再是虚拟,而是每天必须经历的事件,我的眼角中的泪水转眼就被风和空气晾干了,等待我们的又是新的饥饿和基本上看不到尽头的密林。所有可食的野菜都已经被摘来充过了饥,吃野菜并不容易,如果不是饥饿难耐,是很难将那一株株带有泥沙的野菜放进嘴里吞咽下去的。但往下走,不仅仅是饥饿,还有什么东西在冥冥之中等待着我们。

麂子出现了,这是一群黑色的麂子……它们出现以后就被前后左右的士兵们围困在一片丛林之中……我有种不祥的预感,不知道为什么,这种预感从我看见麂子奔跑的那一瞬间就已经出现了……一群麂子最终被人类的饥饿者们围困住了,从身前身后汇集而来的饥饿者们簇拥向前,黑娃来到我身边低声说道:姐姐,别难受,我设法说服他们。我拉住了黑娃的手说道:如果说服他们,让这群麂子离开,然而,我们这一路上将有更多的饥饿者会死去的。黑娃痛苦地垂下头,我第一次看见黑娃陷入了最为矛盾纠结的痛苦之中。我拉住了黑娃的手臂说:你不是会念咒语吗？黑娃朝着身后的一片树林走去了，我目送着他的背影，我知道十六岁的黑娃是到林子里念魔咒去了。我没打扰他，有些东西是不能打扰的，比如灵魂，尤其是正在游荡中的、修炼中的、未成结果中的灵魂，这些成长中的灵魂需要自己去经历风雨，如果一旦从身后喊醒他们或者惊扰他们灵魂的去向，灵魂有时候就会失去勇气……诵念魔咒的十六岁少年黑娃独自走到密林深处去了，我只能目送着他的背影，这种目送充满了忧伤，我不知道，黑娃的魔咒到底又能改变什么？我是饥饿者中的一员，我的饥饿已无力让我前去纠正什么东西，从饥饿的理由出发，我希望一头麂子的死能让饥饿中的远征军获得生的机会。

　　黑娃出来了，他的眼神已不再有刚才的痛苦，我们默默地回到营地，新的一座营地又诞生了。几头黑灰色的麂子再次出现在眼前时，我发现它们正平静地睁大着眼睛面对人类，这是一群饥饿人类的群体，因为战争他们在此避难。而饥饿则是此刻最大的问题，这问题引来了麂子的身体，任何身体都是肉体骨骼的组合。而肉，尤其是动禽植物的肉身在更多时辰是可以被地球人食用的。这些饥饿者们之所以将几头麂子围捕在其中，是为了食用它们的肉……黑娃已经为它们施了咒语，我感觉到了咒语的力量，之前麂子被围追中是处于奔逃状态的，而此刻它们的目光安详，似乎是想心甘情愿地为战退野人山的饥饿者们献上自己的肉体，这就是咒语的力量吗？

　　于是，几头麂子的身体开始面对着另一种杀戮……我看见它们的血喷涌而出时，旁边的篝火已经燃起来了，这意味着这高高的篝火支架上将有一场烧烤，麂子的肉将烤制在火架上。我并非局外人,局外人这个词汇是指置身事件的外面,而我则是身临其中,我的饥饿感不亚于任何人……胃,是感应最为敏锐的一个器官,如果没有胃,人类是否还会发生战争?我已经一次次地感觉到了胃的灼痛,仿佛在那个胃的器官里,有一把烧得烫乎乎的铁铲正在里面搅动,铲除里面所存在的异己。

我向前面的一堆篝火走去时,胃已经下垂得很厉害。我说过,我并非局外人,而是野人山原始森林中饥饿群体的一员。一种难以抗拒的饥饿开始弥漫着烧烤中的肉香味……说实话,我无法抗拒这香味,所有在场者都无法抗拒这烤肉的香味……以一种需要活下来的名义,我们已经开始陆续奔向不同方向的三堆篝火。此刻,第一批烤熟的麂子肉已经分批发给了伤病员。当我看见兰枝灵手上的那块烤肉时,同时也看见了栖在她肩头上的那只小松鼠,在场的每个人都得到了一块麂子的烤肉,我刚想将手中的那块烤肉送到嘴边,才发现我已经有好长时间没有见到黑娃了。不知道为什么,在没有见到黑娃之前,我怎么也无法将那块烤肉送到嘴边。于是,我手举着那块烤肉开始寻找着黑娃。我轻轻地叫唤着他的名字时,感觉到当我喊他的名字时,仿佛在唱歌。

确实,一些人的名字本身就是一种旋律,我口中所吟出的这个名字,就是一种旋律,它带着我开始吟唱。我终于找到黑娃时,发现他正在黄昏中挖野菜,并且边挖边咀嚼……我走过去,他的嘴里正散发着一种野菜的香味,他递给我一束野菜并告诉我,这野菜很干净,我们只是品尝它的野菜尖而已,因此没有泥巴,我将手里的那块烤肉递给他,他摇摇头说道:如果你也不想品尝它,我们就此将它埋下吧!爷爷告诉过我,凡是属于肉体的一部分,一旦埋在土里,将变成泥土的一部分,日后将获得轮回于世间的又一次机会。

我的饥饿感突然退步了,我们将那块烤熟的麂子的肉埋在了森林的腐叶下,泥土裸露着……仿佛在等待着时间的轮回篇章。轮回在哪里?这是一番看不见的场景。而我们在默默无语中再次回到夜色弥漫之中去,几头麂子早已消失……我有一种发自内心深处的深深的感伤,我看见了麂子的骨头,黑娃正在捡那些骨头,那是颅骨、足骨、脊背骨……黑娃将那些骨头全部埋在了森林中的泥土下,隐约中我听见了他轻声诵颂中的魔法咒语……新的夜晚开始了,我们重又躺下,新的时间重又开始了。

新的时间开始了,在战胜了又一轮饥饿之后,不知道等待我们的是什么?前面有人倒下了,当你还来不及意识到他们为什么要倒下时,他们已经倒下了……后面的人跟上去,倒下地的人开始浑身抽搐,口吐白沫,不到几分钟就命归西天了。这是一种令人更惊悚的死亡……我们不知道何日会死去,而死去的预感通常像天气一样不可确定,而正是这一切让我们从他人的死回到自身时,我们几乎就是在呼吸着死者们的气味前行的。兰枝灵的病看上去已经好了很多,她已经退下了高热,只是一些来历不明的低热仍在纠缠着她。当她继续服用着黑娃给他采撷的小白虫时,她双眼明亮,仿佛那些小虫子进入她身体是为了引领她前进。还有那只小松鼠栖在她手心和肩膀,使她忘却了死亡的恐惧,人类为何要与自然生灵相处,是因为通过与自然生灵相处,人可以学到训诫和温柔,当然也会学习到在恶劣的环境之下生灵们勇猛的生存姿态。

而妖是什么？野人山有妖吗？白梅身边的那名腿部受伤的战士将面临截肢，因为伤口已经严重感染了脑神经，导致剧烈的高烧不退，生命危在旦夕……面对此状，白梅果断地做出了自己的决定，要给战士截肢……在截肢之前，我们有过一次关于身体的对话。那是一个最黑的夜晚，我们陷于野人山最浓密的一片原始森林处，不要说是夜晚，就是在白天也很难看到一线蓝天。白梅来到了我身边，她说，我想为他截肢。我说，能不能再等等，也许明天局势就会有好转。白梅说，我暂时还看不到明天醒来会有什么变化。我说，截肢会给他带来什么？她说，可以让他不死，如果不截肢的话，他很快就会死去的。我说，没有麻醉，如何截肢？她说，只能让他忍受了……在缅北医疗站，在没有麻醉药品的情况下，我们就是这样开始手术的……我虽然只是护士，然而我目睹过外科大夫们一次又一次的手术……现在，为了让他活下去……我们只能这样了。我说，如果他在手术中发生意外？我指的是大出血或者忍住不了剧烈疼痛……她说，所有的事都无法预料，我见过的死亡太多了，但如果不截肢他有可能死得更快。我说，你跟他商量过吗？就他目前的情况来说，他愿意截肢吗？她说，他愿意，为了活下去，他什么都愿意。我说，你准备何时为他截肢？她说，明晨，太阳出来后……我说，截肢他还能行走吗？她说，我会帮助他的……我已经想清楚了，只要我活着，我就会搀扶他走出野人山的。

我无法再说下去，语言横亘在心中，再无力奔涌而出。白梅的目光很坚定，我仿佛第一次认识这个女子，她瓜子脸上的线条如此优美,仿佛月光洒下的皎洁线条,虽然我们现在是看不到月光的。是的,我们无法看到月光繁星……我们仿佛置身远离地球的另一个星球……我触抚着我的存在,每当面对一个新的死者,我们往往会仔细地回到自身,认真察看我们的心跳是否还存在,只有感觉到心像鼓一样激荡时,我们才能意识到生命是存在的。

黑娃就躺在我身边,他仿佛是我的小弟弟,那只小兔子躺在他怀里。作为宇宙的一部分,我们互相链接着。我闭上了双眼,愿我醒来时,还会感受到我的心跳。躺在原始森林中睡觉,最为重要的是,不可以缺少伙伴。倘若头枕之下除了自我,没有同类的呼吸声,那意味着你会陷入惊恐不定的分秒中,人在恐怖时,每一分秒的流逝都是漫长的。你在惊恐中会看见许多异物,也会看见妖,你会自己设置一座地狱,将身边的树影想象成妖魔的幻象,有时候人就是这样被吓死的。世上有妖吗?在许多全世界的神话传说中,妖魔鬼怪都是长着翅膀的,它们飞在半空之中,于人类之上飞行着,这一点,当我躺下时便感觉尤其明显。妖魔们在夜深人静的野人山出现时,我恰好又睁开了眼睛,我分明在隐约中看见了妖们的翅膀,可我没有惊叫出声,我想,只要旁边有我的同类,我就不害怕妖魔的干扰。就这样,又一个黑夜过去了,我看见了正在点燃的一堆柴火。

白梅站在火堆旁取出了一把手术刀……我知道,一个残酷的时段近在眼前。她将一只小军用盒架在火堆之上,为手术刀消毒的时辰已到。这是战争年代惯有的方式,身为战地记者的我,对于战争中所有发生的细节都格外关心;那是我置身于缅北战场身后的又一座森林里,我看见了同样的场景,几十个军用饭盒架在火堆边,里面沸腾的水中有手术刀、针头等医用器物。消毒很重要,首先要有火,之后要有水……火可以锻炼钢铁,火可以消灭一切生命的根茎,当然也就可以灭菌。

此刻,他躺在一束黎明的曙光中,每当曙光荡来,无论多么令人绝望的逃离史都会相继充满了希望,这希望使我们的身体游离了死亡和饥饿,同时也暂时游离了无尽的沉疴疾疫,只要看见一束曙光透过树枝而来,相信每个人的身心都充满了走出野人山的希望。就在这一束光线中,我来到了白梅的身边,我想尽我之力协助她。于是,我看见了她的眼神,看得出来,刚刚过去了的一夜,对于她来说并不安宁,她的眼底有些发红,不过,她很沉着冷静,这一点从我初次见到她时,就可以感受到。初次见面,给人的第一眼印象,对于每个人来说都会铭刻心中,至于以后的交往,只是延续这些记忆而已。

如果没有这场战争,眼前这个美丽的女子会干些什么?在战争到来之前她又在干什么?这场战争终有一天将结束,等到那一天降临时,我们将身置何方,去从事什么样的职业?这些问题,总是在夜深人静时盘桓在我心中,又总是随同茫茫夜色远逝。

他,躺在腐植叶簇上。那是一片很厚重的金黄色腐植叶,当一束曙光照在上面时,我看到了一张年轻的脸……在我来到缅北战场以后,我所看到的大多数人的脸都是年轻的,当然除了将军等有几十年戎马生涯的高级军官。在他们很年轻的时候,战争就开始了,年轻意味着充满血性,这是保家卫国最为需要的一种禀性,只有充满了血性的年轻人才会冲锋陷阵。而那些曾经历过许多战乱史的脸上充满了沧桑感的男人,注定了是新一轮战争中的将军。当我想起将军时,我又想起了他,那个年仅三十五岁左右的将军,不知道此刻,他又会置身野人山的何方?

我靠近他,他的年轻是眼睛、皮肤毛孔,是牙齿,是疼痛到来之前巨大的抑制力;他的年轻将面临着一次没有麻醉药的截肢,这是战争带来的劫难? 在这里,唯有活生生的现场可以拷问战争的罪恶,可以从这个早晨即将开始的超越人忍受疼痛的现场,拷问全世界那些发动战争的军国主义者们,你们发动了战争,给人类到底带来了什么?

人类,每当想起这个词汇,就会想起地球人的面孔,正是那些有眼有鼻有嘴唇的个体,创造了花园,同时,也制造了伤口。我将面对他的伤口,白梅已经为手术刀消过了毒,她紧握着手术刀过来了……我将一块毛巾塞进了他的嘴唇,你懂的,手术一旦开始,疼痛是在所难免的。我们可以顶替任何东西,比如用自己的意念去顶替谎言、罪愆和咒语,然而,我们却无法去承担他人的劫难和疼痛。

故事继续前移,就会找到更多的土墓,一路前行就会看见新墓……你不知道他们到底是在何时谢世的。我看不见他们的面孔,我什么都看不到,什么都无法看见……墓地上新鲜的空气已将一个个生命全部湮没,我感到了这种湮灭生命痕迹后的安静。每看到一座新墓,我就充满了一种难以言尽的悲伤,很想靠近那些新墓,也很想面对一座新墓时看到死者的名字……因为如果墓地上镌刻有死者的名字,就能触抚到一个有名有姓的生命者的过去……过去很重要吗？所有物事都拥有过去,因为过去意味着生命的气息……当我迎着一缕缕生命的气息朝前行走时,我一直在寻找着另一些面孔,我熟悉或者说相遇过的面孔,我不希望他们就此从人间消失,相反,我期待着与他们再次相遇。

他的腿消失了,截肢很成功。当然,截肢的过程,因为没有任何外科手术的条件,在没有手术刀没有麻醉师的医疗背景之下,面对一条已大面积腐烂的腿,白梅为了让他的生命延续下去不得已而选择了残酷的截肢术。旁边是燃烧的火堆,刀锋在火的燃烧温度中已消过毒,他躺下来了,嘴里咬着一条濡湿过又拧干过的毛巾。当人类的一切常规都在按照古老的秩序在时间中过渡时,也有另一些不得不逾越常规的事情正在眼皮底下发生。白梅独自一人将消过毒的刀刃迎向了他的腿,我需要做的事情就是抓住他的双手。当然,在截肢前,他的身体已被藤条扭成的绳子捆住,只有他的手露在外面。截肢开始了,我紧紧地压住他的一只手臂时,黑娃过来了,他总是能在关键的时间,尤其是在不符合常规的现实中出现。

生命中到底有哪些东西是符合常规的？就眼下来说,我们在缅北战乱中开始了大撤离是符合常规的,因为不撤离是不可能的。在野人山中前行也是符合常规的,因为野人山是一座有地狱和天堂的屏障,人往往就是在这两座有黑暗和光明的屏障中前进的。野人山中死去了一个又一个无名者也是符合常规的,因为野人山的原始森林中闯入了几万中国远征军,每一个置身其中的人都不可能按照同一步伐行走,走在其中的每一个体,都有因果牵引,就像满树的藤架上有花朵、荆棘和云空。

有哪些东西是偏离开常规的？就眼下来说，黑娃的出现是偏离开常规的。就一个年仅十六岁的少年来说，他应该是顽童，带着成长期的好奇心探索着世界，而他给世界带来的是从树心中找到的可以根治百病的小白虫，还有面朝野人山的原始森林时默念的咒语。这一切都是偏离开常规的事实，它存在于眼前。就像这一刻，当我的手想按捺住被截肢战士的手臂时，黑娃又出现了，他协助着我，面对着这位没有在常规下进行的截肢术……被截肢者开始紧紧咬住毛巾，因为咬噬所以使他痛苦不堪的喊叫声被隔离了……这是一场超越常规的手术。之后，他昏迷了。

　活下去，对于所有人来说都是一个问题。

　他昏迷了，前行之路开始滞留，我和黑娃决定留下来陪同白梅和截肢后已经昏迷的战士。经过了一天一夜的休整后，他醒来了，醒来就意味着活着，而且他醒来后的意识显得很清晰。当然他发现了他的腿，他的左腿消失了。在手术后经过黑娃念咒语的仪式后，我们将他的腿埋在了一棵云杉树下，黑娃仿佛看见了什么……他的神情显得激动。而有些东西黑娃是不会告诉我们的，他使用语言表述的只会是其中的一部分，更多的玄妙也许是无法说清楚的。凡是无法使用语言说清楚的东西，它就是我们的未来。黑娃念魔咒时总是会寻找稍高一些的位置，隔得很远，我看见树枝轻拂着树枝，风衔接着风，咒语绵延着咒语……黑娃要么已经看见了未来的什么，要么什么也没有看见，总之，他念完咒语之后，就会耗费身体中很多的力量，他从林中高地走出来，他似乎有许多话要说，然而，他却什么也不说。

　他来到了截肢者身边后将他的头扶起来，我们将继续前行，在一个终于已经摆脱了追杀者的世界里,虽然早已经没有了子弹刺刀穿行,然而,等待我们的将是什么?

我竟然又看见了他的背影,那是黄昏前的一束日落的光影之下,他站在林中的宿营地上。他就是那年轻的身体中携带着十二颗子弹的将军……我是在寻找野菜回来时看见他的,我手里抓着一大束野菜,上面还有泥土。我想去面对他,因为我的职业在这一刻在召唤着我。除此之外,召唤我的还有什么,在一个没有生命安全保障的战乱时代里?能够召唤我们心灵的东西,除了能够在某一时刻逾越死亡,就是活着的幻境延伸在原始森林尽头。我在遭遇着雾化死亡闪电暴雨之后的另一种期待,就像面对着一堆灰烬,我们重新架起干柴时趴在灰烬边用嘴唇代替风扇,终于,浓烟四起熏红了眼眶,烟熏过的眼眶中荡漾着泪水……于是,火光重又升起在眼前,人类的生活之所以绵延不绝,是因为在经历了一轮轮的死亡之后,总有再生的希望等待着我们继续前行。

我在笔记本上写道:希望截肢的战士能活下去,他忍受住的巨痛使他能走出野人山。希望仿佛一件小棉袄,它在最为寒冷时总能让我们御寒。希望就仿佛我们在村篱中看到一只松鼠在往冠顶上跃起,一种生命的存在感突如其来,使我们僵硬无助的身体又开始朝前挪动了一步……接下去的是另一步……我们需要一步步地朝前挪动,才能缩短距离,每朝前挪动一步,离那个称之为希望的目标就更近了,反之,如果我们驻足后再没有力量往前走,那么我们很快就会变为一具僵尸。

第八章　野人山搜魂记

　　魂灵在野人山忽尔奔跑忽尔停驻,当魂灵奔跑时,那是在夜晚,我们大约已经习惯了在原始森林中安寝,一旦身体落在了腐植叶木铺垫的林中之床,身体就会完全歇下来。在野人山,任何人在夜里都可以寻找到一张腐植叶木床,如果细看,就会发现这些腐植叶中混合着丰富的色彩。当头落下地时,一阵叶木的香气袭来,仿佛有一种催眠术。头枕地时会透过树枝看到星空,当然,这是最幸运的了,只有在一些天气晴好的日子里,星空才可能出现。看见星空时,灵魂会在身体中雀跃,哪怕是一个气息行将冥绝的人,一旦用眼眸与星空相遇时,他们也会忘却死亡敲击身体时的声音,星空在树枝中闪烁不定,它引诱你的灵魂在黑夜中漫游,星辰的亮光虽然离得很远,却又在你头顶不远处放射光芒。

　　黄昏前落日之下的野人山往往会呈现出缺乏真实感的画面,斑驳游离中的光线洒在驻足者的一张张面孔之上。这些疲惫的面孔仿佛从几世纪前的青铜器中走出来,他们的面孔有一种凝固的沉重,眼里是熔炼后冷却的黑铁。正是这种冷却后的平静,让我搜寻到了将军的背影。我离他只有几小步,从我们进入野人山,就一直用脚步丈量着寸寸林中路,很多时候,我们是在野人山绕圆圈,这通常是雾雨弥漫的时辰,待在原地是不可能的,待在原地意味着你的脚失去了知觉和力量,你仍在原地踏步而已。而且待在原地意味着时间并没有向前循环,时间只停留在那刻,你的心跳、血液并没有前行,没有前行的脚无法追上集体的远征,这是一种接近死亡的现状。

因为在雾雨中迷失方向,我们看似走了很远,实际上后来又回到了原地,这是一种可怕的行走,因为耗尽了体力,我们又回到了原地。噢,原地就是我们曾经宿营过的地方,如果雾雨散尽,你会突然发现头发丝、火柴棍、燃尽而化成一堆的柴火灰……那时候,野人山还没有人类共有的垃圾,没有二十一世纪的易拉罐、碳酸饮料的塑料瓶,没有酒精瓶罐,没有商品、挖路机、手机、微信、阿里巴巴淘宝网……当然二十一世纪也没有第二次世界大战的追杀和野人山的大撤离。

每一个世纪的生灵都有自己的信仰和磨难史记,这一点,我会在前世和转世中逐次叙述。

年轻的将军是我的偶像,每个时代都有自己的偶像,自从我在缅北的前线卫生站采访过将军以后,我就难以忘却将军的身影。现在,光线正好,我又有了一种想与将军面对面说话的冲动,我的手中还握着那束野菜,我终于有了勇气,因为黑娃过来了。他手掌心中有那么多的白虫,我想借此将黑娃引见给将军。我牵着黑娃的手来到了将军面前,面对面的一个愿望转而就变成了现实。真好啊,一种莫名的喜悦突然就从内心升起来了。将军抬头看见了我,他说,你走得好快啊,你手里是野菜吗?我点点头想将黑娃介绍给将军。我说,他叫黑娃,才十六岁……黑娃笑了,因为我也同时对黑娃说,这是我们的将军。将军突然看见了黑娃手中那些蠕动中的小白虫,他有些惊讶地看着黑娃。我解释说,黑娃可以用这些树木中发现的小白虫给战士们治病,效果还不错。将军走上前伸手抚摸了黑娃的头说道:小白虫能止痛吗?黑娃点点头说:我从小就在洱海岸上的山坡上牧羊,是我的爷爷传授给了我生病时吞吃小白虫的秘诀,而且后来我发现,这已经不是秘诀,大凡村里的人们生病,他们都用小白虫来治病。黑娃讲得很简单,因为饥饿疫病,我们的语言交流越来越简单,因为说话同样也会耗尽力气。我们要省下力气走路,因为每一步都需要力气。

越简单越好,如果在简单中能透过水看到湖泊江流大海,这样的简单有一种梦醒之后的平静和安详。而复杂并非坏事,在某事某物的复杂中往往有前因后果的等待和安排,你要在复杂面前提起神来,让自己索取梦境的光芒和幽暗的钥匙。

而当你面对全世界时,每个人都有一个角落,将生死的问题探索尽,从而成为天地之间的一个秘诀。

我们从各个方向汇集到野人山的某座林区,是为了寻找到魂灵,无论你有多疲惫和饥饿,只要寻找到自己的同伴,你就能再走下去。

将军开始尝试着吞咽黑娃手掌心中的那些小白虫时,我能感受到潮湿的热带雨林正在折磨着他的身心,由于身体中携带着十二颗子弹,我看见他时,他正面对着前方,准确地说是面对遥远。在看不到尽头的野人山区域内,我看见了枝头上的蜘蛛,一只大蜘蛛带领着它的孩子们正在树叶上织网,它们有可能会密织出很大的网,当雨水降临时,树上的每一张网都会被雨湮灭;我同时也看见了一只只巨大的白蚁,它们的脊背上有蓝黄色的光泽,它的四肢正欢快地迁徙……野人山的每个生命都在尽自己的力量,恪尽职守地解决着自己的生死问题。

人类除了探索生死问题,还将探索思想和情感的存在。我终于又一次地前来面对将军。从与他再次相遇的那一时刻起,就有一种强烈的意识暗示我说,只要能每天看见将军,我就能走出野人山,这是一种信念吗?将军问过我,对走出野人山是否有信心,我坚定地点点头说,我们一定会走出野人山的。

我感觉到身体中长久不洗澡的异味,是在一个天气很闷热的午后,我忍受不了这种来自身体的异味,恰逢大家在煮野菜歇脚的时刻,我决定去寻找一条森林中的溪流。一种想浴身的欲望是如此地强烈,我沿着植物最茂密的地方往前走,我想寻找到一条溪流,只需一条溪流就够了,因为置身在丰茂的植物中洗澡可以洗得彻底些。自从我来到缅北战场以后,洗澡一直是一个问题,这个问题使脊背中的汗渍凝固成污渍,伸手就可从衬衣中抓到那些黏性的污垢,它们顽固地驻守着皮肤。于是,我渴望着遇到河流,如没有河流,就渴望着有雨降临。

如果营地靠近河流就能够洗澡,因为缅北的天气燥热,在河流中洗澡时,温度非常舒服。有一条河流可以轮流洗澡,我采访过无数的兵将,他们的营地都在森林边缘,一方面靠近森林可以依赖天然屏障,另一方面离森林很近的地方就能寻找到珍贵的水源。但很难两全其美,更多时候的营地在空旷的原野上,无论在哪里，水是第一元素。我看到了从前沿阵地撤离的兵将们，每张脸上都是炮火硝烟留下来的污垢。作为战地记者，我对每一次撤离而下的兵将都心存敬意，恨不得奔上前去采访到每个人。在我看来，每个生命都是传说，当他们用活生生的生命与战争相遇时，我最想采访到的就是他们对生死的态度。

我迎上前，很想采访到那些从战场撤离者下来的士兵，我终于截住了一位年轻的士兵……我在这本书中不断地说到"年轻"这个词汇，因为它本身就是世界大战中的一轮风景，当战争降临时，从城市到乡村的名册上报名参军的都是年轻男子。男人，从古至今都应该是战争舞台的主角，他们在战争来临之前就已经在出生之后的舞台上开始竞技了。一旦战争来临，男儿们就抛下土地商业婚姻和家庭，同时也抛下年少时的任性和狂野以及成长期的激情和混乱。我伸出手，年轻的兵士头戴军盔从山那边撤离过来了，他们脸上没有任何表情，也许在开战过程中他们的表情里充斥着斗志时的血性和忘却生死的无畏，也只有那时候他们的眼眶里才充满浓烈的仇恨。而此刻，他们从山那边的战场撤离过来，卫生队抬着担架，上面躺着受重伤的兵士。我迎上前，终于截住了一名年轻的士兵，他真的太年轻了，那是一种春风拂面之后你来到了一座苹果园后看到的嫩芽绽放的年轻……那是一种我们咀嚼橄榄时从涩到甜的年轻。

我记得那个黄昏，我来到了他们撤离回来后的山坡上，山坡也很重要，黄昏的山坡上洒满了金色斑驳中最后的落日余晖。我迎上前，更多的战士们都在急促地往前走，他们也许是因为口干舌燥和饥饿往前走，所以，我的目光很难与他们相遇。只有他的目光在余晖中突然游离过来了。真好啊,我捕捉到了他那年轻的没有杂质的目光,虽然饱含着参与战争的疲意,然而,他的目光接受了我的目光。

我们站在山坡上的一棵芒果树下,芒果树碧绿着但没有果实,在缅北我所途经之地,只有少量的果树上挂有果实,因为硝烟炮火途经地也是硕果备受创伤之地。我开始了与年轻士兵简短的对话。我说,你多大了?你为什么要来参战?他说,我刚过了二十岁,部队途经我们的村庄,我就跟着部队来到了集训地,那是一片刚入伍的集训地,我在那里学会了射击。我说,你害怕死吗?我说的是当你在战场上子弹铺天盖地射来时。他说,我来不及想这么多,这么复杂,当然,我要力图避开子弹,每次我出发去阵地时,我都会想起我的父母和爷爷奶奶,我相信我不会死,因为我还想回到他们中间去。

一场战争结束后,回到营地的战士们,身上挂满了炮灰。由于天气炎热,每每经过他们身边,都能嗅到从他们身体和军装中散发出的炮灰味……如果能遇到机会洗澡,当然是来之不易的。

绕了一大圈,我们又回到了洗澡,我曾在黄昏和夜色深处不经意之间目睹过这样几种洗澡的场景:第一幕场景发生在黄昏,他们分批走向了一条树林中的小河,隔着屏障我们在上游,女兵通常会在上游……男兵在下游……因为河水是流动的,在上下游间只是相隔一条河流的弯道而已。我看见那些男兵将衣服抛在岸上,我听见了他们跳水的声音……无论是男女兵,也无论是上下游,对于他们和我们来说,洗澡总是令人向往的。

我对于洗澡有一种强烈的渴望,每当衣服乃至肉体日复一日地接受了从空中落下的炮灰时,身体中因天气燥热所涌出的汗渍便与那些灰尘融为一体,时间长了便会发酵,我能够完整感受到发酵的过程,只要时间一长它们就会发酸。当自己的衣服肉体发出酸味时,唯一能解决的办法当然就是洗澡。

女兵在河流上游的一个弯道中开始脱衣服,脱光衣服之后我们会先将衣服晒在岸上的树枝上,然后再下到河流中间去。会游泳的女兵会在水流中先游泳再洗澡,不会游泳者不敢走到水深处去,就在岸边浴身。我只要看见水,就像回到了日夜渴望的老家那般兴奋不已。首先,要脱下一堆弥漫着酸味的衣服,赤裸着身体站在水边浣洗衣服,黄昏中的光线日渐变暗,这时候你看不出来这群女人的身份,她们变成了纯粹的女人。日渐变暗的光线最终成为了屏障,因而女人们可以大胆地在水中洗澡。有一刹那间,我将身体漂在了水面上。如同一片树叶漂到了水面上……这样的感觉突然使我的身体意识远离开了战争。我喜欢游泳,但因为战争,已经有很长时间没有游泳了。遇到水的那种快感足以战胜身体的疲乏,来到这里的每一个人,身体应该都是疲乏的,那种刚刚从尘灰和汗水中走过来的身体,同时也是属于战争中涅槃的身体,它们需要水的浸泡,遇到一条河流,通常会使很多渴望洗澡者实现梦想。

夜里也可以洗澡,当夜深人静以后,打一盆水站在树林深处,这通常是多数人已接近睡眠的时刻。下雨,尤其是下暴雨无疑是清理人身上污垢的最好时辰,我们会身穿戎装站在暴雨中——当头朝向天空仰起来时,雨水打在脸上,犹如民谣中的打击乐拍击着面颊,我们的脸变成了一面面鼓,雨水就是鼓棒,当雨水落下来时,我的心就像鼓面一样激荡起来了一阵阵旋律。暴雨不仅洗涤尽了衣服而且还洗干净了肉体。

现在,无论如何我都应该去森林中找到洗澡的水。

这一次,我不再跟随在黑娃身后去找野菜和寄生在树上的小白虫,我只想去洗澡。所以,我开始独立行动,有几十天没有独立行动了。独立,就是一个人,不与他人相伴,然而,在野人山独立行动是危险的,一旦迷路就跟不上你的伙伴们了。我说不出为什么会有一种强烈的愿望想找到洗澡的河流。如果仔细地分析应该是再次见到将军的时候,也就是在那一刻,我想洗干净衣服身体,以一种干净澄澈的形象前去面对将军。我独自一人往前走,天还早,我想去寻找到泉水,有好久好久没洗澡了……走了很远,我不知道到底走了有多远。远,已经不是一张地图和指南针上显现的方向,在这里,远,就是你用脚丈量了多少野人山的灌木丛。这些无人开发过的原始森林,只有用自己的身体亲自去丈量,有时候,从灌木丛中会跑出来一群野兔,这已经是最常见的了,野兔并不害怕,害怕的是野猪、蛇和猛兽。

我走了很远,为了寻找到一个可以洗澡的地方,我不知不觉中早已忘却了一个人走得越来越远的危险。

耳边仿佛传来了滴水的声音,这非幻觉,一条溪流真的就已经出现了。我拨开眼前的灌木丛时发现溪流就在外面。与此同时,我却又看到了一个女子,她赤裸着身体站在一条溪流中央。因为有水流声,她几乎就没有感受到我的存在。我惊叹,这野人山间竟然也会有像我这样的人,而且在我之前就已经独自找到了水,并且是如此勇敢地赤裸着身体在洗澡。

我哎了一声,考虑到也许会吓着她,所以我首先发出了声音,但我没有想到我的声音已经吓着她了,她惊恐的双手护住了双乳,再转过头来,当她发现我是一个女人时,才舒缓着出了一口气,尽管如此,她的目光仍然在探究着我的存在。

确实,在这里,我是另一个存在者。我是另一个女人,一个渴望洗澡的女人。当我想洗澡时,我便忘却了所有的一切,

而她呢?当然是一个女人,当她正在用惊恐的眼睛看着我时,我已经走近了她。我说,没有想到你在我之前已经找到了这条水流,我太想洗澡了。

我一边说一边开始脱衣服,因为看见她赤裸的身体,我也就有了勇气脱光了衣服,而且在洗澡之前已经将脱下来的衣服在水里浸洗后晒在了灌木丛上面。之后,我便开始与她站在同一条溪流中洗澡。她用一种奇怪的眼神看着我,似乎在探究我。而在我看来,这种探究是多余的,野人山的所有人都来自中国远征军,我们都应该是其中的一员罢了,值不得深究,也用不着探测。如果说有什么惊叹的话,应该是在不约而同中我们竟然就这样走到了同一条水溪边,因为相遇,对于我来说就有了一种欣慰。

终于,她目光不再停留在我身上了,她开始洗澡了。

我专心致志地洗澡,我抓了一把水涧中的苔叶开始擦背,我暂时忘却了时间。我忘记了时间,是因为我离开时是下午两点钟,我们要在此休整,明早才可能离开。中间有这么长一段时间,所以才让我滋生了洗澡的渴求。洗澡是生命的欲求之一,只是在野人山,这欲求变得太奢侈了。在我看来,这天下午洗澡的

时间是宽裕的,都不知道看似宽裕的时间隐藏着什么？或许是在水流中待的时间看上去似乎是停止的,实际上时间是不会为你而停止的,时间从来就不会为任何人而停止……在这阶段,我忘却了一切,我似乎要把这一生的澡洗尽,将身体上残留的污垢完全洗干净……旁边的女人也在洗,她正在用卵石和青苔在擦洗身体,她仿佛同我一样在用仅剩的全部的力量在擦洗身体……时间过得太快了,无论如何我们还得回到时间之中去,完全彻底地遗忘时间是不可能的。

然而,又是什么让我从一条来自野人山的溪流中回到了无所不在的时间中去呢？人,无论置身在多么荒僻多么孤寂的境地,旁边都有无数的生灵在时隐时现地陪伴着你。世界是繁芜的,是为万千生灵的存在而存在的。旁边树枝上的一群松鼠正在逾越枝藤,是松鼠们的穿越声让我回到了现实,无论我们走得快或慢,或者被时间之轮轴压缩在自己的小世界之内,我们都难以根除来自现实的呼唤。此时此际,是那群无忧无虑的小松鼠们唤醒了我,它们用身体的穿越之声唤醒了我。我环顾四周,有些惊讶地仰头看着树冠之上的天空,我是在看阳光已西移到了何处。现在,我吓坏了,阳光只剩下最后弹指间的一束了……

我对旁边的女人说:时候不早了,我们得尽快赶回去找到我们的营地。

女人看了我一眼说道:如果……我能跟你们一块……我能跟你一块走吗？

我有些奇怪地看着女人说:时候不早了,太阳一落山,这森林就暗下来了,我们当然可以一块走,我最害怕一个人走路了……我们得快一些……

我一边说一边已经在穿衣服,谢天谢地,我的衣服已经晾干了,我感到一丝丝的惬意。要知道,很多时候,比如遇到了大雨,雨虽然洗干净了身体和衣服,然而,我们最终仍然不得不穿着那套湿衣服。

女人也在穿衣服,但我发现了,她穿的衣服并不是我们的军装,而是一套丝绸旗袍,外面套一件格子小西装……

看见她的这副着装,我惊奇地看着她说道:你真勇敢啊,竟然敢穿着这么美丽的旗袍到缅北参战,之后,又身穿旗袍跑到野人山来?

女人垂下头整理着她的衣服说道:我的军装坏了,幸好带上了旗袍……

我开始面对她,开始从头到脚地打量着她……

我开始以一个来自缅北战争的记者的身份观察着她,她的发型是远征军任何女兵都没有的,在她曾经烫过的发丝上,我看到了波浪……这发丝上的波浪显示出了一团来历不明的疑惑,她是谁?她到底是从哪里来的?她为什么留有这般发型?这是关于波浪翻滚的疑问。再就是她的鞋子,她竟然穿着一双黑色皮鞋来到了野人山……如果说她军装破了,穿上了旗袍,那么她的绿色军用鞋也破了吗?

我来不及研究这么多疑惑,最重要的是我们得赶路,在天黑之前我们必须回到营地。时间的光线在催促着我,我想首先应该将这个穿着旗袍的女人带到营地去。在这一刻,看不见的那座营地仿佛一堆篝火在召唤着我,我要减轻对这个女人的猜疑,在野人山撤离了很长时间的生命常识告诉我说:走到这座茫茫无涯原始森林中的人,都是逃亡者,如果不是为了逃亡,任何人都不会带着肉体和灵魂来经受这些难以言说的磨难。因此,从此刻开始,我只想尽早回到营地,恰好,我和这个穿旗袍的女人可以一路结盟。在原始森林中行走,身边有一个伴,除了壮胆,更重要的是你不会感觉到被世界所抛弃了。

女人走在我身后,我来不及研究她从哪里来又到哪里去。请你们相信我的直感,所有走到这座森林中的人,无论是男是女,只有一个目的,那就是逃亡。我们正在逃亡,天色已经不早了,我们的身体已经洗得干干净净,衣服上的汗渍味消失了,甚至我还嗅到了自己肉体中的一种野生植物的味道。

我们一直往前走,我们都没有任何言语,因为要省下说话的力气朝前赶路,天色突然就暗下来了。是的,天色暗下来后,你会觉得离他们越来越远了。我背着包,它们从不离开我的肩膀,我感觉到了笔记本的重量,行走中两边的树枝不断地摩擦着我们的手臂和面颊,穿旗袍的女子一直跟随在我身后……我们正在追赶队伍……洗干净的身体带着山泉水植物的淡淡香气,除了行走,我们没有任何言语。

我在笔记本上写道:光线很暗,我几乎是凭着感觉在写字,就像在一片巨雾中慢慢往前走。人生有趣的事情很多,但更多的是在巨雾中行走。今天,无数人都在野人山行走,我幻想着倘若走出了野人山,我会到哪里去?也许会重返西南联大校园,我开始想念那些铁皮屋的宿舍,甚至会想念日军飞机侵袭昆明城区时,逃警报时我们气喘吁吁的奔跑声……这是一个黑暗的国度,也是一个用生命去争取光明自由和独立和平的国度,我们舍尽全部力量就是为了走出野人山,再去寻找光明自由独立和平的降临。此刻,一丝微光穿过树篱中浓密的空隙,竟然来到了我膝头的笔记本上……我倚靠着一棵树在笔记本上轻轻地移动着笔触……仿佛在移动着时间,存在的时间被我们的心跳感受着,只有在面对时间的状态下,我们才能透过树篱去看星宿在宇宙之间的移动……噢,又要睡了,树篱之下是我们的床,我要合上笔记本了。我要躬身钻进层层腐叶铺就的床上去了,我要到梦乡去了。

第九章　逃亡者的野人山

　　这是一座属于逃亡者的野人山。在这时候,身份重要吗? 天黑了,我们没有找到之前的营地,我开始在黑暗中寻找一种火草,这是黑娃教会我所发现的一种植物,只要采撷到它,就可以用它摩擦一块石头,要让火草摩擦出滚烫的温度,于是,火草就会发出星星点点的火光,这样一来就可以点燃柴火了。不知道为什么,我想黑娃了,自从与黑娃相遇以后,他教会了我许多东西。有他在身边,不仅能感受到他念咒语的力量,同时也会战胜来自现实的一系列困境。只有在离开黑娃的时候,我才发现,离开他以后,他教会我的种种来自生活的魔法正在开始显灵。

　　我们之前已经找到了一堆柴火,后来我借助于黑暗中的一点点光亮又寻找到了一把火草和一块石头。这已经不是我初次用火草摩擦石头取火,在黑娃的陪伴下我曾经尝试过多次取火,这过程每一次总是给我们带来希望和欣慰。因为我们携带的火柴早就已经用完了,没有火,除了无法煮食,最重要的是无法点燃柴火,如果在夜里没有篝火燃烧,来自原始森林中的野兽就会来袭击我们。前一点,让我们解决了食物煮熟的问题,因为长久吃生食,会导致肠胃不适,由此患肠炎者很多;后一点,让我们在黑暗中点燃了一堆篝火，它无疑是驱逐野兽的另一种神奇的魔法。

一束火草经过剧烈摩擦以后终于发出了火光。于是，我将它们放在干枯的树叶下，它很快点燃了树叶，这是一个令人激动的时刻，树叶发出了红色的燃烧声，仿佛呼唤着上面已经架起的柴火，与此同时，柴火被点燃了。只有面对篝火时，相信我们的心才可能安顿下来。我们聚拢火边，走了很久，找柴火等等耗尽了我们很多力气，我们需要歇息会儿……人的力气确实是有限的，我们无法找到营地，隐约中我似乎又看见了将军的脸。告诉你们一个秘密，从再次见到将军的那一时刻，我就滋生了一种想洗澡的欲望，因为我发现了将军的面容衣服都显得那么干净。确实，哪怕已经在野人山辗转了如此漫长的时间，将军看上去仍是那么干净。而我，从发丝中透出了某种气味……我不敢面对将军，在经历了短促的相遇之后，我撤离了。我很彻底，一个人前去寻找水流，洗澡，成为了现实中艰难而渴望的一种理想境界，而这一切竟然又是为了一个人。

歇息片刻，肚子开始饥饿了。人，真是一种怪物，人，除了是肉体，最为重要的是还会发明战争，就是这一场场人类并不需要的战争使我们来到了野人山。我厌恶这场战争已经很长时间了，在我们的饥饿、伤口和死亡中充满了我们对这场战争的厌恶和控诉，每天无尽头地走，不断地有人死去……而此刻，我和另一个逃亡者守着一堆篝火，她不时地站起来又半蹲在地。看得出来，她对于火是有经验的，我看见了她从包里掏出了一盒香烟，她将一小根树枝点上火，再将嘴里的那根香烟点燃……刚刚发生的这场景,让我有些惊讶。

在远征军的女兵中是没有人吸香烟的,男兵有吸香烟的,但我从来就没有看见女兵的嘴里喷出香烟圈。所以,看见这个身穿旗袍的女人用树枝点上了香烟,而且她的这个动作乃至吸香烟的姿势都很熟练,这足以说明她吸香烟已经很久了。

我将目光移开,因为饥饿是眼下最需要解决的问题,只有将饥饿的问题解决了,才能解决人这个怪物从哪里来又到哪里去的问题。而在野人山搜寻可食之物的经验,对于我们每个人来说,都是一堂功课。我又想起了黑娃,是他教会了我采撷森林中的许多植物来充饥,比如,此刻,在黑暗中不能走很远去觅食的情况下,就必须在篝火附近寻找食物。

黑娃曾告诉过我,在他放羊的路上,最初也经常会迷路。因为迷雾而失去方向感,往往是这样,在他自认为已经走在回家的路上,实际上却早就已经在迷雾中偏离开了回家的路,走到了另一条路上……有一次,他走了很远很远,天整个儿地黑下来了,黑得伸手不见五指,再不可能往前走了,于是,他在附近寻找到了一堆干柴,点燃了篝火。接下来是对付饥饿,他看了看四周,远方是看不到尽头的黑。他的爷爷曾告诉他说,放羊路上如迷路无法回家时,一定要在黑暗中点上一堆篝火,野兽和妖怪们都是怕火的。但务必记住,不要去篝火之外,因为野兽和妖怪们都藏在篝火之外的灌木丛中。他爬上了树,他起初只是对树有依赖感,因为哪怕坐在篝火边,他也不敢睡着,他困了,他想爬到树上去睡一觉。他爬上了树,突然看见了一只鸟巢,他十分好奇地将手伸进了鸟巢,他没有摸到小鸟,但却意外中摸到了六只鸟蛋。他饿坏了,将几只鸟蛋带下树,用树叶包好烘在篝火旁,不多时刻,当他揭开那些树叶时鸟蛋已经烘熟了。

现在,我们遇到了黑娃同样的困境,黑娃所经历的故事深深地铭记在我心中,当你历经饥饿时,你就会设法想在困境中寻找到食物。我抬头看了看篝火旁边的树,是时候了,我想去仿效黑娃给我讲述的这个故事。我站了起来,旁边的女人也站了起来,她好像意识到了我要去做一件事情。今夜,我们的命运是捆绑在一起的,我来到了离篝火最近的一棵树下,我抬头仰望着这棵树,这是一棵枝叶繁茂的树,更多的树叶被黑暗遮住了。我开始爬树,这并不是我头次爬树。小时候,在家里的庭院中有一棵石榴树,每到石榴树开花时,我就会悄悄爬上去,藏在树枝间的石榴花丛中让母亲找不到我。来到缅北后,营地大都离森林很近,所以我们会爬上树观望四周的动静,大树已成为了卫士的瞭望台,因此我们也会上树,尤其是我,曾经爬上树,采访过一名卫士。

我上了树,尽可能地搜寻黑娃曾经找到过的那种鸟巢。然而,在黑黝黝的枝干上我竟然没有发现一只鸟巢。我下了树,我突然又想起了黑娃的另一个关于寻找食物的故事。

黑娃有一次跟我去找食物的路上,一边走一边讲述了这个故事:同样是一个大雨滂沱的日子,黑娃赶着他的羊群走进了一座山洞,大雨如洪水没有停下来的兆头,他们在山洞待了一夜。天亮了,雨仍未止,羊群们开始饥饿得咩咩着,他自己也饥饿。这时他想起了爷爷的叮嘱如出门遇到饿肚子,就哼哼村里的调子吧。于是他就闭上双眼,坐在石头上哼起了村里的调子。幽绵的村调不仅止住了黑娃的饥饿,同时,在饥饿中的羊群也趴在石头上不再咩叫……所以说,人在饥饿时是可以唱歌的……

从树上下来后的我两手空空,我对她说:我们唱歌吧!

她垂下头说:唱不动了,太饿了!

我们重又坐在篝火边,黑娃的第二个故事我没有效仿,因为确实太累太饿了。

我们什么都不想说,只是聆听着附近的动静,因为毕竟只有我们两个人,而且是两个女人。

如果野兽来了怎么办?当然只要有篝火,就无形中升起了一道屏障,野兽和妖怪也就不敢侵袭我们了。火很重要,我们守候着火,仿佛在守候着军用武器中的一箱箱未射出的子弹。我们之所以守候着火,是因为同时也在捍卫着我们自己的生命。

野兽们来了,它们已来到附近,就在离我们三四百米的林子里。我已经聆听到了它们的嚎叫,凄厉叫声中有一种就像人类一样的饥饿……我仿佛看见了那些黑色的金黄色的野兽,它们已经嗅到了我们的气味。是的,人类的气味,对于众兽们来说就是诱引它们巨齿的美食,就是让它们的肉身狂野奔跑的猎物……我和她不时地交换着眼神,但都没有说过一句话。我们不需要说话,无论我们是谁,是否会在某一天走出野人山都不重要了,我们现在所面对的敌人不再是端着刺刀走过来的侵略者,也不再是饥饿,而是我们四周的野兽和妖怪们。

嚎叫声从树枝中传到耳朵,我们不断地加柴火,不断地让火发出燃烧的声音,一物降一物,这绝对是世界生物的哲学动态。在这个令人窒息的时刻,我们得熬下去,只要坚持到天亮,野兽和妖怪们都会退下的。我们终于熬过了那个夜晚,果然,野兽和妖怪们都退下去了,我们再没有听到它们的嚎叫。于是,我们又开始走。

突然就看见了黑娃,他走在前面,那只忠诚的野兔就走在他旁边。黑娃转过身来十分惊喜地看着我。在野人山已经有很多人的脸上失去了笑容,大多数人的脸上都弥漫着疲惫、饥饿和沮丧,有些人脸上还有身患疾疫时的痛苦。然而,只要看见黑娃也就会同时看见他的微笑。他的微笑总是会让我去想象他从小生活过的那座只有几十户人家的村落。如果有一天我们走出了野人山,我有一个美好的愿望,想陪同黑娃回他的老家去看看。我想看到让黑娃学会了咒语的那个长老,正是他的存在,让黑娃面对生命状态的现场时,总是能寻找到逾越时间的魔法……我还想去看看他的爷爷、父亲和母亲,因为他们的存在才有了黑娃的生命。

我将穿旗袍的女人介绍给了黑娃,就想告诉他昨天晚上我和这个女人点了一堆篝火聆听着野兽妖怪们的嚎叫的一夜。虽然这一夜已经过去了,然而,置身场景中的万分恐怖却也是难以忘却的。然而当黑暗过去以后,人的思维又开始变得活跃起来了,尤其是吃了一把黑娃给我们的野菜以后,脚上又开始有了力量。身穿旗袍的女人已经引起了周围人的注意,这也是我曾经预料到的,可我没有想到会来得如此之快……现在,我必须抢在他们之前与这个女人做一次对话。

这是一场从黑夜中醒来以后极为敏感的对话。我把身穿旗袍的女人叫到了小树林,我开始时重述了我们相依相伴的一个夜晚,感谢她与我度过的一夜,之后,我重又像过去一样以一个战地记者固有的犀利敏感进入了我们谈话的内容。

我说,如果可能,请谈谈你的旗袍,你为什么穿着旗袍走进了野人山?

她说,原来我本想隐瞒我的过去,但自从经历了昨夜我们围坐在篝火旁驱兽的时间,我就觉得如果有机会我一定会将我进入野人山之前的故事告诉你。我没有想到这场对话来得如此之快。

我说,是的,是快了些,你明白的,我只是想了解你的身份。刚才你已经看到了别人看你的目光,很显然,是你身上穿着的旗袍引起了大家的注意……我们现在就来谈谈你的旗袍吧!

她说,我出生在北方。我是在十八岁那年穿上旗袍的,是我母亲为我请裁缝做的旗袍,之后,我就嫁人了。一场战乱的逃亡让我与丈夫失去了联系,我丈夫是一个中学老师……之后,在一个夜晚,我和几个女子被押上了一辆军用货车……在经历了许多噩梦一般的挣扎之后,睁开眼睛时我们已来到缅甸,我们被日军押往军营,沦为慰安妇……我说这些只想把非常真实的我告诉你,因为我想活下去,我想跟你一块走……

我说,你又为什么走进了野人山?

她说,我跑过多少次,那天洗澡我一直是用背对着你。因为逃跑,我的乳房上曾经被他们用刀画上了符号,我的肚子、大腿上都曾经留下过他们的摧残……所以,我一次又一次地逃跑,但每一次逃跑都以失败而告终。每一次逃跑后被抓回来后,等待我的都是群体的轮奸……尽管如此,我逃跑的心永远不死,反之,却一次比一次更坚定⋯⋯终于,我发现,在日军开始追杀远征军时,也是我逃跑的最好时机,我抓住了这个机会⋯⋯因为跑,使我发现了远征军撤离野人山的踪迹⋯⋯这对于我来说,无疑是看到了逃跑的希望⋯⋯正是这希望激励着我,给予了我勇气⋯⋯我就这样穿着我的中国旗袍跟在你们队伍身后⋯⋯很久,我都是在离你们很近的地方过夜⋯⋯我不敢暴露我的身份,我只想活着走出野人山,我想去找我的丈夫⋯⋯

我再也不想问下去⋯⋯这个来自北方的女人的遭遇让我感到痛心,我们还要赶路,我已了解她之前的故事。我们没有时间在此纠结,语言诉说着命运的一系列遭遇,但同时在这座还看不到尽头的野人山,等待我们的还有种种无法预测的生死险恶。我们也不能在此久留,脱离队伍,只会加剧我们的困境,因为人越少,心里的负担将更沉重。当你置身在一群撤离者之中时,饥饿、恐怖、疾疫等等都会相应缓解。

从我们开始撤离到野人山时,就有多种难以摆脱的困境在等待着我们,其中最主要的困境是饥饿。人是多么荒谬啊,也可以这样说,凡是有嘴的生命都是荒谬的,因为有了嘴,就有了胃肠饥饿,就有了食物咀嚼吞咽。饥饿是禁不住的,你可以饿三四天,但要再延续时日是艰难的,所以,当我们用尽了仅带的一周食物以后,就必须依倚野人山的自然寻找可食之物。在野人山觅食物,也就意味着你要了解森林中的众多动植物的生态环境。如果你置身在一群人中,那么,每个人都会拥有对动植物生态的常识和记忆,他们从一株植物开始可以带领你寻找到身后的故乡居地和亲缘的因果之谜,在这点上黑娃的出现,就是最好的证据。

疾疫,这是野人山与人类相遇时,因水土天气的隔离陌生而产生的病菌,当一个个生命的器官发生炎症时,等待我们的也许是生与死的碰撞……

再就是恐惧和无奈。当用这种情绪前来面对野人山时,得到的只有颓败,我们是颓败者,但引领我们不断前行的是一种生命的神秘力量。往前走时,我作为一名战地记者目睹了许多生与死的考验,所以,当穿旗袍的女人讲完她的故事时,我不再追究她的过去和现在,而且我已经准备好了,面对这样一个曾经遭遇过战争蹂躏的女人,我们没有理由再用目光去审判她肉体上赤裸裸的伤疤。反之,我想隐瞒她的身份,不再向任何人揭开她走在野人山之前的身份。至于她的旗袍,是的,她的旗袍当然是最引人注意的了,因为没有任何人穿着旗袍走进了野人山,也正是她的旗袍和她脚上的平跟黑色皮鞋引起了大家的猜测,她是谁?她将到哪里去?

而且在她身上没有任何一件衣物是属于中国远征军的。所以,人们看见了她,并发出追问,这是理所当然的了。还是有人认出了她,许多天以后,我们遇到了很多人,同时走进了一片平坦开阔的林带,这已经接近黄昏了,有很长时间没有遇到这么多人了,仿佛已经找到了自己的大本营。穿旗袍的女人一直走在我身边,而且是寸步不离地走在我身边。或许,她害怕离开了我们的团体,就再也走不出野人山了;或许,当她面对我,将她身体和灵魂中悲伤和耻辱的一段个人史坦诚地告诉我时,就已经将一个人的信赖交给了我。而此刻,她将面对更多人,面对更多人的目光。

如果我包里能有另一套军服的话,或许我会让她穿上军服,这样的话她就不是那个穿旗袍的女人了。然而,进入野人山之前,上级要求我们就穿一套军服撤离,并要求将多余的东西全部埋在那座土坑里。除了身上的这套军装,我再没有其余的衣服了,所以,这个不幸的女人不得不穿着她的这一身中国旗袍,并携带着一个女人的身体蒙难史跟随着我们撤离。

人群中的一个男人认出了她,他曾经是我采访过的连长,他先是看见了我,向我点点头。这是一位勇敢的连长,我曾在暴雨即将来临时来到了他的连队坚守的战壕,他年仅二十六岁,却已经是连长,那正是敌人反攻而退败撤离的午后。我钻进了他坚守的战壕,我将手中记录的笔记本抱在胸前,乌云仿佛袭到了头顶和耳垂边际。我面对着满身硝烟炮火的连长说道:敌人已经败退了,你和你的连队仍在坚守中,如果敌人休整后继续反攻,你们能再次击败他们吗?连长迟疑了片刻,他正端着手中的望远镜,刚才他一直在端着望远镜搜寻对面的山冈,他回过神后告诉我道:敌人一定会再次发动进攻的,我们将坚守阵地。从参加远征军穿上军装的那一天,我就告诉自己:我是来赴死的,战争就是带着你的肉体前来赴死,没有这种信念,你是无法打死敌人的。

他的回答言简意明,跟所有人不一样。在他英武的目光中充满了用生命来坚守阵地的勇气。

我抬起头来,在乌云滚动的地平线上隐藏着战争中来自两个国家的士兵。从古至今,战争的发动者们就是为了征伐和掠夺,在此邪恶的终极目标之下,将有一批又一批像连长这样用身体参与战争的赴死者,守候着自己参战的信念,用生命来捍卫自己的国土。

连长看见了我身边穿旗袍的女人,他的目光反复地盯着她,他似乎在回到某个时段,他在回忆,他将我拉到一片小树林后问我,我身边怎么会有一个穿旗袍的女人,没有等我解释他又说道:我好像在什么地方见过这个女人,哦,让我想想,我是在哪里见过她的?不管怎么样我肯定是见过她的……想起来了,在望远镜里我见过她。那时是在执行任务,我们连前往离日军营区最近的一座山脉想侦察日军的动态,就在我举起望远镜往山冈下日军营地搜寻情况时,我看见了这个身穿旗袍的女人……是的,就是她,没有错,我看见的就是她……在一顶帐篷后面,两个日军正在搂着她……你知道吗?她就是日军身边的慰安妇……这样的人为什么会混迹在我们中间呢?我们去揭穿她身份吧。

我低声说,请你别冲动,请你理智一些……

他说,为什么?像她这样为日军出卖肉体的女人为什么要跟随我们撤离?

我说,因为她想活下去,她是在与丈夫逃亡中被日军劫持到了缅北……她卷入了战争,遭遇着来自战争的侮辱和绝望。之前她曾从日军营帐逃跑过数次,均以失败而告终,在她的身体上留下了日军折磨的伤痕累累。尽管如此,她仍带着想回到祖国和丈夫身边的最后愿望在逃亡,这一次,她终于成功了……面对这样一个女人,我们能审判并驱逐她吗?

他开始沉默,他好像失语了。我叮嘱他道:除了我,你是第二个知道她身份的人,如可能,请不要再追究她的过去……

　　他什么都不再说,似乎唯有沉默才可能解决这个令人痛心的问题。但我深信,他已经默认了这个现实,他不会用另一种激进的态度面对这个女人了。我们都知道在第二次世界大战中的缅北战场,日军携带了来自韩国、朝鲜、日本和中国的慰安妇,以此为战争中的日军服务,在这些女人的肉体上刻下了永恒的耻辱和悲伤。而她,只是其中之一。我想,他已经从内心宽恕了她,他已经忽略或勾销了他举起望远镜时在日军营地上看到的一幕,或者说那一幕是中国女人被日军所蹂躏的现场。多年以后,总会有审判的那一天降临,这个女人就是活生生的受害者和证人。

　　我们无法去想多年以后的事情,我们的胃里有许多植物在沿着身体中的肠道蜕变成粪便,你如果细看原始森林中的粪便就会分辨出全是绿色的植物,有些粪便中甚至连根茎都没有消化……走着走着,突然看见了白花花的一具尸骨,外面是被剥离者的军装,野兽和蚁群们已经完全彻底地分解了这名战士的肉身……所以,在野人山死去的战士如能迅速得到安葬就能安息,反之,那些没有得到安葬的士兵通常是孤独的迷路者,就像从刚才看到的死亡者的骨架可以判断,他死亡时身边没有任何伙伴……

　　很多迷路者走着走着就以各种形式死亡了……几万人撤离野人山,历经四个多月时间,历经了四个多月的饥饿、疫情以及被野兽的侵袭,同时也经历了恐怖和绝望……每个夜里躺下之前,我的笔仿佛都在触痛我的肋骨,我不可能漠然,哪怕处于这样的境遇,我都会将那支触痛我肋骨的钢笔握在手指间。人类创造了文字,我的祖国赐予了我古老的母语,哪怕是在漆黑不见五指的苍茫夜空之下,我也能坚持在笔记本上写上几行文字。这一夜,身边还有几个伙伴,因而我睡在他们中间,躺下之前我写道:明天的明天,有可能死去的就会是我自己,对于死亡这个问题,从踏上缅北战场以后,每天都是一个近在眉宇之下的现实,但那时候,我更多地看见了在炮火中死去的将士。而进入野人山以后,阴界和阳界彼此穿梭不息,你无法左右自己的命会在哪里舞蹈。这一夜,我感觉到很冷很冷……或许这是死亡即将来临的预兆。

第十章　通向野人山尽头的路

　　我又遇到了兰枝灵,她的病已经完全好了,那只小松鼠竟然陪伴她已经走了很长时间的路。当我见到她时,她正同她的男友背靠着树干,我从他们身后走向前,她有些惊喜地看着我说道:我活下来了。我伸手抚摸着她的短发,这短发丰茂乌黑,顺畅,她有些羞涩地说刚刚在路途中的一条小河中洗过澡,男兵在下游洗,女兵在上游洗,中间恰好又相隔一个山弯,便形成了天然的屏障。兰枝灵说,不知道为什么,自从我洗过澡以后就活过来了,之前一直在发低烧……说实话,我已经做好了死的准备,在我们分开以后,我又看见几个人死了……死亡在我眼前就像野人山的天气变化,它说来就来,没有任何商量的时间,每天都有人死去,他们死在路上……我以为我快要死了……死亡是无法替代的,在我谈论死亡的时候,他总是安慰我说,不会死的,如死神真要前来收留我,他会替代我去死的……他的话刚说完,我的耳边就传来了水流声,有人在前面叫着说看见小河水了。我们忘却了一切,这条河流仿佛也在召唤着我,我跑了起来,真奇妙啊,我竟然跑了起来,除我之外,走在我身边的所有人都开始跑了起来……我们终于迎来了这条河流,已经有很长时间了,我一直想洗澡,我猜想发烧是因为想念这条河流,因为我的头发或身体实在太脏了,身体太脏,那肯定是要生病的了。

兰枝灵已经有好长时间没有说这么多的话了,也许因为她遇到了那条河流后洗过了澡,身体变干净,病也就好了。在不远处我又与白梅相遇了,她正找野菜回来,手里抓着一大把野菜……她把我带到了她的病人面前,那个截肢的士兵同样背倚着一棵树,我走到他面前,他的左腿只剩下上半截,而下半截已经没有了。

不过,他已经活下来了,白梅告诉我说,他已经脱离了危险,高烧已经退了。活下来了,这正是年轻的战士的梦想。他此刻告诉我说,家里有一大家族人正在等他归家,他参军时曾对家里人发过誓,一定会活着回家的……我明白了,为了回家,他可以忍受一切疼痛……而这种疼痛是生活在二十一世纪的人们难以想象的。如果轮回到二十一世纪的今天,我看到了两条今天的新闻,第一条新闻是这么说的:轿车为躲三轮车飞上了屋顶……第二条新闻是这么说的:"超级高铁"来了,建成后时速超一千公里,快过了飞机……看上去这是两条有趣的新闻,却也充分说明了二十一世纪的背景,无论是轿车飞上了屋顶,还是"超级高铁"将逾越飞机的速度……所有这一切都在告诉我们,世界变了。

是的,世界变了,不变的只有:来自身体的疼痛不变,灵魂中的呼喊不变。

他活下来了,他的高烧退了……站在他面前,我不再想起白梅为他独立完成截肢手术的时候,他的双臂被牢牢地捆住,他用嘴咬住了那块湿毛巾……在没有任何麻醉药品消炎的情况下,白梅带着她的病人进入了一个原始的社会背景。她只使用火或刀,就完成了截肢术。而我作为协助者,在非常短暂的时间里,用我的手拉住他的左右手时,可以充分地感觉到,截肢时他肉体的剧痛,相比他在战场上冲锋陷阵时更令人战栗……肉体与刀锋的交战,带来的疼痛使他的腿消失了,当手术结束后他因疼痛而昏迷,我从他嘴里取出了那块毛巾,湿漉漉的毛巾上留下了他上下两排带血的齿印……就这样,他终于活下来了。

又有一个人死了……就在刚才几分钟内,夜晚是死神降临的时刻。当我们置身于野人山的原始森林区域时,有三种死亡无时无刻地伴随着我们:

倘若你进入野人山时,是一个伤口携带者,无论你身体的哪个部位遭遇到了来自炮火中的创伤,一旦你走进了野人山,都要设防空气中无处不在的邪气,然而,有些东西是防不胜防的。当邪气找到你的伤口,就会让你感染邪气带来的毒素,它们附在你伤口中,就像令人讨厌的蝇群们舔伤口中猩红色的血液,之后,等待你的是炎症。所谓炎症就是让你的血液循环感染了病毒,导致你抽搐,发烧,呕吐……时间长了,死神就找到了你。

倘若你来到了野人山,你面临着与天气和水土融为一体的仪式,你要老实地接受这天与地的洗礼。简言之,切忌在口渴时急匆匆地喝大量的生水,也不要急匆匆地吞咽森林中的野果。如果因水土不适而上吐下泻,或周身发热发冷并且抽搐不休,你就无法跟上前行的队伍,时间长了,你会身体逐渐虚脱而彻底衰竭,此时,死神也最容易来牵你的手。

倘若你来到了野人山,吃完了最后一点粮食,就该选择一个适当的时机与你的胃好好商量,在接下来的日子里,如何补充食物的问题。饥饿是难以抵御的,开始时它似乎是温情脉脉的,然而,在接下来的日子里,饥饿却有一种强劲的力量,会摧毁你的意念。为了战胜饥饿,你开始寻访原始森林中的动植物。动物大都是活生生的,不是到了最艰难时辰,人是不可能侵犯一头活生生的动物的。动物乃是另一种生命个体,它们将平地留给了人类居住后,跑到了森林中繁衍生息。人来了,而且是几万的饥饿者,无论是有根须的植物还是有四肢器官的动物都在窥视着人类,而人类无疑已经惊扰了动植物的生活状态。这时候,饥饿者们开始采撷可食植物,同时也免不了对动物开始了谋杀……

倘若你已经来到了野人山,并且要在原始森林中待上从预计的一个星期延长到四个多月,你将怎样面对考验?

死亡是野人山每天发生的事件,初入野人山时,如果说某个人的死亡是难以克制的悲伤,时间长了,死亡成为了跋涉中必须忍受的事件。每个的死亡个例大都发生在黄昏后和黎明前,临近黄昏时,也正是行走中的中国远征军们耗尽全力抵达并栖居的时刻,这时候并不轻松,因为要在天黑之前尽早觅食,人们便以各自的方式开始在规定的栖居地周围寻找野菜以及死去的动物身体。在觅食的过程中,有些人就死在了泉水边,他们有可能因为太饥渴而在寻到水源时趴在溪涧边畅饮了超量的水而死亡;在觅食的过程中,有些人就死在了一片茂密的野菜地里,他们有可能是因为看见这片葱绿的野菜地,来自饥饿不堪的肉体的煎熬到了极限,之后,就倒在了野菜地里;在觅食的过程中,还有人死在了一头死去不久的动物面前,因为突然产生的惊喜或者恐怖而死亡……还有人死在了栖居地的黑暗与黎明过渡的时间中……这些死亡的个例汇成了数字,据统计有四万人死于野人山的撤离中。

我们已经习惯了用平静之心去埋葬死者,那往往正是我们将离开栖居地的时间,我们会将那些被我们双眸所发现的死者的身体移植到我们自认为是风水宝地的地方。我们掘开腐植叶下的泥土,来自野人山的腐植应该是闻所未闻的,只不过世界上只有少数人进入了野人山,世界上也只有少数人因为战争而逃亡,也因为战争而死在了野人山。

到底什么是野人山风水宝地的地方,在我们目测之下能够看见蓝天白云的地方堪称原始森林中的风水宝地,就人们对于死亡的冥想而论:在这座远离故乡的原始森林,倘若你再无法行走,心脏再无法跳动,意念再无法在乘风破浪中航行……那么,就意味着你已经完成了生命的全部过程,这时候,生者们便开始为死者冥想那个称之为天堂的地方。所谓天堂,就像梦想是一种自由的格调,简言之,每个人都有一个幻想主义者的天堂,就像蓝白红及更多的颜料,可以收纳在一只盒子里,却可以被每个人独立使用每一种色调……

因此,我们在不知不觉中已经为再也无法走出野人山的逝者们,冥想出了一小块风水宝地,那就是在那些年轻的逝者们躺下之后能够看见原始森林中蓝天白云的变幻……也许,在逃亡者的内心深处,只要每天看见荡漾着一片片蓝天白云的变幻,我们就能寻找到回故乡之路,便能坚定自己走出野人山的信念。

一直未能与失踪了很久很久的凡晶莹在路途中相遇,这是悬在我内心深处的一道迷雾。一路上遇到了很多事,但一直未与凡晶莹再次相遇……这是一个飘满了迷雾的世界,有些人活着,继续往下走,有些人死了,也就失去了回家的路。旁边的人们仍在行走,白梅给那个截肢战士做了一副拐杖,她要带着他继续走下去。兰枝灵走在那位年轻的诗人身边,那只松鼠栖在她肩膀上,这是神送给她的礼物吗?

我的身边走着穿中国旗袍的这名女子,除了那名从望远镜下面窥探到她身份的军人,再不会有人知道她过去的蒙难故事。她走在我身边,似乎人们也在无常的时间中接受了这个身穿旗袍的女人,而她的身份已经不重要。人们似乎在不知不觉中忘却了自己的身份,包括我自己以及走在旁边的人。身份是一个属于社会的符号,人在出生之后的短时期内的所有身份均朝着婴幼儿发展,再朝着青少年递增,直到脱离家庭走入社会以后,才有了自己的身份。在拥有自己的身份以后,才拥有了自己的个体档案,这份档案录是由社会和个人保存的。

身份,也就是你所从事的职业等等。从形而上的意义讲,你的身份默默地记录着你个人史的行进过程,你有什么样的身份,就有什么样的内陆和彼岸。在这座原始森林,多数人的身份都是战士,他们作为战争的撤离者,正在与生死搏斗。在铺满了死亡者身躯的路上,人们忽略了身份之后,看到的只是一张张脸,这些疲惫的脸,无妄的生命具象中的存在,似乎也不需要任何标签来证明世界的变幻……生,就是身体可以站起来朝前走,只要能够继续走,似乎生命也就有希望了……

而那些不能继续往前走的人,等待他们的将是什么?

有几种人不能朝前走,或者说他们走得虚弱而缓慢,之后,他们便再也无法走下去了……

他们是这样几种人:身体残疾者的行走本来就是困难的,他们不可能像有四肢的战士一样行走。巨大的屏障远远超过了我们之前预料的距离,他们继续走时遇到的困难是天气的变化,因食物不能补予带来的饥饿,这些诸多问题使残肢者丧失了力量。于是,他们的速度在递减,在每走一步都痛苦难耐的情况下,他们开始滞留在人群的后面……当朝前走的人回过头,再也看不到他们的身影时,行走者不可能花很长等待或者原路返回去寻找,而且,在野人山是没有同一条原路的,一个人一旦偏离了团队,就有可能走上另外一条路线。不是一两条路线,而且是多条可以让你迷路后再无法走出来的路线。另外是疾疫者,这些因患瘴气而呕吐发烧的气息奄奄者的生存状态,仿佛是一座森林中被邪气野蜂们所呼啸过的身体,当他们身染重疫时是无法支配自己身体的,于是,他们在不知觉中已被死神带走,或者说他们的意识之中再没有走出野人山的现实。另一种人,是放弃了再走,他们已无法抗拒身体中的饥饿疼痛和疾疫的折磨,他们选择了不再继续走下去……这意味着他们将心甘情愿地踏上一条不归路。

这些死亡者的个例,不需要花太长时间就已经开始呈现在我们朝前行走的路上。就我个人来说,我的笔记记录了我所目击的死亡:在一棵树下我看见了他的脑袋斜靠在张开的枝桠之间,在他死去后不长的时间里,倾巢出动的蚂蚁们已经开始在他脸上游走。蚂蚁是敏感的,它们善于游离并且喜欢吮吸异味。

这个停止了呼吸的战士,当他一旦无生命活力,他的气息无疑在飘荡中散发出让蚂蚁们可吮吸的元素,所以,它们来了。蚂蚁们直接奔向主题,在他的脸上蚁群跳舞或庆典。在如此短暂的时空中,就已经寻找到了一个家族的粮食,它们要趁着他的肉体尚未腐烂之前,用小小的舌床吮吸他肉体的味道。看见这一幕时,我的双眸痛感仿佛在撕裂,在他眼眶中爬动着漆黑的蚁群,它们似乎想吮吸到他眼眶中的泪水,除此之外,我在他耳朵、嘴唇外同时发现了大量的蚂蚁……我折下树叶开始为他清理着脸上的蚂蚁,并忧伤地自语道:去吧,去吧,离开他吧,到你们该去的地方去吧!之后,我跟另外两名赶上来的士兵一起埋葬了他。他可以安息了,在合上泥土时,我再也没有看见任何一只蚂蚁来到他冰凉的身体上跳舞或吮吸异味。

死在林子里的战士只剩下了骨架,这是我们朝前行走时看见的一幕,兰枝灵发出尖叫声,那惊恐的声音将我们吸引过去中看到的死亡个例。为了不落伍,这几天,兰枝灵一直走在前面,她的尖叫声使我们不得不加快了脚步。与兰枝灵相反,我一直走在我们几个人的后面,旁边走着的是穿旗袍的女子,我有种善意的隐形动机,不太想让队友们在行走中注意到这个身穿旗袍的女子,简言之,我想让更多的人忽略这个女子的旗袍,忽略她从哪里来到哪里去的问题。尽管,我们中的大多数人早已没有任何力量和兴致去关心探索她来历不明的存在。

这位战士也许是因迷路遭遇到野兽攻击而死亡的……因为巨大的野人山突然之间收留了好几万的生命,每一个生命因行走而所遭遇的故事,就像天上的云朵变幻莫测,所以,我们目击到的任何一件事都是真实的。我们同样埋葬了这具只剩下骨架的遗骸……此番此景,令我们感觉到身陷野人山的诸多磨难。

无限之心,久留于人世的迷障法,哪怕万千岁月磨损我,比如露珠消寂于光热,爱神失散于荒漠,嘴唇干裂于烈火,身心死于忘川之河等等。此刻,我所投身的黑暗,如毯子一样裹紧了我,做梦吧,那些渡我者,必将被我之爱所渡。

活下来的人们,只要在路上遇到死去的战士,无论多么疲惫和饥饿难耐,都会驻足,伸出双手去埋葬那些森林中的一具具遗骸。在我自己的手下,我曾在向前行走的过程中同我的同伴一起埋过死于森林中的饥饿者,他们气息已尽,靠近他们的遗骸时仿佛看见了生命的最后时刻,离天亮启明星已近,然而他们却再无力站起来,在他们的手里有抓野菜的痕迹……甚至能嗅到一阵阵的野味之香……饥饿当然可以致命,倘若你不信,你可以绝食一周或再多些时日,看看你是否能站起来行走。

死亡……终止了最后的气息,让死者重新上路。因此,我在绝望悲恸之中,离开了一个个死者的坟堆向前行走,灵魂已同末世的风,它是白色的,吹在身上浑身发抖。所有的苦役,都是我命中的词语,那些犹如空气中羽毛坠落或上升的气息,让逝者们去天堂后寻找到了往生之路,因此,请别担心那些朝天堂去的伟大而孤独者的名字……去吧,去吧,去寻找春天的那座美轮美奂的花园吧!

我一直往前走并幻想着与另外一个人相遇,他就是我们的将军。将军躺下了,是在又一座营区。我们在无助时竟然看见了前面升起的篝火火焰,兰枝灵几乎跳了起来,遇到大的营区也意味着我们会融入很多人中,这样就会减轻我们的绝望和恐惧。尽管如此,将军躺下了,这是我奔赴营区后所看到的一幕,他躺在一顶简易帐篷之中……我掀开帘布进去,将军看见了我,我显得有些急促地奔向前,他躺在用松枝叶铺成的床上……很多人躺下后再站起来朝前走,有些人躺下以后再也没有站起来。面对将军,我无语了,护士告诉我说将军的伤口感染了……又是感染……我的泪水在眼眶中正在旋转,它们为什么要旋转?长久以来,我一直无法正视并审判自己的内心世界中的秘密,因为无休止的战乱,使我无法去正视自己的内心,而此刻,我必须告诫自己:从此刻开始,我要寸步不离地留在将军身边,因为我有一个重要的理由想告诉大家,在我初次访问将军时,我就已经情不自禁地爱上他了。

　　我知道在野人山的大撤离之中谈论爱情是荒谬的。死去了那么多人,在你掘开泥土掩埋完一个死者时,你随时都有可能变成下一个死者,被另一些活着的生命所掩埋。面对这一切来谈论爱情,无疑是荒谬的……之前,我们曾经过了一片泥沼地,你无法想象森林中会有泥沼,但这就是现实。野人山是一座我生命中空前绝后的魔山,它拥有太多太多煎熬人类身体的酷刑,走着走着,突然在不远处有人尖叫着,之后就陷进泥沼中去了。在五十米之外的森林中突然就出现了泥沼,是的,原始森林中的泥沼,这是发生在眼前最为真实的一幕:五六个人同时走着,突然身体就陷进去了……我们赶上前去时,眼睁睁地看着他们五六个人的身体就这样陷进去了……最后,就连脑袋也陷进去了。拯救是徒劳的,是根本不可能的。因为任何拯救都将意味着再次送命……我们的命,已经够艰难了,不应该再去送给死神。而眼睁睁地看着几个活人就这么消失了,眼前便开始发白,有几分钟,世界什么也不再存在……世界上再无阳光,亦无子弹,它空得让我们失去了时间的存在。

尽管如此,时间却又真实地又存在着:殉难者用死亡告诫我们绕开了那段有泥沼的路线,使我们又拥有了生的机会。生,就是避开了那段泥沼,使我们充满生的幻想。

在这里,谈论爱情显然是荒谬的。它的荒谬中有对于人世间最后的一种虚无主义的温情脉脉的期待,就像我所看见的那几个陷入泥沼的人双臂在拼命挣扎,企图够到残枝树藤获得重生的机会。而爱情是战乱中构成的另一种图像,从见到将军的那一天开始,我就有一种心慌的感觉,在缅北的丛林或战争前沿,将军的影幻给我带来的是期待,即相信在某一天某个特殊的时刻我们会再次相遇的期待。

将军躺下了,这不是我等待中的相遇,他在发着低烧,将军中的一颗子弹造成了炎症,在无药品的情况下导致了不间断的低烧……我用一块湿毛巾为他降温,我用湿毛巾擦着他的前额、手心指头……我的手接触到将军的外在皮肤时,有一种触电般的感觉,不知道为什么,一种从未有过的幸福仿佛正在灼伤我的心灵,我突然不敢正视将军的眼睛,但我能感觉到他正在看着我……在这座撤离的野人山,谈论爱情显然是荒谬的,不可思议的,也是不可能的,它的不可能在于我们的生命每时每刻都在饱受苦役的折磨,我们没有心情谈论爱情,当某一种温情脉脉刚刚涌上心头时,新的困境又降临了。

我回避着将军的眼神,因为在这座原始森林里,所有的故事都围绕着道路方向,活着还是死亡的问题在展开。在此背景之下,我内心翻滚的波浪开始变得平缓下来,很多现实问题正在等待着我,在这里,我想找到黑娃,我已有好几天没有见到黑娃了,因为那个身穿旗袍的女人的降临,使我忽视了黑娃的存在。简言之,从倾听到这个女人身陷日军营区用身体遭遇巨大悲伤和蹂躏的故事开始,我对这个女人产生的不仅仅是同情,还有一种说不清楚的力量,使我想尽自己的力量不再让她遭遇别人的猜测,使她能跟随我们走出野人山,去实现她的梦想。每个正在度过这漫长苦役的人都有自己的梦想,他们之所以保存着生命的力量,正是因为野人山尽头的那个梦想在召唤着自己。

　　而此刻,黑娃在哪里?我寻找他,是因为他心存魔法咒语,我想通过他的魔法,使亲爱的将军能走出野人山。

第十一章 回家

回家,是所有人最终将抵达之路,野人山有无数条可以让你回家的道路,就看你在行走中选择了什么样的方向。

我因为寻找黑娃而再次迷路了。当我前去寻找黑娃时,天已经黑下来,起初我只是在附近走一走,因为这座森林天黑下来后,到处都有远征军在栖居。我轻声叫唤着黑娃的名字时,穿旗袍的女人便跟了上来,她说她跟我一块去找黑娃吧!我知道,这一路上,她已经习惯走在我身边了,因为只有走在我身边,她才会获得某种安全或认同感。这安全就是对她身份的模糊,她不愿意让更多人了解她在缅北战争中那段充满耻辱的历史,而认同感则会让她成为我们中的一员。因此,我的存在让她找到了一条线索,无论我去哪里,她都会形影相随。看不见黑娃的影子,也听不到黑娃的声音,而我却不甘心,满以为会在前方的树林中找到黑娃,然而,我们却已经越走越远了。

她不再往前走了,她对我耳语道:好像听见了野兽的叫声。

我驻足,屏住了呼吸……

如果是在二十一世纪,野兽们会来到每座城市的动物园中,隔着铁丝网或金属栅栏,孩子们成人老人都在用自己的嬉戏方式与野兽们挤眉弄眼,野兽们一旦进入栅栏也就相应失去了自由,对于每个生灵来说,自由就是没有栅栏的行走奔跑。而此刻,野人山中的巨兽们确实是自由的……我们屏住呼吸后听到了它们的叫声,语音显得单调,却也是令人惊恐的,我们半蹲而下——野人山造就了我们对待野兽的态度,造就了我们的勇气和为了捍卫生命的智慧,在没有点燃篝火的情况下,我们只得就地躺下。还好,在我们脚下就是蔓生于膝头之上的野生灌木丛,就是可以称得上荆棘的屏障,我们小心翼翼地躺下后装死,这是我们进入野人山后学会的技巧,但务必屏住呼吸,要让附近的野兽们感受不到我们的呼吸和味道……装死,也就是让自己的肉身变成僵尸。这需要什么样的勇气?是生命赖以存在的希望给予了我们置身在野兽嚎叫声中的力量,我们什么也不说就躺在了灌木丛中。之后,我们倾听着野兽们时远时近的脚步声,它们好像就在我们附近巡逡着,我们以装死的意念倾听着野兽们脚踏着林子里的苔藓、丛木中的巨枝。有时候它们已来到了身边似乎已经嗅到了我们身体的味道,然而,就在这生死难测的时刻,突然起风了,是的,突然起风了,风啸处竟然有了闪电,还有雨滴……是风的起伏,突然而至的阵阵闪电和雨滴拯救了我们的命,我将双眼微睁时朦胧中看见了一只巨兽的背影,这头像熊又像老虎的影子就在我几米外隆起的那片丛林中,我看见它越过了那片丛林后就消失了。

  是闪电后的暴雨拯救了我们,之后,我们再也没有听见野兽们的嚎叫声,它们在闪电和暴雨中去投奔它们的洞穴了。而我们继续装死,因为有可能还会有潜在的危险,我们躺在暴雨下闭上了双眼,等待着天亮。

　　天亮后,我突然浑身抽搐,眼前直冒金花,四肢仿佛已被野人山抽空了骨髓,这一天终于轮到我了。疾疫开始来寻找我时,我尚未寻找到黑娃,我可能是昨夜躺在灌木丛中遇上了妖邪,使我在天亮以后很难再站起来。虽然天已逐渐放晴,野兽们已经转移到更深的林子里去了。我力图站起来,身穿旗袍的女子也站了起来,看见我站起来的艰难状,她便走过来搀扶我。过去是我搀扶别人,而此刻是别人在搀扶我……野人山的疾疫终于找上了我。我们的衣服已经浑身湿透,她开始搀扶我往有阳光的地带中走去,似乎,只要有一线阳光的地方,就有希望,这是置身在野人山中每个人的幻象。

　　阳光并不是大片大片地涌进来,阳光是斑驳游离过来的。她搀扶我穿过湿漉漉的原始森林,如此寂静的林区,如果细听可以感觉到残留在树冠上的雨水正顺着半空中的枝干藤条往下滑落;如果细听可以感觉到我的脉动开始变弱步履变得艰难……我知道这一天终于来临了……之后的时光,完全是在无用地行走……我已感觉到自己快死了,要去另外一个地方去了,那个地方在哪里呢?终于,我们听到了树林中有人的声音,是的,只有听到人语声才产生一丝丝生的希望……这希望是如此地渺茫,但唯其希望存在,脚才可能跨出又一步,原来的一步已经变成了半步……穿旗袍的女人低语道:那边有声音了,有人语了……是的,终于又听到声音了,我们开始屏住呼吸,辨认声音的方向已经成为了我们共有的本能,如果深陷在林子里,切忌大声呼叫,除非是一个大群体,倘若只有少数人,甚至只有一两个人的话,大声呼叫会引来野兽们和怪兽们的攻击……他们很多人还传说过在森林中曾见到过野人……

野人是什么样的？听说野人们都赤身裸体，个个肩披长发……在我看来野人也就是安居在原始森林中的土著人而已，在今天的二十一世纪看来，所谓野人就是远离现代文明的隐居者。而在当时，我和她都在屏住呼吸时，耳边传来了一阵阵十分异样的声音，凭着经验，我们耳边的声音并非野兽的声音，当然也不是我们惯性中发出的声音，这些声音很古怪，相比鸟语要粗犷些，相比野兽要温柔一些，相比我们人类的声音，要荒谬一些……我们循着这些声音的方向，当然我们还不能露面，你知道的，野人山什么都有，除了拥有地球上最丰饶的动植物世界，还有隐藏在自然生态史中的神秘迹象。

我们站在一大片巨树垂下的浓荫之中时，突然就看见了七八个浑身赤裸者从另一林子中走了出来，他们手里握着弓弩，披头散发，嘴里在嘟囔着什么……这应该就是传说中的野人了吧？他们似乎发现了我们的存在，一个年轻的男人开始朝我们隐身的树荫走来，他加大了声音，但我们听不懂他们在说什么。那个年轻的男人用弓箭挑开了一片树荫后叫了起来，后面的人赶了上来，七八个赤裸的男人女人便将我们团团围住：他们全都在使用着我们完全听不懂的语言在说话，声音有尖锐有温柔有猜测有杀气有仁善有追逐有放弃……这些人类普遍的共性全都在从这些野人的嘴里发出来，而我们不知道，他们究竟要用什么样的方式处置我们？

这不是传说中的故事，而是我们正在经历的一番遭遇。一个一丝不挂的女人走到我们面前,伸出手抚摸着我们的衣服,先是抚摸着我的军衣再后来又去抚摸她的旗袍——很显然,对于她来说,很有可能从生下来以后就没有穿过衣服,这衣服对于她来说无疑是好奇而神秘的现象,女人赤裸的双乳极其丰盈,仿佛饱含着无数的乳汁,整个身体仿佛涂上了青铜色,女人的目光并无恶意,她似乎认出了我们的女人身,另外几个野人在嘀咕什么?在这里,我看得出来,他们的赤裸裸并没有任何羞怯感,也就是说他们从出生以后就生活在这片林子里,他们不知道人为什么要穿衣服?也不知道不穿衣服是羞辱的。

　　我们这两个女人对于他们来说意味着什么?他们嘀咕着,一个年长的女人伸出手朝着前面的树林指了指,意思好像是在告诉我们,要往前面的方向走。我发现了他们的善意,即使远离尘嚣,这些传说中的野人仍然有人性的尺度……看着他们一个个古铜色的身体,黝黑明亮的眼神,这一群人似乎不需要通过人类进展史上的文明来解决生命的问题,转眼间他们离开了。这是一个奇遇,看见他们像精灵般消失在原始森林中的动态,我似乎又活了过来,较之刚才身体的衰弱,脚上又产生了一些力量,或许是这些近在咫尺的野人们赤裸着脚的奔跑声,撼动了我们的灵与肉体的又一种力量。

　　走了不远,我们竟然又发现了空中树上架起的木房子,看上去这是一些并不稳定的临时建筑,却也是野人们的家园,我们大约是闯进了野人们的家园,突然从树上跳下来七八个孩子……是的,是我们人类地球上的孩子,相比刚才遇到的那七八个成人来说,他们天真无忧的眼神正在惊喜中看着我们……这是我们进入野人山以后,所看到的除了我们之外的另一幕关于人类所存在的生活方式。几个孩子开始簇拥着我们,一个男孩突然像猴子一样爬上树,又抱着树干嗖嗖爬下来,他竟然给我们带来了烘干的野猪肉,并不断地用手和眼睛暗示我们说,这些肉块很好吃的。我有些明白了,刚才那个年长的女人用手指出的方向,也恰好是我们现在所置身的地方,她或许是让我们到他们的家园中来。孩子们太热情了,他们给我们吃风干的野猪肉,还给我们吃不知道从哪里采撷而来的野果,这一切完全是我们意料之外的。我们置身的这个小世界完全是我们之前的梦想,此刻,孩子们邀请我们到树上去,到他们的小木屋中去时,我们竟然没有犹豫和拒绝。我们在他们的引领下开始上树了,他们竟然发明了梯子,梯子是用竹藤制作的,完全手工化的制作。我们的脚踏在了树藤的梯子上,我们来到了远离战乱的一个乌托邦家园,这里的每个人从出生以后都不穿衣服,并非他们不爱穿衣服,而是根本就没有什么衣服可穿。

你们完全想象不到,我们竟然来到了传说中的野人创建的家园,就连我们自己也无法深信,我们竟然上了树,钻进了那些摇晃不休用木头树枝所搭起的房子里去……里面完全用山茅野草铺在木头上,用圆木做枕头,当然被子是没有的,他们大概也是裸体睡觉吧!我竟然还在另一间木屋中发现了他们的仓库,里面有风干的野肉,有干果等等。又下雨了,几分钟前还看得见的一束束从树梢射下来的阳光突然就消失了,阴晦在树冠上面急剧地变幻涌动,那些黑色的厚云仿佛就在我们头顶,光线迅速变暗,很像黄昏以后黑夜即将到来的感觉,我们已不知道时间,我的怀表早就不翼而飞了,有可能是上次洗澡时抛在了丛林中,这个时辰应该是在正午以后,猜测时间是为了知道我们将到哪里去。这是一件最为现实的问题了。我和穿旗袍的女人坐在树上的木房子里,如果抛开野人山我们所经历过的全体生死存亡者的所有遭遇而言,这座建造在树上的木房子家园,应该是我们进入野人山以后邂逅的真正的避难所,是一座隐藏并远离第二次世界大战的杀戮炮火硝烟的家园。

我们倚依着木屋,仿佛忘却了时间的流逝,似乎只有待在这座树上的房子里,我们才停止了被饥饿、疾疫、恐怖和死亡所追杀的命运。孩子们取来了竹筒盛来的水、干果、肉干条,对于他们来说,我们很显然也是从另一个星际降临的异灵,他们想用世界上最美好的礼物款待我们,用这些他们从野人山采撷的干果风干的野肉取悦我们的降临……而我们也在这些忽略时间的树上木屋中,忘却了漫长的苦役,并与这些称之为野人的赤裸裸的生命融为了一起。

天空的色块继续着黝黑,偶尔会看见一束束蓝光,那是从几个孩子们的眼眶里射出的色泽,他们的眼睛很干净,没有一点点浑浊和杂质,这似乎是我在第二次世界大战的背景深处看到的一双双最为澄澈的眼睛了。当我与他们的目光一次次相遇时,我有一些无法抑制的感动,很难想象我们会与这些传说中的人类生活的另一个世界相遇,也很难想象,在远离了文明教育货币俗世的社会背景时,他们竟然在这里繁衍生息并建立了只属于他们自己的小世界。当我们咀嚼着孩子们送我们的干果肉干时,同时也喝到了竹桶里甘甜的水。孩子们看见我们吃完了那一堆东西之后,显得很高兴,他们的脸上荡漾着笑意,我感受到了他们的另一种孤独,渴望与外来者融为一个世界的那种朴素而原始的幸福感。

那天下午,天再没有转亮,因为雨一直下着。忘却时间后,我们待在这些树上的木房子里再没有被时间所支配和追逐。我们倾听着雨声穿透树冠再落在丛林深处的声音,同时也听到了孩子们的父母归来的声音,只见刚刚还在与我们嬉戏的孩子们纷纷从树上滑了下去,因为白天我们相遇的那七八个男人或女人回来,他们捕猎了一头野猪,我们也下了树,他们看见我们后非常友好地点点头。一个男人突然从丛林中走来了,他手里举着火把,很难置信在这样的雨幕中他们是如何找到了火源。当然,黑娃曾教会我采撷火草在石头上取火,但下雨时火草和石头都是潮湿的,采用这种原始的取火方式也是艰难的。不管怎么样,看见火光意识深处开始变得温暖起来了,他们抱来了柴火,用火把将柴火点燃了。

接下来是在火光辉映下宰杀那头野猪,实际上那头野猪早就已经死了。他们不过是将死去的野猪做一次分割术而已。在火光辉映下,我看见他们迅速地用刀剖开了野猪并取出了里面的内脏等等,湿漉漉的空气中飘忽着一种血腥味儿。新分割下来的野猪还挂在了火柴上做烧烤,很快野猪肉的香味儿就开始袭人的味觉了,在场所有人都分享到了一块烤熟的野猪肉。

这一夜,我们就栖居在树上的木屋中,令人奇怪的是我身体中的疾疫在不知不觉中就消失了,我和穿旗袍的女人都睡了一场自来野人山之后最为安稳的觉。直到我们看见了晨曦又开始弥漫……是的，雨早就停了，周转过来的晨曦又开始弥漫在林子里，我们从树上下来，到离开的时间了。从晨曦弥漫中我们感知到地球上伟大的时间正在唤醒我们出发，我们不可以再久留，虽然就目前来说，这里是我们进入野人山之后最为安全的避难所，但我们仍将出发去寻找我们的队友们。出发了，这显然是面对离别的一种出发，我们竟然在树上的房子里住了一夜，这种过程的感受也是前所未有的。下树以后，整座树林中仿佛都奔跑着松鼠，这里简直就是一座松鼠们的乐园……是的，它们相互做游戏，有时几十只松鼠身体倚着身体会垒建起一座金字塔式的城堡，我就是在这样的时刻感受到了一阵喜悦，我弯下腰，我想起了兰枝灵怀中的那只松鼠，我不知道他们到了哪里？我弯下腰用手抱起了一只银灰色的松鼠，它的身体如此的优美，皮毛丰茂健康，这些动植物们都在野人山找到了属于它们自身的天堂，相比人类的生活，它们的生活要显得更为自由奔放。

我们是必须要离开的，他们纷纷从树上下来了，这些从来也不知道穿衣服的人，对于身体的私密处从出生以后就压根儿没有羞辱感，当然也不需要遮遮掩掩，他们身体的每一个部分都面对天与地在完全地袒露着。因而在我们看来，这些赤条条的身体已经完全融入了野人山的原始自然生态之中去，再不需要任何装饰，也不需要道德的诠释。

身体，我们的身体，这是存在于世界的最为秘密的语言，因为它的存在，每个人都在述说身体的故事和遭遇。而在这座被称之为野人区的栖息地，我感受到了一种前所未有的对于身体存在于地球上的另一种思绪，在这些赤条条的一丝不挂的野人山的土著人身上,我深深地感知到了身体在没有穿上衣服之后被阳光黑暗和风雨铸造的青铜色色块。如果他们走到人类的审美面前,他们每一个人的身体无疑都是极好的艺术雕塑。

我们是终将离开的,或许我们从一开始降临人世时就被襁褓裹住,后来又被衣物所裹住,人类发明了身体上的春夏秋冬之衣物,同时也发明了无穷无尽的关于身体与灵魂的哲学或美学体系。人类的身体以其柔软或坚韧的语言从而也发明了战争……我们是终将要离开的,或许是来自野人山外的文明体系在召唤着我们。文明到底是什么?我又一次感觉到了嘴唇上一阵阵的蠕动,还有那些来自被屏蔽的原始森林的召唤……

他们开始走在我们两侧目送着我们,虽然他们身体上没有衣服,而人类的某些原始的共性是互通的。如眼前的离别,这些场景对于他们来说是自然生活中的存在,或许他们每天都意味着要到很远的树林中狩猎,所以离别出发是生活中的生活,当然他们也无法摆脱死亡。此刻,他们正在目送我们出发,孩子们似乎又显得难舍难分,因为我们的到来使他们每个人都显得很兴奋。一个男孩将一只鸟蛋放在了我口袋里,孩子虽然从没有穿过衣服却知道将一只小小的鸟蛋作为礼物送给我,这是天与地的古老礼仪和文明,不需要任何人教,他们有自身的良善和情感。一个女人坚持要陪我们走一段,她就是昨天抬起手来给我们指出方向的女人,正是因为有了她,我们可以在这座十几个人的野人部落栖居一夜。经过一夜的休整,来自我身体中的那种不适就这样消失了。这位中年妇女一直在陪同我们,他们无论男女都大手大脚,身体高大,很像二十一世纪传说中的外星人。

我们不知道她为什么要陪同我们走很远很远,这是一个不可思议的疑问,但因为有她陪伴,我们便有了方向感,只见她赤裸裸的大脚板仿佛树丫撑开。是的,这时她赤裸裸的脚正踩在充满荆棘、野藤、腐叶的丛林深处,她仿佛羚羊般在穿越丛林,我们得加快步履才可能追上她,幸好我们昨夜好好睡了一觉,又补充了足够多的食物,我们才可能用力追上她的速度。

突然,从风中弥漫过来一种异味,细细张开了嗅觉后,我们便嗅到了一种腐烂的味道,这是人肉的腐烂吗?她发现了,是这个从小出入于丛林深处的妇女发现了腐烂来自何处,又是她带领我们跃过了一道丛林中裂开的沟壑。野人山的原始森林中有无数断裂带,如果你有勇气也可以像羚羊一样跳过去,反之,你要走很长时间才能绕道走到断裂带对面去,这也是很多人因绕道而迷路的原因之一。腐味也正是从沟壑那边飘来的,这种异味实际上我们已经并不陌生,但是在这异味中有非常浓烈的提前到来的悲伤,我似乎已经提前准备好了迎接这种悲伤的心理。置身在野人山时,我们的每一种情绪都需要磨砺,一路上历经的来自他人的死亡已无以计数,四个多月的时间几万中国远征军消失于野人山,有些人的尸骨像青苔朽木般呈现在我们途经之路上,但更多人则已经消失得无影无形。

我们看见了七八个人的尸体的腐烂现场,在越过那条沟壑以后,我们很快就抵达了飘忽着腐烂味的现场:七八个战士躺在腐叶丛中,无数的白蚁们爬满了他们的身体,这是我目击过的最多的蚁群,就仿佛是整座野人山的蚁群们都从各个方向赶来了。众所周知,世上所有的蚁体,无论是黑白红还是黄体,都具有一个最为基本的特征,那就是会在这充满各种异味的世界上,善于搜寻到充满腥味的地方,这腥味可以来自果体,更多的是来自有生命的身体,而人体一旦失去了生命的气息后,身体无疑也就开始腐蚀了,这七八个人的身体就这样以一个小小的组织死在了丛林深处。成千上万的蚁群正趴在他们的毛孔眼珠耳朵上吮吸那些早已腐烂后的腥臭味……

我们开始在旁边掘开泥土,雨后的腐殖叶下的泥土显得很松软,很快我们就掘开了一个土坑,那个赤裸的女人很理解我们的用意,无须语言沟通,我想,他们的人死以后,大约也是埋在土里的。之后,我们又开始挪动死者们的肉体了,这是一项艰苦而残酷的仪式,我们挪动着,挪动着那一具具已经完全彻底地消失了生命迹象的身体……我们终于又一次埋葬了这些死者的肉身,他们不得不群葬于一个我们好不容易用双手掘开的土坑中。这一路上在没有任何工具协助的情况下,我们的双手已经多次成为掘开泥土的工具,原始森林中的土地上面是腐植叶再下面才是泥土。掘土的过程我们通常是双膝跪在地上,身体朝前倾斜一边用力一边忍住绝望和悲伤,否则,我们自己也会倒下……长久以来,面对死去战士的尸身,无论是腐烂中散发出腥臭味的尸体,还是只剩下一堆白骨的尸身,我们已经不会再惊悚恐怖,只剩下了悲伤和绝望。

再一次,我们折下苍茫中垂向头顶的青绿色树枝插在了这座隆起的土墓之上,这是我们一路上走来时遇到的群体死亡现场,也是我们亲手垒出的最大的土墓。微风中仿佛有绵长的歌谣在松枝间回荡不已,死亡啊死亡,只有当你目击着一个个鲜活的生命在眼皮下消失以后,你才会深虑生命有多珍贵又有多么短暂,这是一个难以复述的历程。我再一次回眸告别插着松枝的土墓,这座从原始森林隆起的土墓深处就是阴界吗?阳界之上,却是我们的告别之旅,我看见穿旗袍的女子在用手袖擦眼泪,我感觉天与地在暗自哭泣,我感觉到我的整个灵魂都在默默告别中哭泣……

赤身裸体的女子,她仿佛就是一头自由奔放的羚羊,在她身体中回荡着一种令我们震撼的力量。我们不可能再停下来,因为她一直在我们前面引领着方向,哪怕是在丛林幽暗之中,她似乎也总能找到方向,我们虽然无法听懂她的土著语言,但总能感受并理喻到她要为此表达的东西,她的每一个手势、语音都是在竭尽全力地为我们的行走找到方向,在经历了漫长的跋涉之后,这个女人终于将我们带到了通往野人山的一个出口……这条路似乎已经被人走过……她正在朝着身后的方向奔去,她只属于她所生活的那个世界,我已经发现了一个现实,她并不想再多往前走一步了,她要回到她的领土中去了,她走了,就像原始森林中的一只黑麋鹿一样消失了。

奔往野人山出口的路似乎是另一个世界……我们正在往幽暗的森林走去……此时此际,我们的心跳依旧,这意味着我们仍活在人世间,活着,成为了唯一的生命迹象,它使我们终于迎来了通向野人山之外的一束光焰……噢,你很难想象当我们钻出了一片野藤织就的空中枝架时,一束玄幻的光明从拱起的藤架下向着我们的双眼逼近时的喜悦和希望……

下部：转世录

第一章　重陷野人山的轮回之路

大凡谈到转世,除了充满神秘主义的玄机,更多的人称之为"伪科学"。我在这本书的下部中叙述的均是昨日和今天的相遇。先说说我自己吧,我的生或死是奇妙的,是朝着野人山之外的出口而奔向彼岸的一个故事。我们走出了野人山,众所周知,野人山很辽阔,但是也有很多出口,只要寻找到通往这些出口的要道就能寻找到野人山之外的村庄,当那个女人赤身裸体地带着我们寻找到了通往出口的路线之前,我们曾用双手亲历了埋葬几个亡灵者的事件。之后,是我们的告别,除了与亡灵者们告别,同时也是与那位土著女人告别,回眸之前的那个土著女人,青铜色的身体上似乎洒满了明亮的阳光……在她像一头森林中的黑麋鹿突然消失以后,是我们的前行之路……

当我们躬身钻出了一片最茂密的丛林时,那无疑是我的前世,来自野人山的女人赤裸着身体站在一片明亮的光束中挥手远逝。又过了很长时间,我突然惊喜地看到了明亮的区域,从光束往外看见了广阔的坝子,噢,我们就这样走出了野人山的区境。而当我们狂喜地禁不住热泪盈眶时,我和穿旗袍的女人开始紧紧地相拥在一起,我们终于走出了野人山。我们并没有死在野人山的丛林深处,首先,我们竟然是以活着的方式走出了野人山,这是一个难以言喻的生命奇迹。而当我们松开拥抱时,再也没有看见那个赤身裸体的女人的存在了。同时,我们再也看不见集天堂与地狱融为一体的野人山,再也看不见兰枝灵和她男友手拉手朝前行走的姿态,再也看不见年仅十六岁的黑娃和他膝头下的那只野兔,再也看不见年轻的将军……一旦走出了茫茫无际的野人山以后,才发现一个噩梦般的大撤离已远离我们而去。

存在何其重要,是因为它能让我们看见现实,没有现实就无法进入梦幻的生活。悲郁或欢喜,是划分天堂与地狱的界限,我写到了久远战事的逃亡,人与兽的搏斗和相爱,饥饿疫情像黑暗中旧床单上残留的人事的痕迹。逃亡和向死而生中一群人的命运。我感受到了人的坚韧和妥协是为了寻找到缅北野人山的出口,是为活下去而寻找的最后一线生机。而转世降临后,仿佛那群人又活过来了,我是他们中的一员,犹如树叶又从树上长出来,玫瑰词典重又充满了荆棘和花朵之舌的香气。我在前世穿越野人山时,年仅二十二岁,在转世之后的今天我已进入二十九岁的年华。在前世,当我和那个身穿旗袍的女子被一束奇异之光引到野人山的出口时,我们在热泪畅流的惊喜中却再也没有看见那个赤身裸体的土著女人,她像某段插曲时间似的消失了。我突然明白了,她和她的土著群落都知道走出野人山的道路在哪里,然而,他们却不愿意走出野人山,而只习惯并厮守在野人山的原始森林中生活。我明白了,她是牵引者,也许是冥冥中的神仙派遣到我们身边的牵引者,虽然无法使用语言交流,她却理解我们陷入野人山的困境，她将我们引向了逃离野人山出口以后就像不久前的云朵般消失了。我记得在那个倾尽全力之后终于走出野人山的时辰应该是在某个下午四点钟……

我的怀表早已经失去了踪影，生命中许多东西都会在不经意之中悄然离开了你，走出野人山的时辰，除了我与她，再看不到我们的同伴们，也可以这样说，那名赤身裸体的女人将我们所引入的是另一道秘密的出口。这不为人所知晓的一片丛林深处突然亮起的一束光，使我们雀跃而出，一片巨大的盆地突然在出口外等待着我们……我们开始往前走，在我们看来，我们已经是最后一批走出野人山的两个人，奋力追赶着从盆地上升起在眼前的夕阳落山之前的那些柔和的光束。哦，竟然看见了一个牧羊人，他身穿一件羊皮挂，从野人山之外的一片平缓的山坡上走出来，这是一个年轻的牧羊人，我突然又想起了黑娃，不知道他是否已经走出了野人山？我们竟然已经到达了祖国的地界，因为我与那个牧羊人说话时，听见了他在用汉语说云南方言。正是他将我们引向了山坡下的盆地，自此以后，我们就走出了野人山的原始森林。

故事的前夜从这里开始分枝，犹如两根枝头偏南偏北而垂向不同的方向。在走向盆地一座小村庄时，我决定先住下来休整几天，更重要的是我想在这里等候我的几个队友。穿旗袍的女人却不想再等下去了，她在我们下榻的一家农户中，洗了一个澡。我和她都分别洗了一个澡。这家农户只有一个女人和她的婆婆并带着三个孩子，女人的男人是赶马人，说是到缅甸做生意去了，是在五年前离开的，走时同另外几个村里人赶着三十多头马驮着当地的茶叶盐巴等土特产品，就这样从村头出发，再也没有回来。这个留守家中的妇女三十五岁左右，看见我们满身的污汁泥浆更多的从野人山带出来的磨难之像，她告诉我们，她在山坡上锄地割猪草时，多日来陆陆续续地看见了从我们这个出口处走出来的战士，他们曾在村庄里稍作休整后又上路了。经她这么一说，我就决定留下来等我的队友们。

　　坐在这个乡村妇女的木缸中洗澡的时辰，无疑是我们走出野人山之后回到人世间的美好。留宿我们的女人名为桂香，她为我们亲自烧了洗澡水，并将温水倒在了两只木缸中。我们彻底地洗了一个热水澡后，桂香为我们取来了她洗得很干净的两套布衣，因为我们的衣服已经褴褛不堪，四个多月在野人山的穿越，不仅仅是外在的衣服，就连我们的肉体都已饱受创痛。穿上桂香干净的布衣后坐在火塘边，桂香和她的婆婆给我们做了一顿有腊肉、小瓜、豌豆的晚饭，那一天似乎是我们重回人间的时刻，野人山有时候是天堂，有时候又是地狱，其中的奥妙全凭借着每个人去体验和总结。那天夜里我们入睡在桂香楼上的一间房子里，已经有太长时间了，我们失去了床铺被褥，我们失去了房间和安居。那一夜，令人奇怪的是我们都没有了睡眠，我和她同居一室，她终于在这一晚告诉了我她的真实姓名，她叫周梅洁，来自中国东北的某座城市，因战乱与年轻的丈夫离散，便被日军劫持来到了缅北做了慰安妇。我也告诉了她我的姓名以及在缅北战争中所从事的职业等等。她凝视着窗外的明月，虽然这座土坯屋的房间里窗户很小，又是木格子窗，但是可以打开的，周梅洁在窗口久站了一会儿，我发现了她在没有穿旗袍时的另一面。她在很久以前是身穿旗袍被日军劫持到了缅北,而此刻那些旗袍上留下了她悲伤的耻辱,浴后,她已将旗袍洗得干干净净晒到了院子里的晒衣绳上。

她说,明天她就要离开了……桂香已经告诉过她路线,顺着村外的小路走,过五里又会遇到一座村庄一条河流,之后,再往前五里就走上了滇缅公路,如果有运气的话,就会遇上各种战争时期的货运车,如能搭上车速度就很快,但也有另外的危险,你不知道一旦上了这辆车后,它会将你载往何乡何处。桂香也为周梅洁指出了第二条路线,即出村后沿山坡丘陵往西走三里,就会踏上一条赶马人走的道路,后人称为茶马古道。这条道路错综复杂,中间会遇到许多赶马人,只要是马铃声儿响起的地方,也就是赶马人、游侠、商侣们的途经之路,桂香的丈夫也就是从这条路上走出去的。之后,无数年已经过去了,就再也没有音信了。

在两条路之间,周梅洁毫不犹豫地选择了第二条路线,因为在她的意识深处,她一听说滇缅公路上的车辆就会想起黑暗朝她涌来的一瞬间。她在惊恐中被劫持后强行塞进车厢里的时间,就是那束从地狱中涌来的黑暗之光,彻底地改变了她的命运……啊,她害怕车辆,尤其是战争时代的各种运货军车,她害怕这一切来历不明的速度将她载入并抵达的是一座黑暗的地狱,所以,她要选择后一条路,赶马人走过的路,对她而言,这充满了安全感,似乎越是艰难中用脚跋涉之路才越可以让她抵达想去的地方。因此她选择了后一条道路,我则选择了先留下来几天,等待我的几个队友。这是我们宿留村庄的最后一夜,我们几乎无法合眼,她,作为日军曾经的慰安妇,终于凭借着自己的勇气和力量挣脱出了人生地狱,浴后的周梅洁显得安静充满幻想,她直直地凝视着窗户外苍白而皎洁的月轮,仿佛有无数值得期待的明天正抵达她眼前。

通过周梅洁的遭遇以及我们这一路的同行,我除了深深感知到了另一个女人在第二次世界大战中的苦难史,同时也深切地感受到了人在凌辱或苦难中奋力挣扎并向往光明的过程。

天亮了,无论黑夜多么漫长,天地间总是要迎来晨曦的。这一道道从木窗中撒进房间的微光,起初仿佛梨白色,那是一种苍白清冷之色,它使我们睁开了双眼,事实上,我们几乎是在下半夜才停止了语言的交流。之后,我们开始闭上双眼让思绪独自畅流,这一时刻,我能感受到身体中血液的速度,它终于逾越了野人山的起伏丛林,同时逾越了原始森林中的饥饿疾疫死亡……我的血液开始回到正常的温度,就像那些丛林深处看不见的溪流,从腐殖叶被的根茎下以自己的流速往下自由地渗透下去,直到它们汇入了某条河流……而我想以此汇入的那条河流又在哪里呢?

曙光开始从清冷的那种梨白色蜕变为橙黄色时,地球上人人可以享受的太阳已经破窗而临,久违了,这一轮金光灿烂的太阳;久违了,这光明之神的引领。我们起床了,踏着吱吱作响的木板楼梯下楼,仿佛去迎接我们生命中的太阳之神。

桂香已经为我们煮好了一锅红薯,这是二十一世纪的现代人所追求的最为环保有利身心健康并具有抗癌能力的食物。我们手抓着红薯,坐在庭院中一边聆听着鸟鸣一边品尝着香喷喷的红薯。之后,将是周梅洁的离开,我和桂香将她送到了村口的小路上,桂香指着前面的路说,走不多远就会遇到马帮的,要跟着往洱海边去的马帮走,到了洱海边再跟着往昆明方向的马帮走……桂香是一个很聪明的乡村妇女,她知道周梅洁的目标,所以,这条线路无疑为周梅洁寻找到了方向。站在路口,我们目送着周梅洁的离开,她穿着桂香送她的布衣,桂香劝她一路上不宜再穿她原来的旗袍。我们明白了桂香的意思,这名生活在小村寨里的乡村妇女似乎透过曾经穿着旗袍而来的这个女人,看到了旗袍上的故事。同时也看到了旗袍的美或险境,所以,为了避免穿旗袍所带来的危险,她建议周梅洁穿着她的布衣上路。我理解了这个善良的乡村妇女的寓意,她想让周梅洁融入这条路上朴素的自然界中去,像一路上的野花小草一样自然,因为只有像周梅洁所置身的背景中那些大自然的风物一样自然朴素,她的形象和姿态才不会惹来危机四伏的处境。周梅洁上路了,我们目送着她的背影,我的眼眶有些潮湿,毕竟我们结伴在野人山走了那么长时间,我从内心默默地在祝福着她,希望她能顺着这条被金色阳光所照耀的路线,一直走到昆明,再从昆明搭上车辆回到她的东北老家去。

凝视这个来自东北女人的背影渐渐远去,直到再也看不见踪影的感觉,使我徒生出虚无和苍茫之感的触力正盘踞在乡野之上的丘陵。我将在这里住上几天,等我的队友们……

虽然我已感觉到等待之路是迷惘,尽管如此,我将等下去。送走周梅洁之后,我就独自一人往山坡上走去,桂香嘱咐我道,别走得太远,如果遇到丘陵之上的森林,千万别往里边走,有许多小片形状的森林地段是野人山分生出来的领地……桂香是在告诉我,千万别迷路。我领会了桂香的嘱咐,第一天第二天我都遵循着嘱咐中的路线,不敢让自己走得太远就回来了。

第三天,我起了一个早,开始往山坡上的丘陵走去,两天时间过去了,我竟然没有等来一个人,我不甘心,我决心要去寻找到一个可以看得见的通往野人山的出口……这种念想来自我做战地记者的生涯,我想站在出口之外亲自迎接那些我生命中的队友们,以及我在野人山的迷雾幻象中来自我个人秘密史的一场爱情,尽管这场爱情还没有发生……简言之,我虽然已经走出了野人山,我却无法像周梅洁将彻底洗干净的旗袍装在口袋里,穿上桂香的衣服去寻找她在战乱中离散的丈夫。我决心已定便告诉桂香说今天我可能会走得远一些,回来得也会稍晚一些,让桂香别为我担心,桂香又开始嘱咐我,千万别往某座林子里走去,那些林子表面上看似独立,事实上它们都是野人山的一部分,如果往深处走会迷路的……桂香的这些嘱咐我似乎已明白,但我一旦滋生了念想,就无法阻止自己的脚步,最重要的是无法阻止自己的心灵。

我一次次地发现心灵是一个奇怪的东西,你的所有梦想念头都来自心灵,如果缺少它,生命就不再有思想和汇入浩瀚宇宙的血液之循环。如果回到今世,我正坐在露台上眺望着对面平顶上的鸽子笼,一只银灰色的鸽子从笼子中走出来了,另一只鸽子也从笼子里走出来了。我看到了二十一世纪的荒谬,人已将鸽子飞翔的念想扼杀,并让它们住在笼子里,每天在吃主人赐予它们的食物。看到这场景,我就想写一部奇书,而手下的这本书,通过第二次世界大战的野人山,我寻找到了写一部奇书的理由,即:我们的存在,无论置身在何种时代,都需要一个属于生命激荡的源头,它或许是故土的一间木屋,或许是你身不由己踏入的一场生死之搏斗的现场,或许是为了爱与缠绵的追逐奋不顾身的一场赴约……

我独自一人离开了桂香家的土坯屋,桂香在我之前已到山坡上割猪草去了。我悄然从村里的那条寂静的小路往山坡上走去,阳光很明媚,山坡上的庄稼地里我看见了荞麦的起伏,几头黑乎乎的猪正躺在荞麦地上晒着太阳。我开始往上走,我又看见了那天引领我们走下山坡的牧羊人,他正躺在山坡上看着天上的蓝天白云,这样的生活缓慢而平静,当然也很单调,不过,我所见过的山下村庄里的每个人都将生活的现实视为生命中的习俗,因此,他们很平静。

而我自己仿佛着了魔,继续往山坡上走去,突然就出现了一片被阳光照耀的小树林,碧黄色的叶枝摇曳着,我开始进入这片小树林,在往前行走时,我已经忘记了早晨桂香的嘱咐。这或许也就是我重陷野人山迷途的开始,就这样,我的生命重新返回了野人山的原始森林,从这座小树林走进去以后,我再也没有走出来。

生命均有轮回,倘若你看到一棵树死了,不错,它就是死了。树的枝干到根须全部腐烂直到干枯,以我们忽略过的速度经过一场场暴雨烈日黑暗之后,再也没有从泥土中挺立起身体。然而,我们却在别的地方,看到了另一棵树,只要留意,我们就感觉似曾在哪里见过这棵树,它的枝貌冠顶叶色完全与我们记忆中所保留的那棵树的形体相似,这应该就是一棵树的轮回。类似的生命轮回很多,比如一只林中之豹和家养宠物中的猫或狗,它们都会有接近末日的时辰,死而再生,这是轮回之现象,只是我们会再生于何乡壤？此刻,让我回到多年以前野人山中的那个自己吧,我已记不得更多的事情了,对于我来说,一旦陷入了野人山之后,会有好几种消灭生命的迹象：其一,我是曾经走出过野人山者,当我再次走入野人山时,是为了寻找等待,而且自从走入那条小片区域的森林以后,我就已经忘却了桂香的叮嘱,这就是命运,任何东西都无法扭转的命运。在那一时辰,一种潜在的迷途在召唤着我,再加上休整了几天时间的身体渐渐复苏,仿佛枯萎下去的树枝遇到水分阳光重又充满了活力,我甚至在欢快中往前走,实际上是朝着我命定的因素在往前走。你知道的,当你一旦走得越深越远的时候,就难以再走出来,就像桂香所言,这些派生出来的小森林,都应该是野人山的一部分枝干。是的,我走进去了,可想而知,这是命运的悲壮之旅,我是被命运驱逐进去的一个符号,一个传说,一段音律,我就这样重返野人山,前去迎接我的死或我的再生。

我的再生使我重新找到了笔力,这是另一种命运。这一年我循着洱海岸边行走时,无意识中跟着一个牧羊的少年,开始坐在山坡上闲聊起来,他看上去十七岁左右,他告诉我,放暑假了,所以他就帮助爷爷出来放羊,父母都在城里打工,许多年前就出门打工去了,就他与老爷爷相伴相依。小时候他在村庄里上小学,初中以后就到镇里去上中学。村庄离小镇有几十公里路程,城里打工的父母给他买了一辆自行车后,来回就方便多了。没有自行车时，他都是走路，一口气走几十公里路还是需要脚力的……凝望着山坡下的洱海，不知道为什么，也许我是他面前最好的聆听者，他突然讲起了爷爷的故事，他说，他的爷爷曾经参加过中国远征军，是一名老兵……经他这么一说，我的眼睛突然就亮了起来，因为在我的写作梦想中，我一直想寻访到当年参加中国远征军的老兵们的现实处境，以此写一部长篇小说。少年的声音突然间让我的眼眶敞开了，我就这样在那个下午夕阳即将落尽的时间里，跟随那个叫李福的少年沿着那片洱海之上的丘陵，再往里走，就出现了一座山坡上的村寨。我看见了夕阳中的一束束炊烟正弥漫在天空，少年李福告诉我说，村里的年轻人乃至中年人大多到城里打工去了，他们只是在一年中耕种收割时急匆匆地赶回来，做完农活之后，又会急匆匆地赶回城里去。少年李福所说的这种现象，我并不陌生，这是眼下整个中国乡村的面面相，这个现状告诉我们说，大量的乡村劳动人员正在以奔往城市的行为，来改变自己的命运。城市，对于宁静的乡村来说，是诱惑和生产纸币的地方，也同时是需要大量劳动力的地方，所以，无以计数的中青年拎上包，走出偏壤的小村庄，搭上村里的摩托车和拖拉机来到了镇里的客运站，或来到高速公路的加油车搭上了长途车抵达了一座座或小或大的城市。

在二十一世纪，高速公路的全球化影响了大地上所有人前行的速度，哪怕是一座最僻静的小村庄也会被外面的一条条高速公路所诱惑着，所以，中青年们已不可能再像他们的父辈一样驻守在古老的村庄，沿袭男耕女织的生活方式。沿着一条土路往前走时，我们就看不到洱海了，小路的两边都是庄稼地，我看到了玉米的红缨须,蓝色的豌豆花,还有路两侧那些像米粒般细小的野花……少年带着我往前走时遇到了一群土狗,它们并没有因为我的陌生而狂吠,而是走近我,嗅着我身上的味道,因为我身上有狗狗的味道……往前走,就是一座不大的村庄,它们筑起在一座稍高的山坡上,进村的路上遇到一棵棵的大树,它们看上去似乎经历了许多时间的沧桑,从它们曲起弯曲的标杆上我看见了年轮的巨变。

年轮印在每一棵树每个人的脸上,你无法逃避年轮,它从出生的那天就开始改变你,就像你初期躺在摇篮里时就开始经历了时间在改变着你的过程。时间来到了这座古朴的乡村时,我已经二十九岁,这是我今世的年轮,沿着乡村小路我们进入了宁静的村寨,一群公鸡母鸡正站在村头的一座座草垛上咯咯鸣欢着。李福将我引到了一座四合院的土掌房前,门是敞开着的,进屋后我便看到了一个老人,他正从里屋走出来,他的步履看上去并不像八十多岁的老人,他的脸在最后一片夕阳的照耀之下显得有些黝黑,上面刻着几十条很深的皱纹。这些皱纹很像云南峡谷岩层中的纹理,之前,我曾在怒江岸边的峡谷林区行走时遇到了一大片充满各种纹理的石头,它们个形广异,有的像人的面孔,有的像巨兽之体,有的形状又像男人和女人的形象。我从石头的形状中捕捉到了人类演复生命的某些特征,即时间附体之后其物体的悄无声息的变化。

李福将我引见给了他八十多岁的爷爷,李福说,爷爷,这位姐姐是作家,你跟她讲讲你的故事吧,她也许会将你写到书里去,那时候会有更多人认识你的。

这位年仅十七岁的男孩是在我们坐在山坡上聊天时了解我的身份的,当他说到他爷爷是一位老兵时,我显得有些激动,我告诉他说,太好了,我正在寻找就像你爷爷这样的老兵,因为我是一位作家。当我透露了自己的身份以后,看上去少年也很激动,也许在他看来作家也是神秘的。

　　迎着火塘边的焰火,我的目光开始了第一次的穿越,这位八十多岁的中国远征军的老兵出现在洱海边岸的小村庄,出现在我眼帘之下,这是否是时间之神的牵引?迎着火塘边的光焰,我听见烈火在发出炙热的音律,我将目光完全迎向这位老兵时,深感到了一个期待中的时辰已离我很近很近……隔着近在咫尺的焰火,我伸出双手握住了一位老兵的双手,我知道,文明和礼仪以及创世之神,让人类缔造了拥抱、握手,就是为了在有限的时空中,让个体的生命迎接一场场告别与赴约的机缘……

第二章　偶遇

作家对于年仅十七岁的少年李福来说是神秘的,所以他怀着好奇将我引见给了他的爷爷。从我见到他爷爷的刹那间,我就有一种无法言说的激动,因为这是我寻找老兵计划中所见到的第一个人。爷爷当然也很激动,他走到屋里去抱出来了一个小木箱,一个八十多岁的老兵怀抱着木箱从夕阳渐暗的微光中走出来时,时光仿佛在晃动着他的身体,我同时也听见了晃动的声音。在出发之前的春天的日子里,也是我度过的一段忧郁的时光,额前的风一阵热一阵冷,隔着山川屏障,我们所能嬉戏的世界受到了思想的限制。所谓成熟,使我们的身体失去了成长中鲜美的浆果味。但一棵棵老去的树,依然在蜕皮,窗户外的精灵们仍在为我们在厌倦的漫长苦役中编织着一个个神话。

当看见八十多岁的老爷爷怀抱着一只小木箱走出来时,我无疑看到了一个类似神话的故事。而故事将从那只小木箱开始叙述,我们坐在院子里,老爷爷启开了那只箱子,这是一只看上去最为普通的木箱而已,它类似一只现代的鞋盒那么大,做工笨拙,木质的原味已被无数时光的颜色所覆盖。这些痕迹能让我想象漫长时间的累积中出现的一双手,这双手从年轻的时候就开始触抚着这只箱子,就像我们在日常生活中不断地从书架中取出一本书,或者每天拉开衣柜的场景是同样的,日常性是靠重复,不间断重复中的生活开始的。

老人启开了木箱时我看见了他的一双手,留意手的骨节、脉络和手的长短,会让我看见手触抚世界的现实。老人的手骨节长,这曾经也应说是一双很大的手,手上有少许的斑纹,这双褐色之手已经来到了世间八十多年,是的,这双手一定抚摸过太多的东西,这座小村庄的所有物事应该都被他的手所抚摸过……他的手打开了一把旧时代的锁,这把锁类似现代银铸者们为孩子们制作的长命锁,铜色的锁启开后,他用手取出了里面的物件:一个中国远征军的徽章,一条皮带,一把军绿色的水壶,三颗子弹壳……还有一套洗得很干净但已经是褴褛不堪的军服,除此外就再没有东西了。

突然听到了汽车的声音,狗们开始群吠起来了,你不要小看这群村庄里的狗,它们一旦发出声音,就像是事前操练过的,这是狗们集体主义的呼叫,而且叫声彼此起伏,音律高亢雄壮。老人倾听着外面的声音,仿佛在猜测着什么?李福走了出去,我也站了起来,想看看门外到底来了什么人?刚才我们进来的小路很窄小啊,不知道车子到底是如何开进来的?对于现在的我来说,或许是作为一个写作者的敏感,我对许多事情都感兴趣。尤其是当我已经在偶然中寻找到了一个中国远征军的老兵时,以此线索延伸出去的过去与现在的相互萦绕,对于我来说,都是一件需要衔接的时间线索。

门外竟然开来了一辆越野车,一看这就是一辆自己组装的越野车,车子的底盘很高,金黄色的车身显示出了越野车的朝气和斗志,车子竟然开到了李福家的门口,从车上下来了几个人,身穿与越野车匹配的探险服装,他们的年龄均不超过三十岁……看见我站在门口,他们便走上前来,一个二十岁左右的女孩似乎认出了我,她走上前来问我是不是麦香,还没等我说话,她就惊喜地说道,你一定就是麦香了,我是你作品的粉丝,你的每一部作品出版,我都要买下阅读并收藏,我在书上看过你的照片……噢,你与照片并没有多少距离,你属于女作家中比较漂亮的,人们都说太漂亮的女人做不了作家,你是一个例外,因为做作家要享受孤独……很高兴在这里遇到你,这是一个偶遇的世界,所以,我们都是前来偶遇故事的……

她说话的声音好像在唱歌,她中等个儿,容貌阳光明亮,我没有想到会在一座小村落遇到我的读者。她谈到了偶遇,确实,这是一个二十一世纪较流行的词汇,偶遇,意味着我寻找到了一个中国远征军八十多岁的老兵,之后,我又偶遇到了这群开着越野车进入村落的几个人。

刚才说话的女孩叫朱文锦,接下来,几个人全都跟着我走进了老兵家的院落,因为突然来了这么多人,李福很高兴,将屋子的白炽灯泡拉到了屋外的一棵梨树上。之后,他便下灶膛去做饭了,进来的几个人看到了那只木箱子,那个三十来岁的男子从车上取来照相机,一看那台沉重的长镜头的相机,就能看出来他拍照片的专业和热爱。我也有照相机,一台很小的袖珍照相机,其余的人都是在使用手机拍照。手机,已经成为了这个时代掌心中央无法离开的玩物。我们都在使用手机拍摄着八十多岁老兵箱子里的物件,尽管天已经黑了,无数的天空飞蛾看见梨树下的灯光后迎着灯光在飞舞,我们依然在拍照,尤其是进来的五个人都知道了这个老兵曾经在第二次世界大战的缅北打过仗时,在场的每个人都仿佛面临着一场令人震惊的事件。

确实,这是我们今晚所面临的一场大事件。

李福竟然已经将晚饭做好了,他将我们唤到了灶膛边,里面有一座火塘,上面支着炉架,这几个现代人一看见火塘就惊喜中发出了各种声音,这正是他们所寻找的现实世界。从他们将越野车开进这座村庄时,就意味着他们在寻找远离高速公路的路线,高速公路上簇拥着来自全世界所制造的车辆,这同样是全球化的现状之一。然而,世界上偏偏有些人要偏离开高速公路,这几个人加上我可以围坐在光塘边,火塘上方的柱子上吊着几大块烟熏肉,看见那一块块已被烟熏黑的肉,嘴里开始生津了。其实,李福早就为我们做了烟熏肉,一大盆绿茵茵的萝卜和青菜,还从腌菜坛子里掏出了乳腐、腌菜、豆瓣等等。

爷爷坐在火塘的正中央,我突然感觉到了爷爷身上有一种神性的力量正在笼罩着我们。爷爷让李福抱来了一坛老酒,这只坛子黝黑发亮,像是出土文物被水流洗净后浑身散发出的魔力,世界上有许多来历不明的魔力,它们都潜伏在事物之间,以其存在的力量为我们相遇,这坛老酒启开瓶口后散发出一种纯醇的民间的芬芳。我喜欢民间,就像我们的老兵藏在这崇山峻岭中的深处,如果没有人发现他们的存在,他们将在这块土地上随同时间在自然中生再从时间中消失。然而,我们来了,我们是发现者,同时也是记录者。

爷爷的名字叫黑娃,他说从出生以后村里人就叫他黑娃,这个名字我好像在哪方水土之间聆听过,当爷爷讲到参加中国远征军的前序时,回忆又将这位老兵载入了很久以前的记忆。因为当时正值中国远征军赴缅,军队途径了这座村庄后,黑娃就跟上队伍离开了村庄,他喝了一杯老酒,就开始给我们讲故事,他讲到了缅北战役中,因为年龄太小,他被分配在后勤工作,其职责是为前方攻战的将士们运送口粮等等,那时的粮食很珍贵,就像生命一样珍贵,这些粮食都是从滇缅公路运送到缅北,再从每一个后勤周转站护送到前方战场,黑娃就是护送者之一。有一次,在护送粮食的过程中遇到了空袭,驮在马背上的一袋袋麻袋装的粮食遇到了从空中掷下的炸药,几十匹马损伤或死亡,护运者中的两个士兵也死了,那是黑娃首次遇到死亡……他与活下来的三名士兵最终将粮食送到了前线,而当他们来到了前沿阵地时,突然被眼前的一幕场景所震撼着:这是一片丘陵中凸显出的平地,在他们来之前的半小时或一小时之内,这里曾经发生了一场残酷的肉搏之战,有三四十个人最后没有了子弹,全是靠刺刀进行最后的肉搏而结束生命的。

这一幕成为了中国远征军在缅北战场中,留给十六岁的黑娃记忆中最疼痛和悲伤的一幕。

我们喝着坛子里的老酒,黑娃开始吟唱,那分明是在诵念咒语,他坐在火塘边,他唱着那些来自天上和地上互为牵手的旋律,他的眼中充满着深邃的光泽,绵延到火塘之外。在场的所有人没有一个人说话,我们面对这位老兵时突然之间就失去了话语权。在这一时辰,当我们围坐在远离城市的一座村庄时,仿佛时间跟随着这位老兵去到了缅北战场,去到了他所历经过的一条条丛林和道路。他吟唱着咒语,仿佛在祭祀那些缅北战场中死去的亡灵……仿佛敞开了我搜索之旅的另一条道路,因为之后,黑娃就将故事楔入了中国远征军的大撤离的背景,于是,野人山出现了……

　　一支由孤独中历经的一条条羊肠小道所呈现的青筋般的血液所构成的历史,是值得礼赞的。那一夜,天黑下去,我找到了自我,在细小的天堂里,居住着我的心魔,它是黑蜘蛛,白蚁,桃木,万千错落中的大峡谷,我梦见了我的前世……而我的前世在哪里呢?

　　又来了一辆车,这个世界真奇妙,车轮正朝着村庄奔驰来,我能感觉到巨大的橡胶轮正碾压着夕阳前我们进村的那条土路。我能够感觉到夜风弥漫,在瓜果飘香的小村庄,现代人正在夜色中寻找着远离城市的寂静和贫瘠,当无以计数的乡村人正在疯狂中奔往城市时,却出现了另外一个现象,城市人,尤其是那些厌倦城市高楼大厦和自来水管的漂白粉味,以及厌倦说不请道不完的沉重之轭的边缘人,正以他们独立的方向,在一年中的某个假期给自己一个机会,去寻访地球上那些没有被地沟油和假冒伪劣所污染的地方。我倾听着车轮压过了路面上的水沟,凹凸的地面正朝着有灯光的小村庄奔来。

　　我们在场的所有人都听到了车子已经进村,已经来到了家门口,老爷爷站了起来,不,应该说是八十多岁的老兵从火塘边站了起来,我们也同时站了起来。门外,来了另一辆越野车,从夜色中看上去,这是一辆军绿色的越野车……从车上下来了一男一女,全是探险长旅者的装扮。看见我们,他们感觉到似乎寻找到了同盟者,他们很敏感,即刻就嗅到了酒味,男的用鼻子嗅了嗅说,好香的酒味啊,老兵将他们带进了屋,火塘边突然又增加了一男一女,他们都在二十七八岁……之后,是交谈,男的说,他们是从洱海边岸的高速公路闯入了一条乡村小路,其中经历了好几座村庄,但因为天还亮,就没有停留下来,走着走着突然就看见了这座村庄就将车开了进来。

世界的奇妙在于偶遇,女孩朱锦文之前谈到了偶遇,我们现在就置身于偶遇之中,偶遇是潜在的,是在你意想不到的时刻出现的。偶遇,能帮助我们在生命的某一时刻进入你曾经幻想过的世界。在我自己出发之前,我曾经设想过种种孤寂的滋味,尽管如此,我仍然驱着车出发了,我用自己的小轿车和好朋友换了一辆北京吉普。为了寻访老兵,我尽可能要保障自己的交通工具耐用,因为我知道我将奔赴一些未知的地理,而且我将有一个愿望:独自驱车从滇缅公路进入缅北。

今晚,我们所有人都下榻在老兵黑娃家里,我们每个人都带了睡袋和帐篷,这是长旅者车厢中必备的东西。帐篷必备睡袋,人在长旅之中必备探索之心和求知之勇气。这是三楼的几间房子里,我们铺开了睡袋,朱文锦主动要求要与我睡一屋,在这幢土坯房的木地板上我们只用将睡袋铺开就可以入睡了。我曾告诉过你们,我叫麦香,但在我的前世我叫苏修,我为何知道自己叫苏修,这是在一个伸手不见五指的长夜里,我梦见了我前世的一部分,我梦见了野人山的原始森林,我在森林中行走时被树藤绊倒了,突然天空中飞来了一只鸟叫着我的名字苏修,我铭记下来了这个梦,而且在醒来之后也记得非常清晰。那只鸟叫唤出我名字以后就飞走了,而我同时也记住了野人山的原始森林,并计划在这趟旅行中,除了寻找老兵也梦想着再去走一走野人山。

我这一世的名字叫麦香,你们就叫我麦香吧!尽管名字只是一个称谓,然而,在名字的前后却隐藏着时间的线索。

在这间屋里,我嗅到了火塘边的柴火正在转化为灰烬的气息……夜色中荡来了外面牛羊粪的味道,之间还挟裹着松枝苹果树和李子树的气息。世界真好,我们很安静,尤其是我突然在这座小村庄遇上了如此多的陌生旅者,作为小说家,我欣慰而神秘地预感到叙述故事的时间开始了。

公鸡的啼鸣仿佛上了旋律的闹钟叫醒了我们,之后是鸟儿叫醒了我们。我第一个起床,下了楼梯,当我听见自己脚下发出的下楼声时,我想象着八十多岁的老兵黑娃在这座楼梯上穿梭的岁月,朱锦文也随同下楼来了,我们走出庭院,朱锦文说,空气太新鲜了,最近几年北方天空中霾太多了,真不知道那里的人们是怎么生活的。门外其实就有一片小树荫,我们看见了老兵爷爷站在一棵枝叶繁茂的春天的银杏树下,那棵树直插云霄,因为正值春天,所以,看上去所有纷披的每一帧树叶都是碧绿而康健的。这棵银杏树应该有几百年的生命史了,记得我母亲只要置身于风景之处,最喜欢絮叨的一句话就是:青山绿水经常在,人是匆匆过客。我每每听见母亲说这句话时,就会深切地感受到时光对于人生命个体的短暂,而当人面对大自然永恒的风景,你真的会感觉到人到世上来走一圈,不过是母亲所说的过客而已。

老兵爷爷穿一身黑布之服,脚穿黑布鞋正站在那棵巨大的银杏树下，他双手合在胸前微闭双眼，他是在念咒语吗？是的，我感觉到他一定是在念咒语，从昨夜火塘边开始，我知道老兵爷爷的灵魂中装满了神秘的咒语，虽然在火塘边还无法完全明白那些咒语的寓意，然而，他念咒语时所发出的旋律却像古老宇宙间人类穿越的某条河流一样，闪烁着波澜叠加的场景。而此刻，他完成了诵颂咒语，他将双眼睁开，来到我们面前，他说，自从我走出野人山回到故乡的那天开始，我就每天站在这棵树下为那些死于野人山的战友们超度灵魂，你们不知道啊，那一年我们从野人山大撤离时，有许多兄弟姐妹死在了野人山，再也无法走出来……

野人山……我突然从老兵爷爷嘴里听到的野人山，仿佛从风中荡来的一种格外神秘的气息，因为它是我寻找老兵的另一部分历史。天空中的银杏叶儿在摇曳，他们也起床了，陆续走到老兵身边，摄影师正捧着照相机帮助我们集体合影，对他们来说，能与第二次世界大战的中国远征军的一名老兵合影无疑是光荣而珍贵的。我单独跟老兵黑娃合了影，我曾在上部书中写过的黑娃仍在世，自从走出了野人山以后他就回到了这座村庄，并在这里开始了世俗生活。

他就是我前世见过的黑娃吗？是的，虽然前世对于我来说已太遥远，如眼前山冈上的一排排电线杆以不可思议的速度可以让每个角落照明，无数的网络已经改变了世界了吗？而此刻，八十多岁的黑娃就像鲜活的标本，可以朗照着二十一世纪天空下的时间之绳，我已感觉到那根绳子在舞动……时间之绳在空中轻盈中不经意之间已经改变了前世和今世的轮回，宇宙之所以广袤辽阔,是因为一场又一场的轮回改变了它们与人类缔造的神秘之约。早晨之后,我们一行人开始坐在老兵爷爷家的庭院吃早餐,一大盆金黄色鲜玉米已经煮熟端在了我们面前,这全是高中生李福为我们准备的美食,他说这些鲜玉米是他早晨刚从玉米地里采撷而来的。我们一帮人边啃鲜玉米边计划着此后的旅行图像,朱锦文劝说他们,我们不如从怒江边岸进入缅滇之道再进入野人山,来一趟寻访中国远征军的长旅,她的这个建议马上获得了在场所有人的认同。这样一来,我原以为是一次寻访老兵的个人之旅,现如今变成了一场集体的探索之旅。这足以说明,二十一世纪地球上的这帮年轻人除了生活在现代科技所带来的全球化生活方式之中,还有另一部分人总会劈开边缘之路,去寻访那些被时间之河川湮灭的历史。

当我们用牙齿啃着鲜玉米时,一种新的幻想之旅已经呈现在眼前,对于我个人来说,通过我们即将开始行走的这条路,不仅仅可以寻访活下来的老兵,还可以相遇像我一样重新轮回到人世间的新人。人世有轮回,这是天地自然的规律,也是神性的安排,它的神秘意旨为了成就前世因果之缘。

我们就要离开这座村庄了,李福在这个假期依然要带上课本赶着羊群到山坡上去,一边读书一边放牧,从这一点讲李福是一个特别懂得担当的大男孩。我们的车驱出村庄时,爷爷就站在村口目送着我们,他的嘴里好像又在念咒语,我没有弄错,他就是我前世在野人山遇见的黑娃。临走时,我走到老兵身边伸出手来拥抱了他,在深深的拥抱之中,我似乎触到了他的背骨,他在漫长时光中起伏荡漾的一腔热血,以及他与天地自然万物融为一体的神性关系。我松开了手臂,不知道老兵爷爷是否能感知到我就是当年与他在野人山大撤离时候的战地记者苏修?有些东西就让它们存在或密封起来吧,人类的许多故事本身就是一部部玄学,是不可以完全揭开的。

　　三部越野车成为了一个集体,并以集体的名义开始出发了,我们沿着乡村的土路逼近了怒江边岸,当年中国远征军就是从这条路线进入了滇缅古道,同时开始了远征。摄影师叫方征,但我在这部书中还是称他为摄影师吧!他主动提出要乘我的车,还有朱锦文也提出要乘我的车,现在好了,我的车厢中增加了两个人,这就是生活,它有时候比我们的想象要好几倍,有时候又比我们所想象的要糟糕透顶。生活,从一朵云开始变幻,只会越变越好——因为我们有意想不到的梦想,因而生活会赋予我们惊喜或意外。我索性将方向盘交给了摄影师,我们三个人,一个是摄影爱好者,朱锦文是报社记者,这是她刚在车上所透露的身份。另两辆车上的五个人的身份,我还不太清楚,但不着急,现代人的身份和职业都是透明的,相信这一路走下去,我们一行人都会相互了解,并成为旅路上的同盟者。

　　所谓的旅路朝着世界的不同方向敞开,而我们选择之旅却与第二次世界大战相关,经过几个小时的路程,途经云南保山区境的怒江出现在眼前,怒江岸上的村落大都是青瓦土坯屋,如果在飞机上往下拍全景,那一定是一番非常激动人心的景象。我们的车停在了怒江边,因为看见了几棵高大盛放出红色花冠的木棉树,那些硕大的花朵太红太红了。三辆越野车停在了怒江边岸的沙滩上时,一群光着屁股在沙滩上玩沙的孩子站了起来,他们满身是沙,全世界的孩子们都喜欢玩沙,因为在沙滩上他们可以挖沟渠用手筑起城堡……一个孩子,稍大一点的男孩正在筑起一座座工事战壕,我意外地发现了孩子放在沙滩上的一顶头盔,这不是一般意义上的头盔,凭我的直感,这是中国远征军的头盔,发现这一点非常重要,我将头盔从沙滩上拿起来,筑战壕的男孩骄傲地告诉我,这是我爷爷留下来的……一个新的线索突然出现了……

一个线索竟然来自正在筑战壕的一个男孩,他十三四岁吧,他看见我的惊讶,便说道:这样的头盔我家里还有,除此外,我家里还有许多好玩的东西……孩子的话,使我们在场者很感兴趣,我问他是否能带上我们去他家看看,男孩停止了挖战壕的手,我又问了孩子一个话题,你为什么喜欢挖战壕啊,孩子说,是爷爷教会他的,他出生时爷爷看上去已经很老了,但爷爷会给他讲许多打仗的故事……我感兴趣的线索在怒江边岸的这座村庄,正像战事轶闻般从江水中涌来……

我们跟着男孩朝前走去,街巷深处走着许多来自外地的旅行者。他们操着天南地北的嗓音,旅行总是将人的翅膀载往他乡,虽然人没有长出翅膀,造物主安排人有了四肢在没有长出翅膀的世界里行走,并且是用两条腿在行走,这是为了让人挺立起身躯。而此刻,一个来自怒江边岸的线索出现在眼前,一个少年将引领我们去看他父亲收藏的东西,而且是来自战乱时代的遗物,这个现实使我们一群人显得兴奋不已,尤其是我,仿佛在此线索中重又开始进入了缅北战场,我们曾经途经这座小镇,去了缅北……

第三章　怒江岸边的收藏家和一个女人

男孩很乐意将我们引向他的家,你知道的,男孩们的天性是愿意用自己的好奇之心去探索世界,当他从江岸的沙滩上站起来时,便将头盔戴在了头上,他俨然在扮演着当年的远征军,走在我们前面,另外的男孩们则走在他之前,他像是他们之间的孩子王。男孩带领我们走到了江岸边的一座小镇,这是一座铺满了石板路的小镇,石板路看上去已经有几百年的历史了,我看到了深深浅浅的马蹄印,两边是林立的百年前的老店铺,我们的视觉突然变得兴奋起来了,这也是我们所有人期待的旅遇,当我们所生活的大城市的老街道被挖掘机推平时,一个个遥远时代的记忆也就消失了。只有在这里,远离主流城市的区域,我们会寻找到祖先的行踪,马蹄下就是祖先的行踪,甚至他们久远的气息也会随之飘荡而来……走在这样的老街上我总有一种心醉神迷的感觉,它类似神意,又像是翻开了一本发黄的卷书时突然在书中的某一页发现了一只蝴蝶标本或者一小片墨汁的游离。

无论如何,我们几个人的兴致都很高,对于摄影师来说,这无疑是镜头下令人心慌意乱的历史图像,除了摄影师和朱锦文,我还不知道另外几个人的职业,但凭着他们闯入这条老街道的欣慰，我能感觉到我们都会有共同的兴奋点，即在充满沧桑感的老街上捕捉到这里的人文信息。倏然间我竟然看到了一家挂着旗袍的裁缝店铺，这太有趣了，在这条远离大都市的老街上竟然有人开裁缝店而且是专缝制旗袍……

首先，是我情不自禁地走向了这家缝纫店铺，也许是因为旗袍——你们知道的，在我的前世，从野人山大撤离时我曾遇到了一位身穿旗袍的北方女人，到了最后，是我们两人结伴走出了野人山的原始森林。旗袍为什么会在这座怒江岸边的小镇出现？我寻着店铺往里走，一个中年妇女走出来，她在迎着我的目光走了出来……我很好奇的目光使她朝我点点头说道：这是老母亲开的店，已经六十多年了，我们的旗袍做了改良，每条旗袍上都有母亲和我的手工绣花……中年妇女解释着，一边将挂在墙壁上的一条紫红色旗袍取下来，让我看旗袍上的绣品，我看到这条紫红色的旗袍上绣着一对白鹭……中年妇女说，我母亲对白鹭和所有雀鸟非常有感情，当年她途在战乱中流亡时，正是天空中飞翔的白鹭将她带到了这座村庄……

中年妇女刚说到这里，我们中的其他几个人就进来了，他们都被这家店铺吸引了，朱锦文作为报社记者当然是最为感性的，她惊喜地说，哇，旗袍店？想象不到的奇迹，是谁在这里缝旗袍啊，这里定有故事……进来的每一个人都在观赏着挂在墙壁上的每一件旗袍，当他们发现了每一件旗袍上的手工绣花时便是啧啧赞叹说，这个创意太艺术了，最重要的是这是属于怒江岸边古镇上的旗袍缝纫店……大家都带有一种拷问，为什么要开旗袍缝纫店，我很想见见中年妇女的母亲，当我提出这个愿望时，中年妇女微笑着说,母亲正坐在后院中绣花,我带你们去吧!

原来店铺的一道门推开就是一座大宅院,这是另一个惊奇,对于长期住在大城市的人来说,这一切都是令人向往的。一阵花香飘来,这里面简直就是一座花园,里面有芍药牡丹月季绣球的盆景,院落中有小径分布,仿佛迷宫,此外,还有高大的芒果树,石榴树等等。对于我们来说,这样的院落就是在城市凡尘中我们所梦见的天堂。

一位老人出现了,她身穿旗袍,你相信吗?在这座古朴远离大都市的小镇,竟然会遇到一位八十多岁身穿旗袍的老人……这真是奇观啊!是的,我们进来之前,她正坐在一棵芒果树下往一件旗袍上绣花,我们走上前,我又在摊开的旗袍上看到了一只已初露形态的白鹭……孩子们也进屋来了,他们到花园中嬉戏去了,我发现,这个老人的家好像也应该是孩子们的乐园之一。大家围坐在老人身边,当老人说话时,我听到了她的北方口音……这声音太久远了,确实太久远了,我要搜寻很长时间才可能回到前世的记忆中去。

搜寻也是一个神秘而倾尽全力的过程。从我身体中我发现了两种灵魂轨迹,前者,我仍然在前世的野人山原始森林中行走,之前的大多数事情都模糊了,唯有野人山就像一幅全景绘图,它有无数标签引领我再次回到大撤离的过程中去,尤其是当我来到寻访老兵的旅途中,前者,也就是我前世由身体所承载的关于野人山的记忆,会越来越清晰,像水中幻影走上岸来……后者,则是现实存在的我,我正在与二十一世纪偶遇的这帮旅行者,结为一个盟体寻访着旅途中的世界。

如果我的记忆是忠实的,那么我猜想,坐在这棵芒果树下绣花的这个老人应该就是当年与我一起走出野人山的那个女人。

由于那个孩子王热情地嚷着要带我们去他家看父亲所收藏的宝贝,我们便先告辞了。离开时,穿旗袍的老人站了起来,她说着北方口音,如果她果真是那个来自北方的女子,多少年过去了,她仍然在保持着她的语音,这很不容易啊!我面对着这个女人,如果我没有弄错,她应该就是前世我遇到的那个女人……哦,我很想仔细地看看这张脸的变幻,她到底是如何变老的。我知道人是在时间中逐渐老去的,对于我的前世,我根本就没有体会到人被时间摧残后逐渐变老的过程,我第二次迷失在野人山丛林中时,就再也没有走出来……时间,这伟大的魔法师,时间就在旁边,在我所面对的这张脸上,在我的前世,我记得这张脸上曾经有无尽的耻辱和奔逃的意念,我也记得她是一定要回到北方去寻找失散的丈夫的,那么,她又为什么要留在这座怒江岸边的小镇呢?这是需要再度寻访的理由之一,而此刻,因为孩子王的催促,我们一行人只得先去拜访另一个奇人。

临走时,我回过头去看了身穿旗袍的老人一眼,我敢肯定,她就是当年身穿旗袍穿越野人山的女人,为了摆脱身陷日军营地一名战争慰安妇,她舍弃生死恐怖和日军追杀,逃亡到了野人山的原始森林……而我因为满身的污垢缠体,便与她在林中小溪浴身时相遇了……故事应该如何往下叙述?世间之所以有小说家,就是人活着由无数生死玄妙构成了生活的未知和变幻。在我回眸看她的那一眼中包含着时间的轮回,而在这一眼背后是什么?同行者翻手机时宣布:科学家警告说,蜜蜂的大量失踪将使人类生态系统的未来遭遇很大威胁,农作物可能因此大量减产,人类最终可能面临大规模的食物短缺。

哦,野蜂,当同行者翻开手机宣布这个信息时,他还在继续让我们分享下文:世界各地发生的这一连串蜜蜂失踪现象,令蜂农与科学家百思不解。如果这些蜜蜂是因农药中毒或在寒冷的天气下死去,它们的尸体应该会出现在蜂箱周围。如果是遭遇天敌(胡蜂或虎头蜂)的攻击,也会在授粉区发现它们的残骸。如果它们是因为受到什么威胁而逃走,以它们恋家的特性,也绝不会单独将蜂后与幼蜂留下,因为工蜂若不归巢,留在巢内的蜂后和幼蜂都会饿死。

我的内心正下沉,孩子王飞快地走在前面,蜜蜂在地球上大面积消失的资讯令我迷惘……我们的脚跟随这个孩子王的脚正在飞快地行走……我眼前掠过了野蜂,从一只大蜂巢中倾巢而出的野蜂,那是在我的前世,当我第二次迷失在野人山的森林中时,由于我走累了,倚靠着那棵有蜂巢的大树,我听见了蜂巢中嗡嗡嗡的旋转声。当我仰起头来时,我突然意外地发现从树皮上正流下来一些金黄色的液体,是的,我的心重又在饥饿中跃起,正当我伸出舌头去吮吸从树上流下的蜜液时,突然,一只黄蜂从树上的蜂巢中探出了头,这只是开始,我也许是太饿了,便不顾一切地紧倚着树贪婪地吮吸着……就在这一时,几十只黄蜂飞了出来,我并不介意它们,而当我仰头边吮吸边朝上看去时,一大群黄蜂突然倾巢而出朝我飞来,我意识到了严重性便开始撒脚就跑,可想而知,这幅画面足够让你们去想象:这是第二次世界大战背景之下的野人山丛林,我,前世的我正被森林中一群黄蜂在身后追赶着……或许,我正是被那群黄蜂所蛰死的,这只是我现在的推断,至于我是为何而死的,只有天地知晓。我前世之死是一个秘密,可以有无数定义,但最终只会是消逝于野人山的丛林深处,在今天看来,当地球越来越破碎之后,野人山的原始森林对于现代人来说却是天堂。

孩子王带着我们的脚踩在青石板上。在无数先祖们行走过的路上,我们的身心分裂为两个世界。在悄然间里,身边仿佛走着许许多多的异灵,哪怕在正午的阳光下,我自己仍然能感受到那些甩着马鞭的人,踏着朝露在睡眼惺忪之中迎来晨曦的赶马人,正在破晓之中从故乡出发。在所有的教科书词典或者文学艺术历史画卷中,每个人或卑微或伟大都有一座属于自己的故乡,故乡就是出生地,就是你哇哇奔出母亲子宫以后,剪断脐带的地方;在悄然间,我们又回到今世,旁边走着的是我同时代的人。人,就是一本书,一阵阵渐强渐弱的气息而已,他们像万物,享受着生与死的诱惑与凋亡。

终于在孩子王的带领下我们走到了小镇尽头的一座大宅院,房子是新的,是用混泥钢筋筑造的,在老街的尽头突然出现了这样一座与现代化材料接轨的建筑物,它虽然显得突兀,但仍是合乎常理的。孩子王从包里掏出钥匙,熟练地打开门,在他那张天真无邪的脸上我们仿佛看到了一种召唤,他将我们开始引向了第一层楼,哇,我们突然开始被眼前出现的场景吸引过去。在第一层楼里,基本上没有分隔屋,一层楼就是一个长将近七十米的空间,里面堆集着的东西使我们仿佛在穿越时空,虽然所谓时空是一个古怪的距离,但我们确实正从二十一世纪穿越到二十世纪第二次世界大战的背景之中去。

地上堆集着的物品基本上都是战争遗物,里面有中国远征军的头盔、饭盒、衣服、皮带、军用绿皮水壶……这些东西一经出现,就像让我回到了前世,我将一顶头盔从地上拿起来,用手抚摸着它斑驳的地方,它虽然冰冷,对我来说似乎却仍有余温。至于饭盒,它存在着,呈长方形的饭盒,就像我前世在缅北战场所使用过的那只绿饭盒,它是我们进入缅北野人山之前包里所保留的,其余的许多东西均被埋葬在野人山之外的土坑中去了……哦,水壶的记忆力是那么强劲,是的,在野人山我们是无法离开水壶的,里面的水如果没有了,生命就会遭遇到危机,野人山并非四处都有水源,而且有些水是根本无法喝的……水壶里的最后一滴水都可以救人,我曾见过从水壶中倒出来的一滴水使一名昏迷中的战士睁开了眼睛……

我的前世与战争相系,所以穿越时空对于我来说就是一次次翻身的过程:我看见了我翻身过去,翻过了发黄的时间进程,正以我纯粹个人的方式重新进入缅北,所有陈列在这里的收藏品对于我是多么亲切而熟悉。我看见了弹壳,使我回想起我曾背着从将军身上取下的一颗子弹步入了野人山,我还看到了靴子、刺刀、床单、棉布、发报机等等,当然,我也看到了来自日军的衣装、头盔等等。

我们从楼下再步入二楼,孩子王仿佛是一名讲解员,他告诉我们父亲之所以收藏这些东西,因为他爷爷是一名中国远征军的战士,曾去缅北打仗,后又回到了故乡……他正讲解着,我们便听到了脚步声,孩子王兴奋地说是父亲回来了。是的,是他的父亲回来了,我们很快就看见了一位三十七八岁的男子,看到我们一群人,他欣喜却并不意外,看得出来,这座小镇并不偏僻,旅游者们沿着江岸行走,很容易就闯入了这座小镇。他有些羞涩说他在楼下庭院中煮茶等我们……听见他下楼的声音以后,我们又开始细看二楼的收藏品。孩子王在其中穿巡着并告诉我们,他的爷爷是一个身体中有很多子弹的人,如今还活着,住在原来的老房子里……

哦,孩子王的声音又开始使我内心战栗不休……一个身体中有许多子弹的人,那会不会是他,会不会是我一直艰难寻找中的将军?我已迷失在穿梭不尽的时空之中,我想得到一个悬而未决的证据,我突然独自一人奔向楼梯……庭院深处有一张圆形的石桌,只见孩子王的父亲正坐在石桌前平静地煮着茶……我嗅到了各种植物的味道,我来到石桌前,我能感觉到自己剧烈的心跳……我低声说,能让我见见你父亲吗?他点点头说可以的,不急,我们先喝茶吧!

他看上去很淡定从容,关于父亲似乎遥远而又是现实中的一种具象,他们从楼上叮叮咚咚地下来了。现代人的脚步声都很响亮,因为平日都是以车代步,故而只要有行走的机会,就会将双脚开始于一曲曲练习曲,听上去声音很响。他们转眼间已经就来到了茶桌前,好奇的心理使他们想尽快靠近这位看上去还很年轻的收藏家,在茶香弥漫中,孩子王的父亲开始讲他的收藏故事,在他未出生时,一个中国远征军的将军被几名年轻战士用担架抬到了了这座小镇……当时,将军发着高烧,已陷入昏迷状态,隐蔽在村庄山坡上一座废弃的老屋中,母亲上山割猪草时看见了老屋中出来觅食的战士,当时母亲还很年轻,二十岁左右,一位战士向母亲透露了他们是刚刚从野人山撤离出来的中国远征军……躺在里面的是他们的将军,看上去如再无药物治疗,将军就快要死了……母亲进老屋看了看将军的状况就迅速回到了小镇,她首先到中药铺抓了草药,然后又回家带了煮熟的土豆苞谷等匆匆来到了山坡上。她曾在不久之前站在家门口目送中国远征军赴缅北,当时她已经中学毕业,在学校代课。她站在街道一侧向渐渐远去的中国远征军挥手,内心曾波澜起伏,而此刻,因为替代母亲到山坡上割猪草,她就陷入了这场事件……她,一个普通怒江岸边小镇的女子,自此以后,成了这位受伤将军的守护者,她让几名战士尽早回家,因为战乱仍在继续,生命就不可能有安宁的日子,能够抓紧时间回到自己的家,应该是每个人的愿望。很显然,这名怒江岸边的女子从几名战士疲惫的眼神中看到了归乡的焦灼,她回到小镇,给他们每个人买下了一套当地人的民服,让他们换下了褴褛破损的军装……

她将四位来自或北方或南方的青年男子引向了出小镇的路,从某种意义上讲她将他们引向了一条条尘土弥漫的归乡的道路。之后,她迅速赶回去,跟自己的父母商议将军的今后的问题,她的父母读过当地的小学,知晓天下大乱时缅北的战争,同时也曾像他们的女儿一样在小镇的古石板路上目送过中国远征军赴缅北的一幕幕场景……而此刻,他们面对着来自女儿的请求,这名年仅二十岁的女孩产生了一个大胆的愿望,想将这位受伤而昏迷的将军带到家里来疗伤,她的理由很充分:他看上去很虚弱,如果再得不到极好的护理,将军的生命将面临着更大的危险。父母在女儿眼里看到的那种焦灼,仿佛使他们看到了缅北战争中将军出生入死的场景,在几分钟长久的沉默之后,他们能彼此感受到战乱背景之下生命的生死逃亡之旋律……就这样,怀着悲悯,他们同意了女儿的愿望,并在那个半夜协助女儿将昏迷中的将军搀扶回到了家。

这个故事从一开始就很迷人,尤其是面对在场的所有人来说,这个故事有一种潜在的力量,想让我们揭开谜底。尽管这个世界已经逐次被智能游戏般的数字化频率所覆盖,然而,一旦我们来到了这座古老的小镇,仿佛已经脱下了我们的盔甲,仿佛战士获得了原初的身体,只有当身体的柔软性复苏时,我们才可能回到这个故事的下文之中去。

噢,故事,只有将故事继续讲下去的人,才可能揭开故事存在的谜底……这谜底对于我来说,竟然像独自伫立在荒原深处的一座石塔,塔中藏着经书也深藏着破译时间之谜的许多生死符咒。此刻,我仿佛在等待着风,于是,风就来了,风里面挟持着黑色的沙尘,它进入了发丝,刺痛着双眼,使神经迷乱而清醒;我仿佛在等待着一只鸟,它应该是一只云雀,一只可以抚慰我忧郁绝望的云雀,其羽毛就是我的笺纸,写满了我的诗句。当然,最重要的是我在等一个人,无论是男人女人,是杀手、手工艺人,还是外星人,远古时代轮回过来的精灵,都值得我守候在此,借助于一道道屏风围栏,去破开生命的谜底,然而,这很难,因为生命拥有无数的谜底。不知道你到底需要解开哪一道谜底?故事在继续讲下去,在飘忽着茶香的庭院中,我们中的一个人包里背着眼下很流行的一本书《未来简史》,我看到了他取出书,随便翻出了几页后,递给我问我是否喜欢他用蓝笔所勾勒出的这段话,它来自以色列作家尤瓦尔·赫拉利的笔下:如果我相信上帝,是因为我选择相信。如果我内心叫我要信上帝,我就信。我相信是因为自己感觉到了上帝的存在,我的心告诉我,他就在那里。但如果我不再感觉到了上帝的存在,如果我的心突然告诉我世上没有上帝,我也就不再相信。不管是哪一种,权威的本源都在于我自己的感觉,所以就算是有人说自己信上帝,其实他更信的,是自己内心的声音。

　　收藏者正在不断地给我们沏茶,茶杯是当地人烧制的土陶,我手捧着这只深黑色的土陶杯子,仿佛又回到了那个二十岁年轻女子的年代,之后,将军就住在她家二楼的一间房子里,她请来了镇里的老中医为将军治疗,中医一次次地为将军号脉,感觉到脉跳虽然虚弱,但有希望治疗。女子每天为将军熬汤药,中药味儿几乎覆盖住了庭院中的花香。除此外,更需要的是她用声音唤醒他的过程,自从他迁往这老屋,每天初露曙色时,她总是推开门,悄然走到他床边,他睡的是一张老床,不知道有多少年代了,但上面却雕饰着细密的花纹……每次她看见床沿上的花纹时,内心都会自然地涌起一种力量,昏迷中的将军一定会醒来的,一定会醒来的,一定会醒来的……这力量使她微微推窗,她想让来自东方升起的阳光照进屋来……她想为他做所有事情,除了轻声唤他醒来,她所需要迫切做的另一件事情就是用湿毛巾擦洗他的身体……这是需要经过激烈斗争的一种选择,当她发现他的身体因炎热开始发出异味时,她产生了一个想法,想提一桶温水上楼,为他擦洗身体,但她一直没有勇气这样做。直到这一天她父母下地干活去了,她似乎终于找到了机会……

她将烧温的一锅温水倒进木桶里,她今天一定要为将军擦洗一遍身体,这是多日来一直纠缠她的愿望,尽管有些忐忑不安,但一旦想好的事情再艰难也要做。这就是怒江岸边的小镇上这个平凡女子的做事风格。她拎着桶上楼了,阳光照进了那间有土坯墙壁的小屋,一切都是那样安静,仿佛是神安排的场景。是的,我想象着这一切,房间里很静,战乱远离着这小镇中的房间宅院,战火硝烟不会从空中抛掷而下折断宅院中的缅桂树和众树的灵魂,这是神性安排的场景,让来自怒江岸边的这个女子抚慰已经走出野人山的将军……

战乱终于结束了,女子不断为将军擦洗身体,力图唤醒他沉睡了很长时间的躯体。女子很年轻,她身穿布衣布鞋,身体中飘过一阵阵的暗香,她每天都要伸出手为他翻移身体,当曙光四射时,她会敞开格子窗户,让阳光一缕缕穿梭进屋,直到将整个屋子照亮。黑夜降临时她会掩上窗户,父母外出后,她始终守候在他床边,当树上的雀鸟们在啼鸣时,她会屏住呼吸,她相信沉睡中的将军一定能听到鸟鸣声……她还用剪刀为他修剪手或脚指甲,在为他一次次翻身擦洗身体时,她发现了十二颗子弹的枪眼和伤疤……

她始终守在他身边,自从他出现以后,她的世界每天都在出入他昏迷的那个世界。对于这一幕,我可以尽一个小说家的想象力去穿越时空,这时候,我可以想象出发生在她和他之间的所有细节,因为所有的细节正编织着故事的因果。

第四章　再续怒江小镇上的故事

　　通过想象你尽可以抵达故事中的每一个细节,故事的细节很重要,它仿佛针线可以将一块块的布衔接起来。
　　她开始将一块土布置入水桶中,她看见一桶没有游纹的水突然间泛起了漪涟,噢,人生的故事犹如这些漪涟,它的出现使现实揭开了另一幕。她开始从水桶拎起那块土布,是的,她要为昏迷中的将军沐身了。真是好时辰,庭院中没有片言只语,甚至连鸟语也听不到,甚至无尽累积的传统习俗就像风儿一样飘忽到别处去了,噢,女子开始为将军沐身了……
　　这是一个穿越的时序,旁边的人正在议论当日腾讯网新闻:近日,一架从德国法兰克福起飞的航班原计划抵达奥地利萨尔兹堡机场,却因为当地大风天气导致无法降落。飞机在空中盘旋了约一个小时之后,飞行员决定尝试强行降落,但是由于风速太快,飞机刚一落地就立刻弹了起来,无奈飞行员只能重新起飞,又回了法兰克福机场,从视频中可以看到,在飞机降落的过程中机身一直在猛然晃动。而在机舱内部,乘客也都紧绷神经,紧紧抓住扶手,并一起祈祷飞机能够平安降落。
　　正是这场沐身,让女子了解了将军昏迷的肉身,女子正在抓紧时间慌乱地为将军洗沐,因为她是一个怒江岸边小镇的女子,她为将军浴身这件事已经超过了男人女人的性别之禁忌,她将一块干净的当地土布伸进了将军的胳膊下……你们尽可以去想象在野人山行走了四个多月的将军的身体散发的气味,身上的污垢有多深……在这个充斥着多种气味的世界里,我们抛开人类发明的各种气体美食之味,去想象野人山的将士们撤离时散发的各种气味,无疑是一件艰辛苦涩的过程。就我自己而言,我的前世是在野人山行走逃离而消失的,因而,我或多或少都能想象将军在昏迷中躯体的味道,在当时的环境中当地人都用皂角煮水洗头浴身,女子正是用煮好的皂角水为将军洗沐着……

除了帮助将军除去身体上的异味污垢,她想以此方式唤醒将军的身体语言,让将军早日醒来。第一次沐浴几乎是在慌乱中结束的……母亲回来后,在将军住下的房间里嗅到了一股浓烈的皂角味,便将女子唤到院子里的缅桂树下,低声询问为什么将军的房间里会有皂角味?母亲读过当地的女子中学,其人性是包容的,所以,女儿可以跟母亲说明真实情况,母亲点点头说,也许用皂角水洗澡,会让将军醒过来,并说镇里的一个男人上山砍树时头部被一棵断树击中了大脑,后陷入昏迷状态,因为天热家里人每天为他用皂角水洗澡,半个月后男子竟然醒来了。获得了母亲的支持以后,只要父母外出,这位年轻的女子总是会亲自煮好皂角水,为将军洗澡。奇迹就这样发生了,有一天上午,女子刚把将军浴身完毕后换上了干净的布衣时,她突然发现将军的眼睛睁开了……接下来的故事我们可以去想象,将军后来看见了房间里的年轻女子……已经昏迷了较长时间的将军重新醒来以后,他是否会记得缅北的战役以及撤离野人山的记忆。据收藏者说,他的父亲醒来后完全失忆了,他遗忘了所有的战乱和血腥,当然也遗忘了野人山的大撤离。

也就是说,苏醒之后的将军因为遗忘而割裂了身体中所有的记忆,尽管那些记忆闪烁着将军个人的历史之痕迹。首先,作为人,他活下来了,他可以下床了——尽管他已经患上了暂时的失忆症,他的躯体却又开始有了之前的活力,能够下床就可以下楼,走到庭院就可以走到门外的小镇,在一个失忆的世界里,一切都是前所未有的。再后来,他就与这位年轻健康的女子成了婚。在一个失忆的世界里,我们的将军,身体中藏有十二颗子弹的将军,就在这座怒江边的小镇开始了新的历史。与之前的历史迥异,他远离了战争,也同时远离了血腥或子弹。或许这正是上苍的安排,因为他太累了,他身体中已经有十二颗子弹,仁慈的神安排了他现在的命运——在一个古朴安静的小镇,遇上了一个纯朴善良的女子,并开始了婚姻生活,以此扎下了根须。

可以替代我们当年的将军寻找到苏醒以后看到的现实。我们无论置身哪一个时代,都有自己出生成长生老病死的现实状态,它滋生着无数细节。将军醒来以后看到的第一个现实就是那名年轻女子的存在,他或许会追问女子,他为什么会躺在这床上这房间里?女子或许会将他之前的一切告诉他,但他在那个时段里仿佛有什么魔法借助了一把剪刀,从而就以此剪断了过去的那根纽带。等待他的是一幕幕的现实,迎接现实对于一个失忆的人来说更需要勇气,因为他几乎就是在醒来的时空之间,再也想不起来自己是从哪里来的。而当女子将他的目光引向屋外时,外面的阳光正炽热,庭院中的雀鸟们盘旋在树巢上叽叽喳喳,再往外走,就看见了小镇上林立的店铺,马帮吆喝着唱着山调正途经这座小镇的青石板路,再往前走就可以看见怒江岸边像火炬一样燃烧的木棉花……

我们的将军孤身一人,在走出了野人山以后因昏迷而陷入这座小镇,又因失忆而割断了过去所有的历程。一个年轻的女子陪伴着他,就这样,新的生活拉开了序幕。当战争结束了很多年以后,有一年的夏季因为漫长的雨季带来的潮湿,他的身体仿佛隐隐约约中看见了野人山的原始森林……那已经是数年以后了,他已经与这个小镇女人结婚生子……一个曾经是将军的失忆者,完全失去了之前的历史,应该以哪一种方式生活呢?我在追问着这个问题时,摄影师来了,他独自一人从小镇拍摄照片刚回来,需要补充一点,我们已经住进了小镇的客栈——这座小镇开客栈的历史已经有几个世纪了,因为这里曾经是马帮途经之地,在几个世纪相互交替往返的时间里,这座小镇是马帮休整、补充食物马料的地方,我这样一说,你就明白了。摄影师告诉我说他去了后街,我问他什么是后街,他说后街是小镇上最古老的一条街,现在已很荒芜,已经彻底废弃,因为有好几百年的商铺老房子,所以,当地人都不敢去惊动它们的原貌,政府正在招商引资,想将这条街道打造成一条旅游景观。

我很想去那条老街看看,摄影师说他可以陪我去。将军的故事先放下以后再慢慢述说吧!旅行,对所有这次因偶遇结伴的旅行者来说,都意味着是一种慢节奏的生活方式,我深信,我和他们都调整好了心态时间,从这条路进入终极目的地——缅北的野人山。也正是这个在二十一世纪非常诱人的目的地,使我们在黑娃爷爷生活的那座村庄不期而遇。与黑娃爷爷的相遇,使我的前世显得更加神秘,听着他的咒语,我陷入野人山的困境清晰而又模糊——这是两个完全不相同的镜头,在清晰的镜头里,我和黑娃正在野人山的森林里采摘野菜。对于黑娃来说,野人山许多从灌木丛中长出的细长的、圆形的植物都可以充饥,这是黑娃的爷爷告诉他在山上放牧时可食之物,黑娃从他爷爷那里不仅获得了可食植物的记忆,同时也获得了在那座村庄一位祭祀长老面对生死时吟诵的咒语。在后者的镜头中,所有一切都是极其模糊的,不可诉说出完整的线条,仿佛野人山的雾雨,迷蔽着我们的视线……虚与实之间的人生叙事正是诱引我们此生长旅的开始,也是使我们想去看那条后街的另一种诱惑。

摄影师仍旧挎着他的照相机,偌大沉重的照相机当然也是人类发明的用以记录时间的器物。事实上,人类是害怕时间痕迹擦身而过之后就消失殆尽的,所以,在这个创建科学和技术的时代,人类尽其想象力发明了收藏历史的种种器械,其中,照相机的原理无疑可以非常真实地记录现实中的原貌。而对于我来说,照相机显然像一个庞然大物,我更适宜用文字记录。相比照相机的镜头来说,写作者的语言应该更像风中的咒语,它是为了生命置身于那时间所一路诵颂的犹如风暴雨水碧浪翻滚所拉开天幕时,再现生命之旅的故事,在这点上,我找到了与黑娃诵颂咒语时的共同契机:在这个演绎无常的世界上,为那些成为亡灵的人们以及正在生活于牢狱和天堂中的生命,用低诉诵颂生命中那些敞开或遮蔽的过程。

我为什么要成为作家？我的前世是一名战地记者,当我走出西南联大校门以后,就奔赴了缅北——在野人山的大逃离中我本已经走出了野人山却又再次重返其中,命运安排了我前世生命太早夭折,死神感召着我以青春年华去赴死,再生之神又让我尽快轮回于世。我记得还在上小学时——我跟做农艺师的母亲住在滇西的小镇上,我就是一个喜欢语言的人。我在母亲栽桑养蚕中看到了语言,还看到了语言中的生命存在,当一条条乳白色的蚕在吐丝结茧时——我的心在怦怦跳动不息,仿佛有无数条波浪在撞击着我。之后,我在想象这条蚕在吐完所有丝以后是否就死了,还是在一个永不再醒来的梦中沉沦？于是,我哭了,母亲安慰我道:哭什么呀,明年这条蚕又回来了,就像是飞走了的蝴蝶一样明年它们又回来了……这些话留在我脑海中很多很多年了。不错,结了茧的蚕第二年又回来了,飞走了的蝴蝶第二年又回来,以此类推消失的春天又回来了……后来,我就知道这就是语言中的轮回……就像我自己,很快回到了人世间。而我为什么要写作,或许是从世间万物的不变和万变中所看到的都是语言,于是,我就动手将内心的语言为此记录了下来。就像摄影师他在看镜头,看到的是现实的图像,这些图像在按动快门的刹那间同样定格,我们都在以不同形式记录世界而已。

我们来到了后街,四五个男男女女在我们之前已经来到了后街,听他们喧嚷中的声调好像在说老街上闲置的石磨。一男子坐在石磨上说,这石磨很有些时间了,大凡很有时间的东西都很值钱,这条后街上的每一砖瓦都很值钱,至于那些雕窗就更值钱了……他们正在秘密商议,应该怎样收购这条老街的事情,摄影师碰了下我肩头,让我到前面去看一座宅院并嘲讽道,这个世界像疯了一样,他到很多有历史遗址的地方拍照,都会听见同一类的声音。他们突然睡醒了,对越来越古老的时间发生了兴趣,因为古老的时间突然升值了,他们都想收购这些从古老时间中呈现出来的物品,因为它们可以变成金钱。看到我的焦虑,摄影师又告诉我说,至于这条老街上的东西,他们是无法带走的,因为这条后街已经列入了政府保护并开发旅游项目的文化遗址。尽管摄影师已经安慰了我,但我内心已经开始上升着隐约的忧伤,这忧伤是无法说清楚的。

内在的循环于时间中的忧伤之所以无法说清楚,是因为时间是无法确定的——就像后街,这座看似已经荒芜废弃的古老街巷仍潜藏着无数人以不同目的,对它加以瓜分占领的欲望。无论是哪一种动机,都已经不可能实现,所以,它存在着,迎接着不同身份面目者的降临。而我与摄影师突然来到这里,只是为了体悟它的时间,摄影师他已经独自一个人在这条纯粹的老街上拍了两天照片了,而我已经用两天时间去追索将军的失忆症……

后街很显然保留了几百年前的街景,它比我陷入野人山的前世更古老,而我又问自己,在我陷入野人山的前世的前世又是做什么的?摄影师来了,他说他已经拍了这里的所有门铺,雕刻花纹,庭院中屋顶上的瓦砾,楼梯上的蜘蛛网;包括花纹中的灰烬,裂纹,被风雨侵蚀的腐烂部分的局部……摄影师带着我进入了一座庭院,里面有脚步声……我有一种惊悚的感觉,虽然我从来都不是写惊悚小说的作家……庭院很深……但我竟然看见了一棵缅桂树,还有桂花树,石榴树……很奇怪啊,植物的生命力总是要强过我们人类的寿命,我看着并抚摸它们几百年的树龄。摄影师站在我身边低声说,楼上有人,我这两天拍摄照片时,总是会碰到各种面孔的人,他们在研究这条老街的商业性。毫无疑问,这些死亡的建筑对于收藏者来说充满了价值……我们上去看看吧!

楼上确实有人,在这阳光灿烂的白昼是没有鬼魂的,我听见了声音,好像是三个人的声音。我们开始上楼了,屋子里到处是灰烬,还有编织得就像花园的蜘蛛网,我看见了一个个巨大的蜘蛛家族正在这里繁衍生息,我们并不想去惊动它们的现实生活,但看上去它们还是受到了惊吓,伏在蜘蛛网上一动不动。我们上楼了,看见了三个人,他们都在三十岁左右,看见我们便点点头,我们也朝他们有礼貌地点点头。不管怎么样来到后街的人都是有目的性的……二十一世纪是一个功利的时代,尤其是现在的年轻人,从三个人贪婪的眼睛里,我已经感觉到了他们跟下面的人也许是同伙,也许是两路人——都在打这条后街的主意,但愿就像摄影师所言说的那样,这条老街已经列入了当地政府开发的旅游图卷之上,千万不要被拆迁。要知道,我们所置身的这个二十一世纪,是挖掘机和爆破的时代,分秒之中一栋古建筑就会夷为平地。

摄影师带我走遍了后街以后,我已经很累了……我们坐在小镇的一家小餐馆用餐时,我看见了一个人,他就是收藏者的父亲,我看见了收藏者的儿子,他正搀扶着爷爷在散步……我有些冲动地站起来,老爷爷已经是一位九十岁的老人了……这不奇怪,二十一世纪是一个产生百岁老人的时代,往后的历史人的寿命将更加漫长。随同机器人进入每个家庭为人服务,传说中的人造器官将在不久的明天替换人身体中已经衰竭的各种器官……

我迎着这位九十岁老人走上前,我希望他能认识我,前世的我,那个二十二岁的战地记者——或许这就是我冲动的原因。然而,当我终于站在他面前时,只有男孩叫了我一声阿姨,只有男孩才认识今世的我。而他的爷爷仿佛一帧化石,更像雕塑。不过,当男孩叫我阿姨时,爷爷朝我也点点头。我想仔细地认真地看他的脸,我力图回到我的前世——这是一种穿越的速度,我曾收藏过从将军身体中取出的子弹,然而,还有十二颗子弹在他体内……他的脸仿佛是雕塑家用泥巴捏出来的线条,牙齿几乎全掉光了……男孩搀扶着爷爷走过去了……我目送着他的背影,他的脊背倒很挺立,也许这与他的将军身份有关……

摄影师正在等我吃饭,我回到了餐馆,摄影师对我说,这座小镇上了百岁的老人很多,因为这里的山水很养人……之后,我们品尝着纯怒江岸边的小镇上酸酸辣辣的菜蔬。摄影师说,他每每来到这样的小镇吃饭,胃口就会大增。是啊,经他这样一说,我的胃口仿佛也打开了。摄影师说我们团队中另外的人都去泡温泉了,听说,这里的温泉能治各种病,多年以前,它曾经治理好了收藏者父亲的失忆症……这是一条重要的线索,仅仅为了这条线索,我也要同摄影师今晚去泡一次温泉。

我喝了一碗当地人的野菜汤,这种叶片上有刺的菜是清心菜,也就是说会清除人身体中的杂质,让心慌意乱的人安神,像我这样的人现在就适宜喝一碗这样的清心菜汤——我感觉到了一种说不出来的喜悦,当我品尝了这碗汤菜后,心中的一丝丝来自时间的迷离感减轻了很多,所以,当地人称谓它为清心菜确实是有道理的。心,到底要多长时间清理一次,我们的心脏里面填满了太多太多的东西,我突然开窍了:当我们的将军终于撤离于野人山之后,神让他带着昏迷之体,还携带着身体中的十二颗未取出的子弹来到了这座气候温暖的怒江岸边的古镇,并让他遇到了小镇上一个良善的女人,最为重要的是安排他患上了失忆症。因为,他的身体不再适宜投奔于新的战役,也不适宜再从怒江岸边寻找路线回家……神安排了所有的一切,只是为了让他在此安居。我突然开了窍后,跟随着摄影师在黄昏中找到了小镇外的温泉泡池。

温泉,在过去是当地人泡澡的地方,自从有马帮途经此地以后,外来的长旅者们便在安居客栈之后纷纷前来投入它的露天浴池。这种习俗延续至今,旅行者将它视为天堂,世界上的所有人都在活着时没有见过天堂,因此,俗世总是将那些美好的地方称之为天堂。我们进入这里的温泉,首先看见的是从黄昏的半空中上升着的蒸汽,温泉水来自地下,是由一种碳物质转化过来的,有温泉的地方大都景色秀丽,树木繁盛,春夏秋时间偏长,冬日显得很短暂。黄昏色块的光线中有人披着浴巾已经从池水中上岸,他们看上去有一种舒适放松的神态。有人在叫唤我们,是我们的那帮人,他们几乎全部在一口稍大一些的泡池中——几乎是在用集体的声音在召唤我们,这是旅途中结伴而行的结果——每个人都害怕寂寞,都要制造气氛以此让未尽之旅延续而去，而泡温泉也是长旅者的生活之一。具体地说，当你已经在旅途中时，你所前往的任何地方，都在诱引你走向一个陌生的区域，同时，你将经历未曾体验过的生活方式，包括饮食、地方上的沐浴等等。旅行者不仅仅是在路上找一座有许多陌生人居住的旅馆，消解长久生活在城市的厌倦疲惫，旅行者找到了路，最快乐的意义在于融入一路上出现的对于另一种生活方式的探索体验。在这里，一群人结伴来到了怒江岸边的热带小镇上，每个人都在无意识中遇到了使自己兴奋的线索。对于我们这群从黑娃爷爷的村庄偶遇并结伴而来的旅行者来说，我虽然还没有时间和机会去了解每个人的身份，但我知道，泡在这口温泉池中的每个人都有他们生活的背景。我是写作者，我一直坚信不疑，每个人的生活背景造就了他们各自的身份。在这个有数之不尽陌生人生存行走睡觉吃饭的地球上，每个人身前身后的背景就是他们的生命的出生地，之后，他们离开了神秘的母体从而割断了脐带，从这一刻开始，当剪刀下的脐带咔嚓声剪断后，个体的生命将开始独立的游弋。这个成长的过程也是培植你个人身份的阶段，直到有一天你成为了银行职员、中学教师、播音员、律师、医生、麻醉师……哦，身份的出现也就是世界进入文明体系的时候。

我和摄影师愉快地加入了同伙们的浴池，当身体套上在温泉服务部买的浴衣时，我的身体开始忘却了某些生命个体存在的使命。对我而言，所谓的使命就是在这趟旅途中突然出现的对于前世陷入野人山的叙事的重新追忆，以及对于轮回过来的我，对现世出现的人或事的进一步探索。当然，这是一个写作者从身体中孕育的叙事,就像农夫守望家园时,他们不仅仅是抱着双手坐在家门口守望,最重要的是他们要管理好土地,牲畜家禽,要敬畏天地才可能获得风调雨顺,以此让田地里长出丰饶的谷物。

身体在慢慢地下沉到水池中去时,那种难以言喻的舒适使身体获得了旅程中一次小小的休养……就在我沉醉在同池中的伙伴们漫无边际的聊天中时,我在半空中上升着的蒸汽中突然看见了不远处的另一口小小的浴池,我看到了收藏者的儿子穿着短裤坐在池岸嬉戏,同时我看到了另一个泡温泉者的脊背……哦,这就是将军的脊背吗?我仿佛发现了野人山原始森林中经历了时间洗礼的老树,那一棵棵已经有几百年甚至上了千年的老树,我曾经在每个夜晚,背靠着一棵树摊开了我膝头上的笔记本,我在上面记录过许多战乱流亡的笔记本已经消失了吗?连我的生命都消失了,所以散发出缅北战争气味的笔记本当然也就随同我的生命已经消失了。

温泉水池中的热气一直在上升着,它使所有面目都相继变得越来越模糊,我们的生活和世间万物的联系在本质上来说都是模糊的。你可以在蓝天碧云之下仔细地观看路上的风景,如果你站在一座突然出现的水池江流边,你会目送着水的变幻莫测,它们在变幻中从不告知你明天将发生什么事,或许这正是生命存在的乐趣之一。在上升的热雾中,我又看见了将军的脊背……我上了岸,我想去看看在温泉中洗澡的将军。

第五章　失忆者的温泉

　　这是真实的场景吗？那裸露的脊背是真实的吗？我的脚已经慢慢地上岸，摄影师问我去哪里？我发现，摄影师在浴池中一边倾听人们在交流现世的资讯，同时也在不经意地观察我……我没有回答，摄影师低声提醒我说，上面有些滑，小心些……我赤脚上了岸，径直穿过了几口或大或小的浴池，我已经来到了男孩和他爷爷泡澡的那口温泉池边，我蹲下来，抚摸着男孩裸露的脊背问他说爷爷是不是很喜欢泡温泉？男孩很乐意又见到了我，同时也很愿意与我进一步交流，他说，爷爷每周都要到浴池来，恰好他放假，所以有时间陪爷爷来泡澡。我问他，在他上学后，又是谁陪同爷爷来泡澡？男孩说，阿姨，你叫我狗庆吧！平常都是父亲带爷爷到温泉，听父亲说，在我未出生之前，都是奶奶带着爷爷来温泉泡澡，后来，奶奶去世了，父亲就带着爷爷来……父亲告诉我，爷爷离不开温泉，他的身体里好像还有子弹，只要天阴下雨，有子弹的地方就会痛，但爷爷只要经常泡温泉，疼痛就减轻了。另外，父亲还告诉我，在很早很早以前，爷爷忘记了很多事……好像是奶奶带着爷爷泡了温泉以后，爷爷的有些记忆就开始恢复了……

我没有想到在我屈膝而下时,面对着这口冒着蒸汽的温泉池,这个名叫狗庆的男孩子一下子给我说了这么多话,而在他的声音里我竟然无意中就捕捉到了这么多的现实……狗庆又钻进水里去了,他好像要把时间留给我。现在,我可以观察一个九十岁老人的身体了,他就是我曾经在前世的野人山遇到的将军吗?我看见了他的脊背,一个已经上了九十岁老人的身体本应该完全丧失了身体的肌理,它们应该在如此漫长的时间中开始衰竭,就像经过了上百年的房屋的内部开始变形弯曲。然而,在这口温泉池边,我竟然看了他后背上的纹理,突然我看到了一小块类似螺旋状的纹理,它又类似一棵老树上的疤痕。或许是狗庆已经发现了我的眼光久久地在盯着爷爷的脊背,便靠近我耳语道:爷爷曾经是远征军的将军,你看见了吧,他脊背上的那块伤疤里边就有一颗子弹……突然之间,一切都是清澈的,在这个被水蒸汽的上升所弥漫的小世界里,我竟然真实地看见了将军脊背上的一个个伤疤……

就在那道褐色的伤疤里深藏着来自第二次世界大战中的一颗子弹……所有一切面对这块伤疤竟是如此的明了……我不知道是怎样离开狗庆和他爷爷的,泪水已在我眼眶中开始旋转,我无法再待下去了……我回到了他们中间,回到了我们的二十一世纪的现场,我开始闭上双眼沐浴,我抗拒着我的前世,想回到此界,回到这口令身体中每一个感官都非常舒适宜人的池水中……他们正在谈男人女人的故事,刚才他们谈够了社会资讯,名人私生活,现在开始谈男女关系了……我闭上双眼,大半个身体在水池,只有上身垂靠浴池的石栏上……大脑现在忽儿穿越在野人山的丛林深处,忽儿又回到此处,两个世界相隔太远。摄影师一直离我很近,我能感觉到他的气息就在旁边,他低声询问我是不是不舒服,我却佯装没有听见……

我发现了如果遇上一眼温泉浴池,又有一个群体,这里无疑就变成了一个小世界,一个可以划分各种身份的小世界。待我的泪水消失以后,我又回到了他们中间,无论怎样我都需要回到他们中间——以后的路还很长,他们已经决定跟我去野人山。朱文锦很激动地从水池的另一边来到了我身边,她有些神秘地问我:麦香姐姐你是否在寻找下一部长篇小说的线索?经她这样一问,所有人的目光都友好地转向了我……他们说做一个作家是很自由的,可以想到哪里去就到哪里去;他们说作家写书是不是都要有亲身的体验,才能讲好故事;他们说作家大脑里为什么会有那么多句子?这些问题我都简洁巧妙地回答了。朱文锦问我什么时候出发,我说我们后天出发吧,大家可以在镇子里再走走……之所以要后天才出发,是因为我想跟收藏者再见见面,谈谈他的父亲,除此外,我还要去见一个人,她就是开旗袍店的那个北方女人。泡够了浴池我们上了岸,我发现每个人的身体穿上衣服之后都有一种飘忽感,就像喝醉酒一样,大家唱着歌,穿过了怒江岸边的这座温暖的小镇回到了客栈。我住在客栈的三楼,摄影师住在我对面,我们上了三楼后在打开房门之前,彼此互致了晚安就回房间了。我没有打开灯光,只是站在窗口,从这道木格子窗户白天可以看见怒江,还可以看到怒江边的那棵挺拔的木棉花树,那些硕大的红色的花朵,都会让我想起殷红的血……好了,该睡觉了,明天我还要去见这座小镇上最为重要的两个人。

天很快亮了,白昼与黑暗彼此交替而过,就像男人女人擦肩而过,虽然地球负荷已太沉重,我们每个活着的地球人仍在尽自己所爱地追溯每一段历史的源头……我不是一个贪睡者,只要有晨曦初现,我总是会在醒来后的第一时间中起床,只要脚尖落地,就意味凡尘生活又开始了。我轻声下了楼,就像树上鸟巢中的鸟儿寻找着自己的方向……方向很重要的,我们之所以在野人山走了那么漫长的时间,就是因为在整个野人山的迷宫中,不停地走,又不停地回到了原地……我坐在一家小餐馆吃了早餐,一大碗配制着当地绿色作料和酱肉的米线,在云南的县城和小镇吃早点,作料比省城昆明丰富好几倍,你会在鲜绿色的传统小葱、辣椒之外发现许多叫不出芳名的香草,所以,从吃早餐就可以判断出这个地方的海拔,以及从土壤中生长的植物等等。

现在,我开始向收藏者的家园走去,他的家就在五百米之外,顺着这条青方板路往下走就能到达。才吃了一碗米线的时间,太阳就已经来到了这座小镇,走在寂静的青石板上去寻访收藏者的家,我重又回到了时间的线索中,感谢我的神给予了我昨夜的一场好睡眠。不知众生有没有这样的体验,人每天夜里将疲惫的身体躺在床上,无疑是与黑夜之神拥抱,它自己获得神的恩赐,有一个再生的黎明。我们都是再生者,感谢黑暗之神重新赐予了我们生命,这样一来,就我自身来说又可以去会见生命中务必去见的人了。不知道为何今天我的脚步变得很轻快很轻快,我已经来到了收藏者家的门口。噢,太好了,狗庆竟然在门口,他看见我了,这是一个多么阳光灿烂的男孩,他总是能给予你意想不到的单纯而幸福的微笑,而且他又是一个多么善良的男孩。昨晚还带着九十岁的爷爷去泡温泉,仅仅是这一切都应该给他一个拥抱。我走上前在他的微笑中拥抱了他片刻,松手以后他告诉我父亲在家,正在他的收藏馆里清理物件……我很高兴,因为,在事先没有预约的情况下全凭缘分和运气了,看来我们是有缘分和运气的。在狗庆的引领下我来到了收藏者的面前,他正在用一块白色的很干净的毛巾擦着一只中国远征军的头盔,屋子里有同样的好几个钢盔,屋子里的战争用品太多了。是的,他可以开一家个人博物馆来展示了,而且来小镇的旅游者已经越来越多,我相信,他把所收藏的这些东西开放以后,外来的旅游者会很感兴趣的。

　　他知道我来见他的意图,他已经放下毛巾,并在院子里的水龙头下洗干净了双手,阳光早已经来到了这座庭院,他开始煮茶并招呼我来到院子里的缅桂树下,我们又坐了下来,开始追忆他的父亲。我想弄清楚两个问题:第一,他的父亲患上了失忆症以后,是在多少年以后又开始逐步恢复记忆的?第二,在恢复记忆以后他是否想起了中国远征军入缅北的往事?收藏者给我讲述了第一个问题,他说父亲与母亲结婚多年以后才有孩子,在他之前生的两个姐姐均已出嫁,他是父亲和母亲最后生的一个孩子……当他还是一个成长中的男孩时,母亲总是嘱咐他说,父亲的身体里有十几颗子弹,让他不要去过多地打扰父亲。小时候,母亲隔三岔五总是陪同父亲去泡温泉,并告诉他,是温泉让你父亲逐步地恢复了记忆,而且温泉可以让你父亲的身体减轻有子弹的疼痛……总之,母亲将温泉说得很重要……再后来,他就开始听父亲讲故事,那正是父亲的记忆力日渐恢复的时刻,好像是在讲故事的过程中,父亲开始隐隐约约地找到了那些线索……后来,家里突然来了一伙又一伙人,都是各种以团体组织派遣而来的人,他们包里带着诸多档案,在档案中他们见到了父亲身穿中国远征军戎装的照片……父亲久久地盯着自己的照片……还在档案本上签了字,那是他第一次看见父亲签上自己的名字……

自那以后,父亲总是给他讲述记忆中的缅北战场,还有野人山……而这时候父亲已经开始老了……在父亲的故事中他开始寻找那场战争的遗物,当他终于在民间搜寻到了一只钢盔带回来给父亲时,他看见父亲哭了,父亲竟然像一个大男孩一样哭了起来。父亲戴上了那只头盔在灼热的缅桂树下走来走去,再走来走去……从那一时刻开始,作为父亲的儿子便诞生了一个愿望,他要尽所有的力量去民间搜寻那场战争的器物,将它们带到父亲面前……他每带回一种来自第二次世界大战的缅北战场的遗物,最为重要的事就是奔向父亲。他发现了一种现实:就在这些活生生的战事遗物面前,父亲的记忆正在慢慢复苏,而且他能面对遗物给他们讲述自己亲历战争的故事了。父亲记忆的不断复苏使他变成了一个讲故事的人,小镇里的孩子们只要有空总会跑到他家庭院深处,嚷着父亲讲述打仗的故事……他就这样为了父亲一次次地寻遍了滇西再开始奔往缅北。他说,收藏者很多,他们做着各种各样的收藏梦,但不管是哪一种收藏意图都意味着去收藏战争的遗物的人将是一个造梦者,战争遗物所带来的不仅是在民间的每一个角落搜寻(他说,如果他能像我这样会写书的话,光是他拎着一只包,里面又装满了大大小小的包,骑着一辆摩托车走遍有可能到达的战争所延伸出的边缘之带的故事,就足足可以写一部大书了。多少年来,他将所有精力投掷于搜寻,沿着滇西战争的蛛丝马迹所覆盖之地,他在民间出入于一座又一座村庄,那些头盔、军用皮带、手壶、子弹壳、箱子、衣服,还有众多日军的生活用品,枪支等多种武器,如果没有人去民间收藏,那么,它们很可能在许多年以后成为民间的锈钢锈铁,死于时间中,灭寂于灰尘中去了,所以,无论是哪一种目的的收藏,都是有意义的……)而且是在时间线索中搜寻,因为父亲他基本上理清了许多与战争相关联的时间,因为只有面对每一个所逝去的时间,你的收藏才会变得珍贵而又有意义。

谈到我们将长途远去野人山时,他非常感兴趣,他说曾经有许多次想去野人山,但因没有伙伴而放弃了。我问他是否愿意与我们结伴而行,他答应了。鉴于我们明早将出发,而此刻,还剩下最后一点时间,我便告辞了。我将去面见另一个人,在我们出发去野人山离开小镇之前,我务必见到这个女人。

时间太久了,许多事均会沉入灰黑色块中去,再慢慢落入尘埃。然而,经历了一番轮回归来的我,记忆仍是那么清晰,我仍记得与她最后道别的日子。在终于走出野人山之外来到边界的一座滇西小村庄里,那个叫桂香的乡村女子安排我们疗养休整了几天后,周梅洁执意要先走,去北方寻找他失踪了很长时间的丈夫,我站在山坡上目送着她的背影,道不清亦想不清我们告别以后的命运……而现在,在这座古镇上竟然又出现了她的踪影——这不是空中传说,而是现实中的现实。我又来到了古镇上的旗袍店铺,事先同样没有预约,我相信该见面的人总是会见面,不该见面的人,分别以后见面亦难矣。

周梅洁的孙女将我引到内院,我以一个对旗袍充满浓郁兴趣的另一个女子的身份,在进店铺以后事先量体裁衣,订下了两件旗袍并交了全部订金……这样一来,她的孙女很高兴答应了我的要求去见见她的外婆……所有一切都需要人性化的沟通,它会化解中间的阻隔,周梅洁仍旧坐在院落中的大树下绣花,我像风一样轻地来到了她面前,她的孙女给我端来了凳子和一杯茶很快就回店铺去打理了,这正是我所期待的环境。在我离开小镇之前,单独有机会面对周梅洁,我对一个八十多岁的女人的视力感到非常惊讶,她竟然不戴老花眼镜仍然可以绣花,这需要多好的视力啊!

我不可能直奔主题,因为这个主题太遥远太遥远了……

那么,我该如何叩问她离开桂香家的村庄以后,怎么又来到了这座古镇,而且竟然在这里结婚生女开了旗袍店铺?我赞美着她开的旗袍并说这种带有北方韵味的旗袍,给这座小镇增加了很多奇异的特色,我说我自己非常喜欢已经订了两套。周梅洁一边绣花一边平静地点点头说:好啊,我的旗袍店已经开了近六十年,从我来到这座小镇生活时,就开了店,将近六十年了啊……可惜老伴死了,他已经死了二十多年了……二十多年来,我和女儿及孙女一直就守着这家店生活……

我发现了她很容易进入话题,在这个话题中她说到了开旗袍店已近六十年……而且说到了她的老伴已去逝……我开始步入了话题,问她六十年前是怎样从北方来到小镇的,她看了我一眼说,是因为战乱到处奔逃便来到了这座小镇并在这里遇到了她的老伴……又一个故事带着或明或暗的色彩已经飘忽在我面前,我知道她说到这里就不肯再往下说了……作家本能的敏感和判断力告诉我说,有些东西不可说就是不可说,因为这里的不可说是从我前世的野人山记忆开始的,她在林中的一口水池中洗澡,我同样也到了那口水池——因为我们的身体实在太脏了,不过这是两种不同现实的脏。我的身体的脏对于我来说已经是一种令人绝望的折磨,它不断消磨着我的意志,乃至我的生死态度,带着已经在野人山耗尽了太长时间体力的肉身往前走,而且肌肤散发出令自己恶心的味道,所以,无论多饥饿能让自己碰到水池,洗一次澡无疑是让自己获得再生的一种方式。而对她来说,对于过去的周梅洁来说,在野人山的原始丛林中洗澡,宛如寻找到了一种救赎自我灵与肉的方式,这是她彻底告别日军慰安妇耻辱生活逃亡中最彻底的一场小小仪式,自此以后,她要忘却自己的那一段历史……是的,她逃出来了,她终于逃出来了,所以,我再一次理解了她为自己历史忍辱负重的隐身的时间。她不再回到过去,而且永远也不想回到过去,所以,你休想从她嘴里再进一步地深深挖掘对她来说已经被时间所埋葬了的个人史中,最黑暗的一段地狱般的历史……

望着这个身穿旗袍的女子,她已老去——却仍在为一件旗袍绣花,我看到了一对雀鸟——在一件乳白色旗袍上出现了一对展翅高飞的鸟,她将旗袍展开让我看,并询问我这对鸟儿像不像在飞翔。我说,已经飞起来了,完全是正在往自由碧蓝高空中飞翔的姿态……听到我的声音,她很高兴,并说我的声音仿佛在哪里听见过,并问我是否在过去来过这里?当我说是第一次来这里时,她开始抬起头看了我一眼,摇摇头说,年纪大了,很多事情都已经记不清楚了。

我要暂时离开了,我知道只是暂时离开而已——在此盘桓已多日,从我看见黑娃爷爷的那一时刻开始,已经又过去了好几天时间,我们将为明天的旅途做一些准备。当我告辞时,周梅洁站了起来,看上去,她的身子骨还算硬朗。对生存者来说,恐怕从来没有一个时代像今天这样自由敞亮,然而,也从来没有一个时代的人们像今日生存者一样,喜欢谈论生死的各种立场。也许是这个时代的人们被各种不安笼罩着,这是一种预先对生死想象中的焦点……而我们此次出发所奔赴之地,恰恰又是湮灭了几万中国远征军踪迹的野人山……

她看我的眼神很奇妙,难道她也在研究我吗?我跟前世的我长得像吗?轮回不可能将我前世的容貌带到此世,这是我的观点。轮回替我带到此世的只是肉身而已,当然还包括灵魂,你有什么样的昨天,就会有什么样的明天。我该走了,对于这个已在怒江边岸的古镇生活了近六十年的女人来说,战乱早已结束,是的,战乱早已过去,往事只是一种空气而已……我的声音对于她来说似曾听过,但我深信,我的容貌对于她来说是陌生的,因为我深信轮回不可能将我前世的容貌再带到现世。离开旗袍店时,我对她的孙女说,如果可能我也想请她的外婆在旗袍上绣一对雀鸟。孙女说,如果要外婆亲自绣一对小鸟的话,还得交绣费——我觉得这没有问题,因为这个问题本身就很简单,我的一个牙科医生密友经常告诫我们,相比生死,任何问题都不是问题。而且,我认为,能够在旗袍上获得一个已经八十多岁女人亲自绣出的一对雀鸟,这本身就是一个令人激动的事件。对我而言,这个事件具有非同寻常的历史意义,因为我已断定,她就是周梅洁。

走出了旗袍店铺,我站在石阶下,想象着六十多年前,周梅洁在战乱中逃亡到这座小镇的一幕幕被我所想象出来的场景:在她逃亡到这座小镇时,也许是生病或者是住店开始休整身体时,遇到了一个男人……总之,只有遇到另一个男人可以让她留下来;或者有另一种可能,因为战乱未结束,而她逃亡之路已经被各种恶劣的气候导致的暴雨泥石流湮没,她只好滞留于古镇。就这样,她喜欢上了这座小镇,因为在当时的时代背景中,她受伤而疲惫的身体只需在小镇生活上数日,就会感觉到这座小镇是她逃亡途中的避难之所。世上再没有任何地方像这座小镇一样,让她的灵或肉如此安宁,所以,她留下来了,并与当地的男人结婚生育,因此找到了生活的根须。

我们的旅程也是在寻找另一种根须。当进入了二十一世纪之后,你是否已经发现人无论是住在什么样的房间里,总是缺乏一种没有根的感觉。城市高空耸立着一幢幢住宅楼,你没有别的选择,你们我们或他们都必须住在这些建在半空中的房屋里面,因而,我们的身体从住进高楼的那一刹那间里,就已经没有了根须感。而在过去的过去,生命是有根须的,过去的人们都将房屋建在有菜园田野的地方。房屋不高,我们的身体可以在田野上打滚,当果木五谷在生长时,我们的身体仿佛也在泥土中生长。而现世,直往高空上升的建筑摧毁了我们与众生灵共同生长的权利,从来没有一个时代,像现世一样飘忽不定……所以,一个前所未有的旅游业的时代降临了。

前所未有的旅行族大都来自城市……他们驱着有几个胶轮的车,奔向城市东西南北的出口,仿佛是婴儿们奔出了母亲的子宫……从这一刻开始,旅途中出现了大面积的自然生态,出现了在城市看不到的果园庄稼地……有一天,乡村会从地球上消失吗?古老的小镇会从地球上消失吗?焦虑无所不在,就像在镜子中突然看见了裂纹,倘若地球人失去了从城市通往乡村之路,那就意味着大批量的机器人已出世……我害怕这个时代的降临,或许这也是旅游者们疯狂扑向小镇乡村的原因之一。世界以高科技,像风穿梭不息的快速度信息引领着现代人的居住、饮食、购物,所有生活方式都在悄然的变化之中。

离开了城市,就意味着离开了一次性消费的碗筷……这是一个频繁制造垃圾的年代,每次途经城市我都会听见城市人每天的垃圾在机器的搅拌中粉碎着,搅拌机的声音并不尖锐,它甚至是在无声中就粉碎了那些分门别类的人类垃圾。古老的街巷和旧式的老建筑在城市已经基本上消失,取而代之的是宏大的现代化建筑……所以,对于城市人来说寻找古老的祖先痕迹已变得艰难,人们有了车子后就有了抵达的速度,这速度之外使我们看见了乡村古镇,这些属于地球人最后的历史中的历史,以建筑人文再现了传说中的传说。

这一路上我遇到了黑娃,他所生活的村庄依旧保持着火塘,烟熏过的肉高高地悬挂在火塘上方的木梁上,八十岁的黑娃依旧是牧羊人,而且他的孙子放假回来后也会替代爷爷将畜厩中的羊群赶到山坡上去牧放……最重要的是黑娃每天黎明都能寻找到村庄外山坡上的那棵银杏树,面对宁静安详的黎明,黑娃每天都能面对天与地,吟诵出自他灵魂的符咒……我希望人世间就应该承袭这样的生活常态,这才是芸芸众生的人生。

第六章　野葵花小路上出现的村庄

我的车上有两个男人,我便将车子交给他们轮流换开,两个男人分别是摄影师和收藏者。早晨当我告诉他收藏者将搭乘我们的车前往野人山时,摄影师有些诧异,问我怎样突然间增加了一个人,我说增加人多好啊,你们两人可以轮流为我开车了,他说,本来他可以单独为我开车的,也可以好好了解我。我笑了,我知道我笑得很幽默,很多与我相处的朋友都喜欢看我的笑,尤其是在一种特定场景中的笑。他们说只要看见我的这种笑,就觉得世界就那么一回事,别执拗了,别僵硬住了,就这样吧!听他们对我笑的诠释,我发现了,这是一个从芸芸众生中诞生诠释者的时代。你不要自认为只有你,世上唯有你在思考分析,人群中的每一个人都可以解剖你的内心世界,包括你无意识中的微笑。经他们这样一说,有时,我会在独自一人时,站在洗漱间的镜子面前,试图看见我的笑,很奇怪,我发现镜子里的笑很僵硬,就像岩石遭遇了一场冰雪覆盖以后的冰冷。于是,我很快明白了,人,一旦离开了那个特定的磁场,所作所为均受到束缚,哪怕是我单独一人,我的行为仍受到了自我的束缚,所以,人如果每天面对自我,那么,人每天的职业就是为自己建造监狱。只有面对社会时,人,才可能被解放出来,旅行亦如此,我们都是各种各样的被奴役者,旅行让我们寻找到了一条解放自我的道路。

我的笑很幽默,相信摄影师已经从我幽默的微笑中看到了风中的答案。现在,我们去接收藏者,车子很快就到了收藏者的家门口,他骑着摩托车从另一条路上过来了,他说临走前又去看了看父亲,因为父亲年龄大了,只要他出门时间长总要去交代嘱咐他一些生活中的事情。我说,你父亲年龄大了,为什么不跟你住在博物馆里?他说,父亲是一个很念旧的人,无论怎么劝他,他总是要住在老房子里,他说父亲从昏迷中醒来时,第一眼就看见了这座怒江岸边的老房子,之后父亲就这样在老房子住了六十多年的时间……经他这么一说,我们就理解了他,还好,收藏者的几个姐姐嫁得也不太远,总是轮流来陪他住,还有七八个孙男孙女也不断来陪他住。收藏者回宅院去取了旅行袋,那是一只军用肩包,看上去准能装下很多东西。他上了车,坐在摄影师旁边,这是我的安排,这样,两个男人就能轮流开车了。如果有人开车,坐在后面是我最愿意的,因为不开车,我的大脑就能编织一份时间地图了。

车子沿着怒江岸边走了很长时间,收藏者几乎就是一张活地图,这样,我们就无须用手机导航了。你们发现没有,当手机导航的历史到来时,地球上的所有角落都可以被人类的车辙印所覆盖了,这是一件可怕的事情,就像预言家所说的到了二〇二九年人类可以实现永生的梦想,这是另一件更可怕的事情。对我个人而言,永生就失去了轮回,我不能去想象自己获得永生后的生命状态。每每想到这个问题,我就仿佛看见了身体中带着破损不堪的机器零件在行走飞行,前去寻找另一个外星人居住的星球。我不希望我的身体中到处是配件,或许是我的前世在缅北做战地记者时看见了无数的肉体搏战,后来又跟随着几万人逃亡在野人山的原始丛林深处时,我用我柔软的身体见证了那么多用男女性别所铸造的活生生的肉体,正是这些肉体负载着人的灵魂在前进……

而此刻,三辆越野车正沿着怒江岸边的一条弯曲起伏的路线在前行,窗外是一座座盆地式的村寨,我突然看见了白鹭,这是我前世记忆中保存得最优美的飞行。不知为什么,一种隐现中的图像使我将视野看得更遥远,当车轮开始偏离怒江时,奔腾的江水不再为我的内心所汹涌,取而代之的是我们正沿着一座座乡野之间的路线在前行……收藏者告诉我们,这一座座村庄他都骑摩托车走过,几乎每座村庄都有滇西抗战时留下来的遗物,在过去的几十年时间里,他所做的事就是去到每一座村舍。原来,他是有一份职业的,他曾经在县里的银行工作,每当下班后,他就骑着一辆破旧不堪的自行车寻找着焦点。有一阵子,或许是受到老父亲的影响,他似乎在空气中都能嗅到来自战争中的一件件物器的味道,那些味道上似乎还有干枯的血迹味,但更多的血迹已经在时间中被人遗忘……

遗忘,是时间的本能吗?为什么我们会在时间的流逝中学会了遗忘?

尽管如此,在车厢中又听到收藏者的声音时,我们都很兴奋,就连开着车,起初一言不发的摄影师也开始兴奋起来了。因为,我们所面对的是一个来自民间的收藏者,他在不经意之间正在讲述他的收藏之旅,最令我们感兴趣的是他能描述他的思绪……他不是一个以金钱去衡量收藏的人,收藏让他充满了一个远离战乱,生活在和平年代者的激情和想象力。他说,因为收藏他无法正常地做一个上下班的银行职员,他后来只好从银行辞职,从事专业的收藏。不过,他除了将所有的做银行职员时的收入付之在收藏中,更为重要的是他将父辈留下来的临街的店铺重新修缮以后,出租给了一个外省人——他好像是江浙人,他带着他的老婆孩子在他的铺面中开了这家小镇最大的百货批发部,所有村庄的小卖部都要来他店进货……而收藏者就用这笔十分稳定的收入再加上他做药材收购商时的生意收入——辅助他去实现另一个梦想,去眼皮底下所能到达的民间收藏来自战争的遗物。我们的车轮在收藏者讲述他践行梦想的过程中不断朝前而驰。总共有三辆车,我们这辆车始终走在前面,在乡村公路上朝前方奔驰的心情,也是旅行者最心悦之时,再加上车厢中有一个讲述自己收藏二战遗物的朋友,这趟旅程当然是神秘的。

二十一世纪的人们陷在无穷无尽的工作中,同时也陷在无穷无尽的焦虑和困惑之中,而一旦他们中断了工作,选择了旅行,就期待着与意外的故事相遇。我们每个人命中都潜伏着许多因果故事,如何讲好自己的故事,需要你翻过身后一觉醒来,面对晨曦,听从神意的安排。在这个世界上,无论你是否信奉宗教,也无论你信奉哪一种宗教派别,冥冥之中都有神意安排着你的命运。你不可能与命斗,你可以战胜内心的邪恶、痛苦、绝望,然而,命是无法变换的,命运中该发生的事,该遇见的人是你无法回避的,它们站在各种路口,笔直的,弯曲的,水泥路的,泥浆路的,砾石路的……各种交叉的路线中等待着,这个魔法也就是我们讲述自己故事的过程。

收藏者突然偏离了乡村公路,这正是他开车的时刻。车子拐上了一条窄小的乡村小路,路两边开满了黄色的野葵花树,我们的车子完全是在野葵花树的花冠下面前行,我听见了后面车子里的人在尖叫,便让收藏者停车。哇,他们早就从车里下来了,正站在盛开的野葵花树的冠顶下拍照。刚才他们发现了这片奇异的景观后就发出了惊喜的尖叫。你发现没有,在城市生活久了的人们一旦来到大自然中就会禁不住地发出尖叫,因为城市的高楼大厦金属玻璃压抑着他们的心脏器官,只有在大自然中他们的本能才可能被倏然间激活,尖叫是被激活所爆发的形式之一。只有下车来才能深深地感受他们又为什么会尖叫,因为这条路实在太美了,我记忆中似乎有这条路的痕迹,是的,在我的前世一定走过这条路……一种心慌意乱突然上升,他们正在拍照并大声宣扬这是通往天堂的路线……哦,时间,我需要时间之神前来主宰我的意念,我需要伟大的时间主宰我此刻陷入野葵花花冠之下绵延出去的前世的意念……

那弹指之下的时间,神秘伟大的时间在我的呼唤之下仿佛重又回到了我的身边。我想起来了,在我的前世,当周梅洁选择了离开时,我陪同她离开了村庄,陪同她走下村庄外的小路之后看见了这片野葵花的山坡,当时还没有花冠之下的这条小路,野葵花长在山坡上盛开的金色花冠在那一年曾经是多么灿烂……时间被我在弹指间找到了,我们总是在时间中不断地回到遥远再回到此际,时间让我们发现了故事的序幕,我们站在从天顶垂到脚下的一道道帷幕下面,我们是故事中的主角配角,我们因为时间流逝而开始讲故事,时间因为有了我们而充满了魔力。

他们所指的通往天堂的路,是在赞美这条路的美景。很显然,在我的前世,野葵花是长在山坡上的,后来,村里人又在野葵花之间修了一条小路,尽管如此,这样一来,这条路就成为了一条景观之路,以至于让我们这群从城市钢筋水泥住宅中走出来的人们发出了惊喜的尖叫声……在这尖叫声下他们又为这条路命名,称它是通往天堂的小路。

有另一种现实告诉我说,走过这条小路离桂香家的村庄就已经很近了。所有人都在兴奋地拍照,用手机,用傻瓜照相机,只有摄影者是用专业照相机。这是一个手机的年代,手机成为了二十一世纪的掌上玩偶,人们离开手机就像丢掉了魂灵一样。我站在葵花树下呼吸着空气中的味道,在不远处,我发现了摄影师正端着相机在拍我,看样子,他已经拍够了这条意外的小路。面对这些妖娆的花朵,或许他发现了我也是花冠之下的一种图像,所以,他的镜头在我不经意之间已经对准了我。是的,我不介意他的拍照,相反,我从内心在悄悄地感谢他,如果在不经意之间他能为我的某个瞬间即逝的场景留下一张张图像,也是对我生活的记录。在野人山,因为没有相机,我们的生与死就没有用图像保存下来,留下来的只有轮回以后的因果之缘。

收藏者告诉我说前面有一座村庄,村庄外就是边界,边界那边不远处就是野人山……不错,收藏者讲得非常清楚,这是我前世走过的路。当大家在野葵花冠顶之下拍够了照片以后,我们又上了路,我知道很快就会看见那座村庄了……这是桂香的村庄,在此,我很感谢上苍让我的前世记忆具有如此清晰的功能。同时,我也从内心在悄然感谢收藏者,正是他将我们载入了离野人山最近的路线。

终于,我们的车子依依不舍地已经驶出了这条被金黄色野葵花架起的空中花园的小路。山坡上出现了庄稼果园,乡村小路一直将我们带到了一座小村庄。收藏者说,他每年都要骑摩托车来到这座村庄,当年有很多中国远征军在野人山找到了一个出口,走出了出口之外走着走着就到了这座村庄……他仿佛在帮助我回到前世去复述着消失的往事……我们的车子已经开进了村庄,这是野葵花通往的离野人山最近的村庄,除此之外,它也应该是这个星球上最寂寥美丽的村庄。在这点上,我们的这帮旅行者最有发言权。

将车子停在了村庄外的一块稍大一些的空地上,这块地也应该是村里人停车的地方了,我们看见了几辆微型车还有摩托车。我们的人开始下了车,他们的神经细胞几十分钟以前还沉浸在那条被野葵花所笼罩的通往天堂的小路上,而现在转眼他们所看见的是停车场之外的庄稼地。一群白花花的白鹭正栖居在庄稼地里,新一轮的尖叫即将开始,然而,面对这片新的景观他们竟然如此的平静,仿佛来到了一座圣地后屏住了自己的呼吸……

这座边界的中国滇西村庄曾经是我熟悉的……又一轮回过去了,看上去它几乎没有多少变化——它不可能像大都市一样夷平一片区域的建筑体,村庄也是现时代越来越缺乏落根之地的俗世们向往的理想主义的乐园。乡村是静寂的,大多数人都在固守着他们的根须,而一座老宅在乡村无论多么久远腐朽,其建筑核心都会让他们回到祖先的怀抱。当然,在我们途经处的版图之下的乡村,已经出现了两种建筑。第一种建筑是用土或者土基建构,它们浑身上下都是来自时间光环和阴影的笼罩,尽管这一幢幢建筑已经抵抗不了时间的摧残,但它们仍然是乡村最核心的建筑体,许许多多老人坐在土坯房前后剥着玉米,聊着天下奇闻,在阳光下晒着脊背。无论是在城市或是乡村,大凡上了年纪的老人们,最幸福的时光就是在阳光下晒着脊背,发呆或聊天。你们不要以为人老了,意识就呆滞了,恰恰相反,老年人的世界是重新让生命轮回的萌芽阶段。建议家中有老人的朋友们,多跟上了年纪的老人聊天游戏。他们会让你惊讶地感觉到进入老年时代以后,老人们就像孩子一样天真无邪,他们会絮叨很久以前孩提时代的许多故事。在他们的描述中,他们所成长的孩提时光简直就是一部神话。那时候天空中的雀鸟多得就像云一样突然从天空涌来,栖在你家门口的大树上,集体吟唱着鸟语;那时候家门口的水渠中游荡着的各种各样色彩或名字的鱼多得就像头上长出的发丝盘桓不息,你如果愿意就可以赤着脚下到凉爽的水渠中与鱼们嬉戏;那时候的童年好像不需要任何钱币,其实不是不需要任何钱币,而是根本就没有钱币;孩子们赤着脚可以去摘树上的果实,亦可以去刨出地上的萝卜吃,当守园人发现后抓住竹竿追来时,孩子们已经跑到天边去了⋯⋯

老人越来越多地占据了二十一世纪的城市和乡村,于是,又出现了这样两种现实画面:在城市的每一幢高楼大厦下面,建筑商总要设计出一片花园步行区域,这已经是很人性化的设计了。

当然，如果没有这片区域，房地产商是无法卖房子的，这片花园步行区域对于购房者来说，无疑是居住者们内心的一片天堂而已。于是，人们买下了房。于是，白天，上班族去上班以后，这片小花园就成了老年人发呆活动筋骨的地方。而在乡村则出现了另一种画面，年轻人乃至中年人都扛着行李搭上远行客车到城里打工去了，老人和孩子们留在了乡村。老人守着田地，许多田地已经租给了能耕种的能人，山坡上的果园则出租转让给新的开发农村产业的本地人或外地人。老人的职责就是守家或照顾那些上学回家以后的乡村孩子，当白天孩子走很多路或骑自行车去上小学或中学以后，老人们就在家养养家禽牲畜，坐在家门口吃饭晒太阳，发呆时便让日益衰竭不堪的身体回到自己像一只巢中幼鸟拍翅飞起来的时代。每个面对时光发呆的老年人都会找回自己很久很久以前的一双翅膀，这是新的生命即将重新轮回的前奏曲，也是萌芽阶段，同时也意味着是离死亡越来越近的时辰……

好的，我的话题中又出现了偏离轨迹的地方，从老年人的世界我又重回到当下。哦，他们又去庄稼地了，他们不敢尖叫是害怕尖叫声会吓跑正在田野上漫步的那一群群自由自在的白鹭……他们害怕自己作为不速之客的降临会惊扰这群可亲可爱的精灵们，于是，他们便屏住了呼吸，轻手轻脚地开始走向田野……手机的多功能优势造就了一大批用手机拍下日常生活的记录者，从而拍下了自己旅行时看到的世界。我发现了，这帮人确实是旅行的痴迷者，最可贵的是他们非常热爱自然，来自自然界的风吹草动都会令他们目光闪烁，更不要说田野上出现的一群群的白鹭了……

白鹭,确实是我们此次旅途中的又一惊喜之灵,它们为何是精灵,因为它们来到了人间与人类和谐相处,只有哪怕是在云端飞翔也同样能返回人间的飞禽走兽,才可能被我们看见,亦可称之为精灵。他们在用各种姿态拍照,将手机举在头顶之上的是在追求从半空中俯瞰白鹭们栖身的背景,人,无法长出翅膀,总是向往高处;另一种拍法弯身或屈膝,这种拍法可以拍到某群某一只白鹭的形态,以及它们身体下的田埂和长出的绿草。

摄影师总是能找到一个最佳的角度拍照,因为他有精良的摄影器械,他站在不远处的一片山坡,上面有一块石头,他就站在那块石头上,将他的长镜头伸向了半空中……

田野中的一群群白鹭很安静,并非像我们所担心的那样容易受到惊吓,看上去,它们是一群群见过了世面的旅行家族,它们选择了这片田野上的庄稼地度假,是因为这里避开了乱世,或者是这里的水土更适合它们栖居一段时间。

总有拍够了照片的时间,所有人都将手机视觉从田野上白鹭家族栖居图的千姿百态中收回来,这一刻,因为大家都已经感觉到很累很饿了……收藏者此刻已经从村里走了出来,他很细腻,在我们沉浸在兴奋痴迷的拍照中时,他独自一人走到村里去现在已经联系好了我们的食宿。进村的路很熟悉,因为这是我曾经走过的,一条小路不宽不窄,就像前世所看见的一样。可以让牛车通过的路上已经有三轮摩托车的辙迹,在没有水泥柏油的路上如果细看就可以辨认或考证时代的变迁,在我前世走出野人山时是看不到三轮摩托车辙迹的,但有牛车的车辙。牛车应该是云南很多古老村庄中保持得最为原始的交通工具,一条水牛或黄牛都可以载动一辆用木头制作的车子,连车轮也是木头的。我很佩服民间的木匠、石匠——他们大都散布并生活于一座座大大小小的村庄里,每一座村庄无论有多么小,都居住着各种各样的工匠,同时也居住着祭祀师,更多的当然是农夫。上苍派遣出工匠住在村庄里是为了筑造房屋,石匠除了盖活人的房屋外还可以盖死人的墓地。这一路上,我发现了沿途而来的山坡上有很多新旧不等的坟墓,看坟墓也可以看出年代。一般而言,石头变黄的坟墓上长满了荒草,民间有说法,墓上坟墓上方的野草长得越茂盛就意味着死者的后代有福禄,所以,切记不要去轻易拔墓地上的荒草,如果拔荒草也就是拔走了福禄。民间是一个大世界,也是诞生寓言和古老神话传说的好地方。

那么,何谓民间?当我设置这个问题时,看见屋顶上空飞满了一群群的白鹭,又有一群群从远地飞来的白鹭来到了这座村庄。它们或许是早就已经与栖息在田野上的那一群群白鹭约好了时间赴约,看它们喜悦的姿态就知道它们已经飞越了万千屏障,来到了目的地。赴约是一件需要付之行动的事件,在赴约的旅路上,不知道要战胜多少意想不到的艰难风险……这就是天地间闪烁的民间世态之一,而我们田野间的河流村寨都是民间的一部分。我总是将话题扯远。其实,这是一个跳跃的世纪,人类的细胞结构构成了两种智能活动:其一,人的身体中有血液畅流,它就是人身体中秘密的河流,正是它循环不已在不同大小的血管流过,使人的生命不会枯竭。血液的特效功能带领人可以睡眠冥思,也可以奔跑止步,其形态就像溪流奔向大江河流再汇入大海。其二，人的身体中有诸多的植物神经，它类似大自然中的绿色植物，调理着空气温度从而滋生出天与地之间的雷电风雨。对于人的生命来说，无数像树上枝条般的植物神经遍布于身体中，从而支配着人的意念或幻想，所以，人才会忽儿止步忽儿忧伤欢喜……

又看见了生活在这座村寨中的鸡鸭们，它们显然是要与人共居的，它们无法像牛羊群一样被牧羊人赶到外面的山坡上去觅食奔跑，它们被圈于人生活的房前屋后——最终结果是被人有一天拎起菜刀来追杀。不过，在之前，看上去它们是快乐无忧的。还有村庄里的看家狗，相比城市里的宠物来说，它们脖子上不需要系上链条，也不需要主人费很多时间训练它们在何时何地拉尿拉屎。它们从生下来的那天开始就知道了自己家主人的模样，同时也知道它们的职责是守候家园，因此，除了在家宅中守家，村庄里的狗最重要的活动就是在家宅外与另一些狗守候在家门口，只要有陌生人进村，它们会同时发出狂吠声。

我们正往村庄走去，仿佛满身的锈铜味都已经被清新的风吹散了，无数城市人的忧郁症也消失了。看见村庄中出现的土路，家禽们长满羽毛的小身体，这个世上还有什么比祥和朴素的世界更珍贵的。阳光正在西移，我们的脚步也在朝着阳光西移中的村庄走去……一只母鸡的翅膀下奔跑着一群刚出世的小鸡，它们还需要母亲的庇护，所以正聚拢在那金黄色的母鸡翅膀下……这只是乡村中一个小世界，因了这些微不足道的小世界，我们的心灵才因此变得柔软。我们慢慢往村庄走去，世界在变，而只有在古老的村庄，你才会感觉到世界变得很慢很慢！

第七章　前世的黄牛皮笔记本

灶膛前又出现了火塘,明天我们就要出发去野人山了,因而,收藏者将我们带进了一户人家。他告诉我们,每次到这座村庄时,时间已经不早了,于是他就会住下来。这座村庄虽然不大,但因为它是靠近野人山的中国滇西边境的最后一座村庄,所以,村里竟然有几户人家开了乡村客栈。收藏者说,当年中国远征军中很多人走出野人山的一个出口以后,就遇上了这座村庄并作短暂的休整,从而留下来了很多口头传说。他自己也曾在这座村庄收藏过远征军在村庄休整时留下的鞋子、皮带等小物件。因为远征军进入野人山时基本上是轻装上阵,所以,当他们走出野人山时,身体中所携带着的更多是生命中仅剩下来的一口气而已。不过,在我们今晚住的客栈中有一本神秘的黄牛皮笔记本,他一直想收藏那本六七十年前的笔记本,但每次都以失败而告终,原因是这户人家的老人坚决不让任何人将笔记本带走,并告诉她开客栈的孙女说,这本笔记本是当年一个年轻的女子留下来的,她相信这个女子有一天会到村子里来找笔记本的……

哦,笔记本……我对笔记本有兴趣,它仿佛也是这座村庄里的一部分,是田野上栖居中的白鹭翅膀下的野草,是火塘边的烤土豆,屋梁上被烟熏过的肉,是破损台阶下一只只看家狗趴着的睡姿,也是传说中远征军的某个女子途经村庄时留下的时间……客栈开在村庄的最里面,是几幢钢筋水泥屋——这是我没有想到的,在我意识深处,桂香的村庄是远离钢筋水泥的地方,应该依旧保持着土坯屋的原态。不错,我前世记忆深处的土坯屋依然存在着,就像城市派生出来的新城老城的布局,从村口走进去就是一幢幢百年以前的土坯屋,它们也称为老房子,而由此进去的路铺上了水泥,走两百来米就出现了几十幢使用水泥钢筋材料的建筑物,而且它已经形成了规模——房屋有红色的、灰色的、绿色的、青色的外墙色调,初看就像是一座彩色的乡村幼儿园。然而,常识告诉我说,在这样小小的村庄版图上,是没有幼儿园的,就连小学也没有,村里的孩子上小学要蹚很多条河流,走好几公里才能读小学,中学一般都在镇里。面对这些色彩斑斓的房屋,我有一种无法说出的感觉,就像你住在城市的高楼大厦,推开窗突然看见了外面有一幢土坯屋,你会在两种完全不相同的建筑中沉默很久……尽管如此,我知道,这些建筑体的材料和色彩也是生于斯的人们对于生活的另一种幻想。因为野人山就依傍在边界的另一边,所以,很久以前的某一天或许是人类学者、战争研究者、人文主义者、收藏者突然闯进了这座村庄……是的,所有这些人都是在悄无声息中闯进来的,就像我们当年终于撤离了野人山后闯进了这座村庄的性质是同样的。

再后来,就闯进来了一批批探险者和旅游者……收藏者告诉我,村里人告诉他,曾有一个人独自从这里朝野人山走去。当时,村里人还没有开客栈,他只问了一下坐在山坡上种苞谷的一个中年妇女的路线,就头也不回地背着行囊朝野人山方向走去了……后来,进野人山挖药草的村里人发现了一个人的尸骨,皮肉已经全被噬空了,剩下的只是骨头而已。村里人传说这就是那个人的尸骨,但没有人去考证。那个种苞谷的妇女回忆说,那天他问她进野人山的路线时,几乎就没有看清他的脸,但看上去他就是一个男人,而且他话不多,听妇女用手指指了下方向告诉他翻过前面的山坡往前走……他就往前走了。之后又陆续朝着前面的山坡进去了许多人,有些人走了出来,回到了这座村庄,有些人再没有见到他们走出来,或许他们已经从另外的出口走出去了……这些问题或答案只有天地知道。

久而久之,村里的人们便坐在村口或者在山坡上庄稼地里干农活时,一次次地为进入野人山的旅行探险者们指路后,再继续带着一颗颗善良之心期待他们能走出来……这种生活方式竟然开始笼罩着这座不大不小的村落……于是,年长的老人们开始重又回忆六七十年以前的那场战争,他们虽然看不到那场战争的前因后果,却知道走出野人山口进入村庄的那批远征军,是从缅北战乱中撤离过来的……起初,村里有几十个老人都能细数着远征军们走到村里来的故事,但随着时间的朝前穿梭,这几十个老人开始不断地告别人世,到如今活下来的老人只剩三四个了,而且他们年岁已大,说话的声音越来越低,语速越来越慢……就在这种现实的状态中新生力量开始继续着朝向野人山的叙事:无论从哪方面讲,这批新生的力量都是在父辈的追忆往事中成长起来的年轻人,他们从小趴在父母膝头时就开始走出了宅院,再沿着排排错落有序的土黄色墙壁投下的光影往路外走。起初他们趴在水牛黄牛背上纵观眼帘下的天地,后来,他们开始背上小书包翻过山坡到几里外的小学念书,再后来他们到了听故事的年龄……所有人都会进入这个年龄,当这个年龄降临时,他们会开始用耳朵倾听到从田野中变幻出来的风雷雨电的声音,也会倾听植物飞禽的声音,父辈们讲述故事的声音……毫无疑问,倾听到的声音很重要……它仿佛是从某种暗淡或明亮的器皿中传出来的咒语,当一个孩子学会倾听咒语声时,他们的身体已经在发育和成长……

当村里的那一批孩子终于像树一样往上生长时,也正是他们的父辈逐次渐老的时辰——两种时态彼此交叉而过,你看不出有多少微妙关系,它们存在着,犹如谷仓里的种子只能回到田地里才能破土而生。这批年轻人开始站在村口选择自己的未来。鉴于这座村庄的僻壤,从自然的生态纵观这座村寨,它的边界外是著名的野人山的一系列生死轮回中的传说,而从山坡上往下走,就是通往祖国的版图,各种车辆在山坡下的乡村公路上来来往往,川流不息。村里的年轻人选择了两种通向命运的契机,前一种年轻人留了下来,他们数量不多,留下来是为了从外面世界走到村里来的探险旅行者——很显然,这座村庄是中国的边界线上最后一座村庄,也是他们步入野人山的必经之地。留下来的年轻人看到了商机,便开始在老村庄后面的那块空地上筑物。更多的年轻人走下了山坡,搭上了通往城里的客车去大中小型城市去打工了。

留下来的年轻人在父辈的帮助下开始贷款盖屋……这是一

个商业契机的开始……除此之外,他们大约是在倾听父辈的故事中沉湎于野人山的生死太久,所以,他们带着另一种幻想将老村庄外的那片迎接外来者入住的客栈,制造出了一种种绚丽缤纷的外形色调,以此抵御来自野人山的太多的阴郁……

我却开始期待着那本收藏者告诉我的笔记本……首先,我们入住客栈,一个二十五六岁的女子出现了,她就是天堂客栈的女主人。用"天堂"这个词取客栈名,很安静也很刺激。我们站在客栈的院子里,这里有四五家客栈,全部有围墙庭院,院子里均都移栽了大树。我们这帮人总是有一种雀跃感,看见什么新鲜的东西总是想大声嚷嚷,在门口他们就已经被"天堂客栈"所吸引了,他们由被震颤到发出声音之间有一分钟左右。确实,包括我自己也被客栈名所震颤着,"天堂"的隐喻在这里应该是什么呢?他们开始发出声音了,"我们到天堂了!""哇,这就是天堂的模样吗?""为什么叫天堂不叫地狱呢?""我一直在找天堂,有人告诉我,只有在天堂人才可能睡好觉。""天堂……这是客栈名吗?好惊悚哦。"……我没有发出声音,写作者的声音只出现在他们所写下的每一本书中,既然如此,在多数情况下职业生活让我在别人发表宣言时保持着沉默。

开客栈的女人听到我们的声音就走了出来,她一出现我就感觉到很面熟,似曾在哪里见过?我们来到了庭院,偌大的树应该是从原始森林中移植过来的,我们站在树下还看见了树藤——很久没有看见这样的藤枝了,我们正在惊奇地仰起头来看着半空中穿梭不息的藤枝条,它们像人类制造的绳索彼此穿行。人类为什么想起来制造绳索大约就是受到了原始森林中树藤的启迪。客栈女主人走到我们身边说,这是她男朋友花了很多力气,托了很多人才从野人山那边移植过来的,她男朋友喜欢这棵树是因为他之前做了一个梦。她说,在梦中他正在原始森林中行走,走着走着突然就听到了野兽的嚎叫,以相隔浓密的树林作为屏障,他惊恐的目光搜寻着逃生的方向,就在他的目光在林子里穿梭时,他看见了半空中的一片巨大的浓荫,一棵巨树的浓荫中间有无数藤枝。最令人欣慰的是很多比手臂还粗大结实的藤条从半空中垂了下来,他仿佛寻找到了逃生的绳索,来不及考虑任何东西就伸出手去,抓住了一根藤条用尽了惊恐中产生的全部力量就往上攀援,就这样他一步一伸手就开始往上攀援——他来到了树的中央时惊奇地发现这里竟然有一块四方形的避难所,他的身体来到了这里时,浓密的树枝挡住了外面的一切。之后,他的身体栖在树床中央看见了一群野兽从下面一边嚎叫一边消失了。之后,梦醒了,他又重新躺在床上将这个梦回忆了一遍。不久,在昆明我与他就相遇了,当时我在昆明打工,他是一个外省人,大学毕业后因为喜欢云南就留在了昆明。他有一个小公司,与我相遇以后我们就开始谈恋爱,不久我带他回到了这座村庄度假,我没有想到,他一来到这里面对边界另一边的野人山的原始森林时就特别激动地跟我讲起了那个梦……

在那一时刻他仿佛完全被那个梦所笼罩着……

在村里住下来的几天时间里他总是在村庄之外的山坡上行走,他告诉我,这片山坡以及这座村庄他似曾来过。我说,也许你在梦里曾经来过吧!他点点头,后来,他听我外婆讲述了战争年代的许多事后突然做出了人生中的另一个决定,他想同我在这里建一座客栈,他不想再回昆明了,问我是否愿意……就这样,我们在这里建了第一座客栈……之后,他就将梦中的那棵巨树从野人山移植过来了,他说,这棵树就是梦中曾经见过的那棵树……

我们一帮人站在这棵巨树下听客栈女主人讲完了这个故事,复原一个梦并将梦载入现实生活——这座名为"天堂"的客栈给了我们一种新鲜的感受。接下来,我们当中的一些人已经开始尝试手抓藤条到树中央的睡床上去的生活,大家都想感受那个梦的原形。客栈女主人对于我来说,确实有一种似曾见过的感觉,但我又无法说出来是在哪里见过她的。在我开始迷惑时,同时也是同伴们抓住藤条攀援上升的空隙,收藏者来到了我身边。他好像看破我的心思便将我带到了客栈中的一把楼梯前,他说我知道你想看什么,因为你是作家……是的,因为我是写作者,我从进入这座客栈之前就已经开始产生了对那本牛皮封面笔记本的幻想……

你有没有感觉到人产生幻想的那种意乱神迷……它有些像恋爱中的人们的感受。当然,我所指的是刚刚进入恋爱者所揭开序幕时的心绪,太长久的恋爱仿佛一场长跑,会消耗人的激情和两性之间神秘的向往……在这里,我指的是男女两情刚相悦时站在幽暗的帷幕后面,准备伸手揭开帷幕的时刻,在揭开帷幕之后他们将看清彼此的真实身份,并听到最为真实的声音,而在未揭开帷幕之前应该都是心慌意乱的,因为不知道帷幕一旦揭开之后,他们将怎样去面对真实?

客栈的一把楼梯来到了脚下,收藏者将引领我上楼。这是一把崭新的楼梯，因为客栈刚修建不久，只有庭院中的那棵巨树是古老的。楼梯将我们引向了二楼一间敞开的屋子，它是开放的，我们走了进去。出现了依倚墙壁的几座书架，上面陈列着的正是我想看见的来自第二次世界大战时的遗物。

遗物不仅仅是亡灵者身前使用的东西，在这里，遗物更是离我们很远的过去时代的东西，准确地说，在这座村庄的所有遗物都是当年从野人山走出来的战士们留下来的。我看见了军装，由于时间久远，军装已经变得很僵硬——上面有污渍，泥浆，血迹，这些东西竟然还完整地保留下来，说明收藏者是一位生活在民间的艺术家和人类学家。

有脚步声上来了，是他们上来了，是客栈的女主人将他们引上了楼。很显然，对于这座天堂客栈来说，除了那棵从野人山移植而来的巨树，还有另一个能够激荡旅游者的地方就是这座陈列室。这两个地方有足够多的能量将走进这座天堂客栈的旅行者的灵魂捆绑住。本来，对于从城市驱车而来的众多旅行者们来说，在离开城市以后已经开始松了绑，我们虽然生活在远离了战争的年代，但并不意味着我们身体外没有镣铐和脚链——对于生活在和平时代的人们来说，捆绑我们的是更为恶劣的人心的流亡失所，随同地球上的裂纹越来越深，人心的沟壑也必然越来越深。无尽的焦虑使这个时代的个体失去了深沉的睡眠，失去了安全的水和食品，失去了天长地久的爱情，失去了内心最恒久绚丽斑斓的道德准则，同时也失去了生与死的路线。

因此，当离开城市的胶轮朝前奔驰而去时，每个人都已经在悄然之中剪断了捆绑自己肉身的那一根根绳索，看上去，旅行之路上有无尽灰尘也有茫茫天际的自然生态,召唤着肉身已无现代绳索捆绑的旅行者,而当我们更深入地感受时间的神秘召唤时,新的绳索又开始前来捆绑我们的肉体和灵魂。

　　站在那棵从野人山移植而来的巨树之下时,相信每一个将头仰起来看到半空中的树藤萦绕星际时间时,灵魂就开始被那一根根藤枝所缠绕,这是来自自然生灵的捆绑。而此刻,我们又开始前来面对这间并不太大的陈列室,它不隶属于任何体制的宏大机构,它只是由一个民间客栈中演变而来的场所——尽管如此,这里竟然出现了活生生的中国远征军的衣物,我们的同伴们已经开始屏住了呼吸,生命赋予我们的呼吸使其气息在分分秒秒的时空穿梭中,体验着生的喜悦和悲伤。而在此刻,我们可以用肉眼微观地看见军装上的污渍、泥浆和血迹……

　　客栈的女主人告诉我们说,这些遗物都是她外婆收藏下来的,当她外婆还很年轻的时候,她生活在这座村庄里迎来了那些越过死亡之狱后的幸存者们的到来。他们不是一个很大的群体,而是单个人,两个人,三个人朝着村庄走来,他们又饥饿又疲惫,许多人走到村庄时几乎已经接近了死亡状态……村里的人们收留了他们,并让他们在此休整身体。她说,她的外婆迎接了几十个远征军,她为他们提供住所食物和洗澡水,并用中草药疗伤,待他们逐步恢复体力之后再让他们离开……那一阵子,村子里的鸡鸭们都消失了。善良的人们不忍心看着战士们远征而来后变得衰竭的身体,他们开始熬鸡鸭汤给战士们休补身体……待休整中的战士们离开村庄以后,有很长的时间,村子里再也听不到鸡鸣声,家禽们仿佛去另一个世界远游了……

她说,待短促休整中的远征军战士们穿上了村里人的布衣离开了村庄以后,细心的村里人才发现家里竟然留下来了远征军战士的许多物件,这些无意中留下的物件有拐杖、军用水壶、皮带、军装、鞋帽等等。细心的人们将这些衣物收在屋子里,并滋生出了一个愿望,或许有一天他们会来到村子里取他们留下来的东西。她说,外婆是一个非常细腻的女人,她没有清洗留下来的军装,是为了保持军装上的气息,她也深信有一天在她家里休整过的远征军战士终有一天会回来的,如果他们有那么一天真的回来了,那么,只要看见军装上的污渍、泥浆、血迹……他们就会嗅出自己身体上的味道……就这样,怀着这个朴实的愿望,今天的我们可以真实地抚摸到军装上所完整保留的一切遗迹……

突然,我看见了书架上的一本笔记本……

她看见了我的目光已经奔向书架上的笔记本时,就拉我走了过去。她说,外婆将这些远征军留下的遗物交给她时,曾经反复叮咛她说,这本笔记本是一个年轻的远征军战士留下来的,她是一个奇怪的女人,她和另一个身穿旗袍的女人走出了野人山时就到家里来休整。几天后她送走了那个女子后又朝着走过来的那条路线往前走去了。我以为她会走回来的,但是她竟然再也没有回来。也许她从另一条路线到山下去了,或许她又从前面的树林中走回野人山里面去了……谈到那个没有走回来的女人,外婆每一次回忆时都很揪心,她将女人留下来的笔记本交给我时,非常认真地告诉我,在任何情况下都要保存好这个本子,因为她坚信那个女子还活在世间,她终有一天会回来取本子的……

女子说,听了外婆反复的叮嘱以后,她有一种冲动想翻开那本笔记本看一看里面到底有什么样的内容……然而,每一次当她手捧笔记本时,都不敢有勇气打开,仿佛里面深藏着一个生与死的秘密……所有人进到这间房子,似乎都与她有同样的感受,他们不敢去轻易地打开笔记本……

我开始前去面对这本黄牛皮的笔记本时,收藏者走了过来对我说,有许多次他都想收藏这个笔记本,尽管他从未翻开过它,但他的本能告诉他,这是最值得收藏的遗物。因此,他跟客栈的女主人商谈过很多次,都被彻底拒绝了。

摄影师来到了我身边,他从走进屋来时,就像所有人一样开始在屏住呼吸倾听……我们没有理由放弃倾听,除了学会倾听是一种教养,最为重要的是在这里的场景中的倾听使我们的灵魂可以被激荡而起……现在,叙述告一段落,大家可以拍照了,在偌大的空间里,我们从倾听中又回到了现实中。我没有拍照,只是久久地在沉默中面对那个笔记本。摄影师站在我身边拍照,我则凝视着那本笔记本,听到一阵阵他轻触相机的声音,他突然低声问我,你想翻开笔记本吗?我想,是时候了,你应该是第一个翻开笔记本的人?瞧,那纯牛皮的封壳,翻开吧!里面肯定有你所需要的素材……他为什么这样说话,这是几天以来摄影师对我说过的最有冲击力的话,他的声音听上去很低沉,却充满了一种力量,这声音似乎潜藏着一种咒语——是的,我相信自己的内在潜力,就像他所言,是时候了,我一定是第一个翻开笔记本的人……他们拍够了照片后悄然离开了,很奇怪,我们的这群人看到了野葵花时会尖叫起来,并宣言这是我们进入天堂的路线,这宣言仿佛是事先的预言,之后,我们就住进了天堂客栈。我已发现对于从口腔中发出来的声音,我们的这伙同伴是有节律的,当车子进入村庄口时,大家陆陆续续下了车,面对的是一群群美丽雪白的白鹭栖在田野上,这时候大地如此安宁,如同创世之初,他们没有尖叫却屏住了呼吸去观看问候并走近田野上的白鹭……进入这间屋子以后,大家同样屏住了呼吸……

这屋子离野人山很近,或许是这个现实使我们在悄然中已经屏住了呼吸……我们在真实与幻象之间的种种距离使其呼吸声被锁定在这屋子里,我仿佛又看见了被蛇咬伤的战士,只相隔一夜,他的耳朵就被蛇咬伤,一条蛇经过了他的耳际,蛇有可能经过所有躺在树下丛林中的人身边,蛇的突然袭击却盯住了他的耳朵……有时候,某时某刻的劫难总是在猝不及防之间降临的……我想起来独自安葬他的黎明,周围潮湿的腐木叶已经散发出远离战争的味道,那味儿有时候竟然像发过酵的一坛子老酒打开盖子时,朝着你的身心袭来……我开始屈下了膝,弯下了腰仿佛在祈求整座野人山收留他的亡灵……我一边祈求一边开始用双手掘开了一层层的腐殖叶,我仿佛遇上了一道符咒,它告诫了我疲惫而绝望的灵魂,同时也安抚了我正在掘出泥土的双手:世间万物都以死亡而赢得了新生,这些堆集在村冠下的一层层腐殖叶就是死亡的现场,而在高空中的树枝上的绿叶却又是死去的叶子获得新生的象征。我移动着他的身体时,仿佛带着冥睡中他的身体去迎接重生的礼赞……在我的前世,当我在野人山的丛林中将他的身体移动到土坑中躺下时,我费了很大的力气,而此刻,当我重又想起移动一具亡灵者的尸体时,竟然有一种轻盈上升的体验。因此,我相信他已经获得了再生,或许他在这个世纪正在我们的周围生活着……或许有一天我们也会相遇……

第八章　前世或今世

　　翻开前世的笔记本对于我来说并非一件艰难的事情,正像摄影师事先告诉我的,是时候了,该走的人都已经撤离了这间房子,终于,只剩下我一个人了。从玻璃外射进来的一束光线又恰好照在了书架上,黄牛皮笔记本静卧在最上层的书架上等待着命运中出现的某一个人去翻开,这个人应该就是我,命运安排了我来到了这座村庄就是为了与它再次相遇。我已经无法准确地记清楚当时是怎样将笔记本遗弃在了桂香家,桂香应该就是客栈女主人的外婆了,这是另一条生命务必相遇的线索。此际,我进入了与笔记本的相遇,同伴们撤离了这间充满中国远征军从野人山逃亡时的味道,并不是全部的味道,因为时间太久远了,它只可能保留部分遗物的味道,许许多多味道一旦离开了物事就会在空气中被风吹散。风有强大的力量依附于无所不在的时间中剥离了生命散发出的气味,使人类生活变得简洁无忧,同时也消解了人类的记忆。只有依附在物体中的味道才可能唤醒我们记忆的翅膀,在一双翅膀的每一根羽毛之下都隐藏着人类对于时空穿越的召唤,所以,当人类面对飞鸟和天空时,眼眶里为什么会噙满了热泪。

是时候了,我的手伸了出去,往上面一点就是书架,它离我的额眉最近。神告诉我,离额眉最近的是光线,是人大脑植物神经中曾经经历过的记忆,无论是正在经历的,还是曾经经历了又流逝的记忆,如果面对一束柔和明亮的光线时,仿佛遇见了磁铁,你生命中的时间有可能会全部贯穿一体。

我几乎是很轻易地就将书架上的笔记本拿了起来……这时候,楼下传来了叫声,是客栈女主人在召唤大家下楼吃饭……我手捧那本笔记本下了楼,客栈女主人看见后轻松地微笑着说,刚才大家告诉我了你作家的身份,哦,只有你与这本笔记本有缘分,除你之外,包括我自己我男朋友还有曾经住进这座客栈的所有人都没有勇气去翻开它,每一个见到它的人,要么忽略了它的存在,要么就说笔记本中一定隐藏着许多生死之谜——因为这不是一般意义上的普通笔记本,它来自曾经走出野人山又消失了的一个年轻女人之手。每个人一旦听到了这个与此相关的线索以后,就再也不敢去触摸它,他们不敢触摸它,一方面是对笔记本的敬畏,另一方面是不想惊动笔记本的灵魂……

听到客栈女主人的这番话,我深受感动,我突然发现我生命中遇到的每个人都是时间的哲学家,他们虽然没有系统地去从事哲学符号的研究,却用心智和自己的旅路感悟着时间与生命的关系。

黄昏前的最后落日笼罩着这座庭院,我们围坐在巨树之下的圆桌前用餐,桌上的食物就不用说了,它们的原材料全部属于这座村庄的瓜果菜蔬和自制的熏肉等等,给我们做饭的厨师露面了,他原来就是女主人的男朋友。他系着围腰从厨房中笑眯眯地走了出来时,女主人走过去把他拉到我们中间坐了下来后,才介绍了他的身份。他是一个很英俊的青年,哪怕是走在大都市的马路上也都是一个男性中比较帅的青年……大家开始自由发表言论了……我之前已经将那本笔记本放在了包里,女主人告诉过我,今晚让我好好研究一下笔记本中到底有些什么内容,明天早上吃早餐时与大家共同分享。

在旅行中围坐在一张乡村客栈的圆桌前共用晚餐,无疑是大家最快乐的时光之一。首先,我们已经在这一刻剥下了装饰在我们身体外的层层盔甲,你不要以为只有在战争赴战时才穿上盔甲,和平年代的人们所身穿的盔甲是看不见的,它们是一件件隐形的用现代化的心术由各种各样的身份秘制的盔甲。现当代,喜欢使用私人订制,私人秘酿这些比较流行的词汇,从这些词汇中我们也就可以置身在社会的世俗变迁过程中。我坐了下来,坐在了他们中间时已经隐隐约约地,感受到了大家剥离身体上的一层层盔甲的悄无声息的过程……

其次,大家惊叹坐在我们中间的这位帅哥与女主人在昆明相遇相恋之后,回到这座村庄时所做出的重大选择。在这选择中才出现了天堂客栈,才出现了从野人山移植到庭院中的这棵巨树,也可以称之为伟大而撼动人心的生命之树……面对大家的惊叹和拷问,年轻的帅哥回答得很低调。他说第一次来到这座村庄他就再也不想去城市生活了,之后,他又听村里人和外婆讲了那么多的故事,而且还看到了远征军战时所留下的许多遗物,就这样,他们盖了这座客栈,至于这棵巨树是因为一个梦从而使他在野人山找到了这棵树……他复述得非常简单,很简单,他不是一个沉溺于语言的人,而是一个用现实践行梦想的年轻人。当大家边品尝美食边拷问他为什么会做出这么好吃的菜时,他笑了笑告诉我们,也许他的前世曾经遭遇过一场漫长的饥饿,所以,他在这一生中每天都会幻想和享受着自己亲自动手做美食的过程……过去在城市生活,没有时间来实现这个梦想,现在,有了自己的客栈,又有了许多住进客栈的朋友,就开始有机会实现这个梦想了……

在他简单的复述中我听到了"前世"这个词汇……待他讲完以后,围坐在圆桌前的人们开始追问自己的前世,这个机会可以让大家互相了解彼此的身份。首先,是麻醉师在追问自己的前世,他很年轻,已经是省里一座大医院的优秀麻醉师了,他说自己的前世应该遭遇过巨大的疼痛,他每次做手术之前给病人麻醉时都告诉自己,要尽可能地减轻病人的疼痛,唯有符合剂量的麻醉术可以使病人渡过手术这一大劫……我们的外来旅行者加上我有七个人,既然麻醉师已经开了头,再加上我们喝了几杯客栈自酿的山茶花泡酒,大家的血液中仿佛有了超越现实的力量。在银行上班的会计主管开始追忆自己的前世。他说,他并不喜欢自己的职业,它只是一个让他获得饭碗的地方,他厌倦透了每天看那些数字的生活,很多时候他看着数字的时候,仿佛在看见一只鸟飞出了巢穴,于是,弄完数字后他会在电脑中寻找各种各样的鸟。因此,他有趣地说,他的前世或许是一只有翅膀的飞鸟……他一边说着一边就站了起来,双臂展开往上做出了一个想拍翅飞翔的姿态说道:我愿意是一只小小鸟,我愿意是一只小小鸟,我愿意是一只小小鸟……

众人的目光都开始游离在他的手臂之上,天已经黑下来了,天已经黑下来了……大家在醉意中继续轮番复述自己的前世。朱文锦刚才一直在倾听,看得出来她是一个喜欢倾听的女孩,现在按照座位的顺序轮到她说话了,她的眼神此刻显得很梦幻。她的职业是记者,她追索自己的前世时说道,在前世她应该是一棵苹果树,因为她特别喜欢吃苹果,生活无论是失恋或工作中遇到挫折,她只要吃一个新鲜红色而又饱满的苹果就会变得若无其事,仿佛生活中什么事情也没有发生过……朱文锦给我们讲了一个与自然界有联系的前世。我转过头看着她的脸,她问我道:麦香姐,你是作家,你看我的脸是不是像一只红苹果?我早就发现了我的脸就是一只苹果,每次我站在镜子面前时,我就告诉自己说,你是谁啊,你不就是那只离开了果园的苹果吗?这样一来,世界上的好多烦恼就开始离我远去了……我对她说道:不错,你的脸美得像一只红苹果……确实,有一个苹果树的前世应该是幸福的,所以,自从我第一眼看见她的那个瞬间,我就能感觉到作为女孩,她是健康而阳光的,因为一个天天吃苹果的女孩的生活肯定是最美好的。

　　朱文锦旁边坐着一对恋人,男人开始说话,他说他现在的职业是旅行和探险。他带着他的恋人花花总是开着车在城市的外面前行,当然能让他们自由旅行的条件之一,就是他和花花几年前在洱海岸边的村庄里买了一座老宅。当时的老宅很便宜,因为几乎全坍塌了,主人卖掉老宅是因为他家有好几幢房屋,而这座房屋又是最为腐朽的……他和花花卖掉了城里的房子买下了那幢老宅,便开始重新恢复原貌,基本上是在原有的地基上盖一座老房子。之后,他们开了客栈,没有想到客栈每晚都有客人,因为这是洱海岸边的一座古村落,而他们又是开的第一家客栈,许多旅游者住进来,是为了观看这里的古村落原貌……就这样,他和花花要么在路上,要么就回到那座古村落去生活一段日子……他和花花不想结婚,他们想尝试在没有婚姻契约的情况下能走多远……至于他们的前世,也是他和花花会讨论的问题,也许他和花花的前世就是一对冤家,所以这一世他们要相遇并相互捆绑他们的一切冤情,寻找他们之间最轻松自由的生活方式……他说话时,花花的头一直依偎着他的肩膀……他们年龄在二十六七,却已经寻找到了自己的生活方式,这是现世很多年轻人缺少的理念。在大城市,像他们这个年龄段的更多年轻人几乎是在不断地尝试各种职业,在变幻莫测的生存中必然使这帮年轻人心浮气躁……而这一对年轻人在洱海岸边的古村落建了自己的客栈,并知道自己此生需要什么就开始追寻着什么……从这种意义上讲他们确实是在追求自由,包括对婚姻的态度。我不知道他们已经恋爱多长时间了,就他们目前相依相随的状态来说,他们还会走得很远,至于走得有多远,全凭他们前世和今世的因果……

轮到摄影师说话了,他喝得最多,他刚才喝酒时一直在赞美客栈的山茶花泡酒,他说这一路上走来他拍了许多好照片……说到他的前世他便在醉意中幽默地感叹道,他的前世应该是生活在森林中的小野兽,因为他总是想寻找到一座很大很大的森林走进去,他对山坡那边的野人山充满了幻想……或许那座原始森林就是他前世生活的地方……无论他是借助于醉意道出了他的前世,还是在他的生命轮回中他确实是一头小野兽……在他充满虚幻的言辞中我感受到了他对我们身后的那座野人山的幻想……我们有缘坐在这棵巨树下就是为了奔向野人山……

轮到他了,他一直独自在喝酒,他很少言语……现在,他说话了,他说他看不到自己的前世……既然如此,他就说说他的今世吧。他刚刚离了婚,前妻带着孩子到美国去了,他前妻的一个很大的家族全部生活在美国……他留了下来,前不久他在一次非常偶然的生病中做一次体检时发现他患了肺癌……他没告诉任何亲人和朋友,这是他第一次告诉别人他的身体情况,他不想告诉别人,是因为他想独自尝试一下自己的身体的未来,他放弃了所有的治疗——想以此选择另一种生活方式延续自己有限的生命。于是,他选择了旅行,因为只有在旅行的路上,他会遇到新的朋友和遇到新的风景,这样一来他就会渐渐地忘却自己是一个癌症病人了……他说,他叫周韦……他还很年轻,三十来岁……谈到自己的病情,他显得很平静,他的平静自然也同时感染了我们,对于作为倾听者的我们来说,他不再是一个癌症病人,而是我们这个小群体中最为健康的人,因为他的生活态度使我们忘记了他是一个癌症病人。

轮到我了……我应该说些什么?陈述我的故事需要勇气……我虽然有了一些醉意,但我的意识还是清醒的。神告诉我,这是一个最美好的夜晚,在星辰的辉映下我们坐在这座庭院深处,我从包里取出了那个笔记本,轻抚着它的封面,这牛皮色的遗迹中有我的前世,我是否有勇气?我犹豫着……摄影师从对面看着我说道,麦香,你是否想翻开它?他的眼神好像是在鼓励我,朱文锦也轻声说道,麦香,翻开它吧,当着我们所有人翻开它,让我们来揭开笔记本中的秘密……是的,我告诫自己,是时候了,到了我翻开它的时候。之所以在我前面,没有任何人翻开过它,是因为笔记本有一种时间的魔力,在召唤着它的主人降临,这似乎也是时间之神的安排。我告诉自己,今晚,当着大家的面,也正是我们头顶漫天星宿的时光,我不仅要有勇气翻开它,也要说出我前世和转世归来后的命运。刚才,我已经倾听到了大家的声音,他们已经把生命中最真实的东西坦言,我没有理由将自己的存在藏在时间的缝隙中,我要用我最为真实的感受说出我曾经是中国远征军的一名战地记者,我要说出我的死也要说出我的再生,最重要的是我要告诉在座的朋友们,我就是这本笔记本的主人……所有人的目光仿佛都在这一刹那鼓励我翻开笔记本,用我写作的手翻开它……然而,在翻开它之前,我一定要带领他们跟随我的叙述回到时间中的野人山,回到中国远征军从野人山大撤离的艰苦岁月中去……

当我告诉他们,在前世我曾经是远征军的一名记者时,所有人都在用惊叹的目光看着我,但他们没有说话。刚才我就已经发现了,作为倾听者来说,围坐在圆桌前的所有人都是最优秀的,他们具备了倾听别人说话的全部素质,当别人说话时,无论诉说者的声音高或低,无论诉说的语速将我们带进了怎样的波澜起伏中,无论是巨石覆盖着细小的卵石,还是荒野中有孤独的狼在嚎叫……倾听者都会集中注意力,屏住呼吸,遵循诉说者的声音,在叙述这一美妙而又忧伤的过程中抵达最后一句话以后,才会用倾听者的声音去发出自己的评判和追溯。

我的双手放在笔记本上,它给予了我全部的力量终于启开了生命之唇回到前世的野人山的茫茫丛林深处……所有人都在倾听,所有人的呼吸都是从体内回荡而出的一种生命的气息。正是这个被星宿朗照的夜晚,我重又回到了野人山之外回到了祖国边界上第一座村庄……我说出了在野人山的逃亡,讲述着有限记忆中的饥饿、疾疫或死亡……我讲述了书中呈现的大部分与野人山相连接的有名或无名者的故事,在这种讲述中黑娃和将军都出现了,穿旗袍的女人也出现了,但我在讲述中省略了这个女人曾经作为日军慰安妇的那段历史……在我心中有一种难以言尽的忧伤使我想用悲悯去维护她的尊严——我知道,她之所以在逃离了野人山以后,能够带着自己身体中的耻辱和巨创在怒江岸边的古镇上落脚疗伤安居,完全是因为她在战乱中寻找到了可以忘却自己耻辱和创伤的地方,之后,她严密地封住了自己的口,不再对世人讲述那段历史,是因为她只是一个平凡而普通的女人,她想安静地活着,像那座古镇上所有人一样平凡地活着,正是这种活着让她将来自中国北方的旗袍裁剪术带到了这座古镇……所以,我深信自己有力量去省略并忘却她的那段历史。

我的讲述重又回到了这座村庄。我讲述了村庄里前来迎接我们的女人桂香,那时候她是那么年轻,正是她将我和另一个女人迎进了土坯屋,并给我们在火塘边做饭,还杀了那只大红公鸡给我们滋补身体,还给我们烧好了洗澡水,给我们换上她的土布衣服……我的讲述没有停顿,几乎就是在一口气中开始和结束的。我从来没有说过这么多的话,以往我的语言只在书中起伏,并延伸在无数故事跳跃荡涤的时间尽头,我不知道今晚我为什么有力量诉说了那么多前世和今生的事情……

待我叙述完毕之后,倾听者们沉默了很长的一段时间,女主人给我们沏了一大壶热茶轻手轻脚地走了过来,再给我们分别沏了一杯热茶——在座的每个人对女主人递到手中的这杯热茶都深表感激。因为在这个不平静的夜晚,在这座远离高速公路和大城市的僻静的小村庄,我们头顶着茫茫无涯的灿烂星宿,开始了一轮圆桌论坛。在这里我们追溯了自己的前世今生,基于此,看上去大家都已经变得口干舌燥,待那杯温暖的茶水滋润了我们的嗓带之后,他们开始对我刚才叙述中的前世和今生作了拷问和评判。第一种意见认为我是不是在虚构下一部关于野人山的长篇小说?毋庸置疑,我的身份使第一种拷问者有充分的理由认为我是在面对大家谈论关于前世轮回的问题时,开始虚构出了一部长篇小说,对此,我没有否定也没有纠正他们的意识观念。第二种意见认为我就是刚才被我所叙述的女主人……持有第一种意见者,表示非常期待这部虚构长篇小说的问世,并预先祝贺我顺利地通过这次野人山之行以后,能够尽快地完成这部长篇小说。持有第二种意见者开始以一种异样的目光在端详着我,仿佛通过我此时的形象穿梭我的轮回简史……

夜已经很深了,大家也很累了,明天做休整并准备进入野人山需要的物质,后天,我们将进入野人山……在我睡觉之前,有另一个问题仍然未有结果,那就是桂香的存在……客栈的女主人叫芳芳,当时她男友呼唤她名字时,我听见了……我走近芳芳,我说出了自己想见到当年的桂香的愿望,芳芳面对着我,黑色的眼球在转动,停顿了片刻后她说道:如果你真是多年以前住在我外婆家里的那个女人,或许她看见现在年轻的你以后,就会想起来了当年的你……明天一早,吃过早点以后,我就带你去见我的外婆,她已经快到九十岁了,不过,看上去她还健康,应该还能活几十年没问题,因为住在这座村庄里的老人们都很长寿……

我们道了声晚安,我就回房间了。那本笔记本同样被我抱回了房间……尽管如此,另一种意念却开始上升了,对于现在的我来说,时辰还未到翻开手中笔记本的时刻……我为自己设置了另一个悬念,我不想翻开它是因为我想再次进入野人山,用我轮回而来的肉身去体验并探索野人山的前世和现世的另一根时间的链条。如果我在此刻翻开手中的笔记本,那么,前世的野人山就会失去探索的意义……是的,我是一个作家,也许是从作家的立场出发,我更喜欢手中的笔记本沉默如初。因此,我悄悄地赤着脚拉开门将黄牛皮的笔记本放回了对面的远征军遗物陈列室,然后又轻手轻脚地潜回到了自己的房间……不过,在我将笔记本送进陈列室书架的时候,我体验到了一种从未有过的气息。如果说下午我们站在陈列室里触抚到的气息仅仅是过去的味道,那么,我在这个午夜从遗物中感触到的味道却是从前世轮回而来的味道……因此,我深信,潜伏在所有遗物中的味道都变成了灵魂正在穿梭而来,正在我们面前的这个缥缈神秘的宇宙世界自由而独立地漫游……

虽然我已经在黑暗中躺下来了,而我的灵魂并没有安眠,在我合上眼睑的世界里,是一个未被人之手能够触抚到的世界……在里面,无数被时光所分离而迷路的灵魂正在带我寻找回家的路线……我的眼眶又开始禁不住荡漾着滚烫的热泪……啊,我们的热泪,每个生命眼球中的热泪,它是生命的泉穴,是茫茫冰川融后的几滴圣液,是植物的露珠,是母腹之上的河床……就这样,我似睡非睡,仿佛一个梦游者失沉于黑夜……

听传说中的箴言说过,人在梦乡可以与众多的亡灵人相遇,但逝去的亡灵者们形影无踪,只留下了灵魂飘忽而过的一阵阵气息……这个巨大的地球上上下下都是亡灵者与重生者们生活的舞台,他们在有形无形的世界中相遇又分离。我只不过是他们中的一个极其渺茫的生命。这一夜,我又重新回到了野人山之外的一座属于中国滇西的小村庄,准确地说我重又回到了桂香的村庄。只要想起明天与桂香的见面,内心就浮动着多种多样的画面,人生中发生的任何一场相遇,最终将于告别而谢幕。我手拎箱子离开母亲前往北京大学国语系上学时,母亲就告诉我,此去不知何日能见面,从你拎上箱子出门时,就意味着你开始独立地去面对人生了。无论你生命中发生什么事,与什么人相遇,再与什么人告别都应该是生命中的故事。我带着母亲的声音到了北京又辗转到了长沙昆明,后来又辗转到了缅北……在此生中偶尔会呈现出前世母亲的形象,待我去北方寻找前世的母亲,却再也无法寻到她的踪迹。

夜空很皎洁,哪怕相隔窗帘我似乎也能看到在夜空深处游动中的一轮明月,传说中的某一道箴言告诉我,若能在茫茫无际的黑暗中看到一轮明月,定能在生死循环不已的漫长生命之旅中遇见你的前世,也能在此世中幻想出你的今世。

第九章　进入野人山的迷幻之路

我们迎来了这个村庄的晨曦，大家从楼上下到庭院时都在回忆昨晚我们在酒意之中关于前世和今世的讨论。对于逝去的昨夜来说，大家都认为是一个诡异而神秘的时间插曲，并认为无论我们前世是从善还是从恶，今世都要好好地修炼成一个人。大家坐在树下的圆桌上开始吃早餐，天堂客栈中的早餐太诱人了，有金黄色的玉米红薯，也有米线面条，非常生态又新鲜，任何疲惫厌世的灵魂，坐在巨树的圆桌前，呼吸着新鲜芬芳的空气，又面对这样的一桌早餐，都会重又寻找到生活的信念并好好善待自己，同时也善待他人和存在的世界。

早餐后是自由活动，有人将要开车到山下的小镇去买些食物，有些人决定就在村子里外走一走，拍拍照片，再发发微信，享受一下真正的慢生活。现在，芳芳将带我去见她的外婆，太阳已经从地平线上跃出，无论地球上由人类发明的铁事如何变幻，有几种东西是恒定的，永不变化的。首先，对于地球来说，太阳和月亮是不会消失的，它仍然是几千年以前的那轮太阳和月亮；其次，人的大脑的构成身体的器官也没有任何变化。

芳芳将我从客栈引向了走回老村庄的小路时，我的内心很平静,芳芳看上去也很平静——这应该是一天中最美好的开始,我们总是祈祷着一天开始的时候就遇到那些美好的事情。从眼前的半空中又飞过了一群白鹭,芳芳说白鹭又到田野上去觅食了,夜晚它们会在四周的树枝上过夜,太阳出来后,它们又飞到田野上。我们这座村庄外的田野是白鹭们最喜欢的地方,因为它们可以喝到从林子里流出来的清泉,还可以在田野上找到小虫充饥……不远处就是老村庄了,芳芳说,母亲和外婆就住在老房子里,白天,母亲就去庄稼地里干活,外婆就守在家里……在这座村庄老房子和钢筋水泥的客栈建筑体分割开来,这也是保持老村庄存在的形式之一。芳芳告诉我,村里的每道门都不需要上锁,天黑了,村里人会掩上门,以防备森林里跑出来的野兽会到村子里。不过这几年,人来得多了,野兽就很少到村子里来了。天亮后,每一户人家都会将大门敞开,村子里有一种传说,大门大大开,就会接天神和地神回家……

芳芳说话很好听,发出来的声音就像是在唱歌……这让我突然想起来了在前世的野人山,那名喜欢唱歌的女子……她的名字应该叫兰枝灵……

芳芳引领我进入了一扇大门以后,我的脚步开始变得有些迟疑,这是一个我曾经出入过的院落吗?从我的脚跨过那道门槛的刹那间里,就有一种淡淡的树香飘来了……芳芳穿过院落上了台阶,也许是去叫她的外婆了……我站在庭院中有一种忐忑的心绪,或许是我曾经消失过,而今又回来了,这段时间不长不短已足够我再次轮回而来。这一路上我已经见过了黑娃,将军,还有曾经穿旗袍的女人。我回忆着与他们的再次相遇时,我竭力去捕捉一种来自现场的蛛丝马迹,最终我发现黑娃和将军都没有从我现世的形象中看到过去的那名战地记者,只有在与穿旗袍的女人周梅洁促膝交流时,我感觉到了她看我的眼神是异样的。尽管如此,他们中的任何人哪怕感觉到似曾与我见过——都不会与六十多年以前的野人山相联系,因为那时候的我是年轻的,才二十二岁,而现在的我是二十九岁,简言之,对于他们三个人来说,我的出现只是一种似曾见过后升起的刹那间的感觉,之后,很快又会回到他们的现实生活。

  而此刻,台阶上的门帘被掀开了,我记得那门帘就是卧房,我和穿旗袍的女人周梅洁曾在里面的一只木缸中洗澡。是的,我在寻找着那只木缸的影子时,门帘已经被掀开,芳芳已经牵着她的外婆出来了。对我而言,她的外婆也就是当年的桂香。芳芳牵着外婆下了台阶,因为听过我昨晚的故事,芳芳睁着明亮的双眼正在看着眼前的这一幕,芳芳将外婆带到了我身边,告诉外婆说我是一名作家,住在她的客栈里,今天来看看她,想听她讲讲很久以前部分中国远征军从村庄撤离时的故事。芳芳扶着外婆坐在院子里的一把很旧的椅子上,芳芳对我说,外婆是一个很守旧的人,她不允许任何新东西进屋来,她说只有生活在这些熟悉的旧物中,她才能像过去一样生活。从这一点讲,外婆也是一个典型的回首往事者,她似乎是依靠往事在快乐而朴素地生活着,每次我们到老房子来看她时,如果院子里有阳光她都会拉着我们聊聊家常,每次都会给我们讲一段过去的故事。其中,她也会经常追问我们,来客栈居住的旅游者中是否有人在寻找那本笔记本,如果有人寻找一定要告诉他们,她就是当年的桂香,她还好好地活着。芳芳一边说一边在观察外婆的表情,现在我们已经都坐在了外婆的对面,芳芳挪来两把旧椅子时便有意将它们置放在外婆的对面,芳芳昨晚就已经暗示过我,如果我与外婆见面,外婆能在看见我时有一种亲切而熟悉的感觉,那么,我应该就是轮回过来的那个女人……

外婆现在终于抬起头来看我了……我也抬起了头,我们的目光相遇着。这一路上我已经见过了前世的三个老朋友,也就是说每见一个老朋友时,我都在寻找过去与现在的联系,而最终,因为要奔向野人山,所以,我还没有太多的时间从容地去面对我与他们之间在今世的另一种联系。而此刻,我所面对的是桂香,是一名曾经为我们疗过伤的妇女,漫长的时间已经过去了,她仍旧保留着我的笔记本……

外婆已经快到九十岁了,你们可以去想象一个快到九十岁的妇女的模样。因为在我们生活的任何空间都有这个年龄段的老人,无论是在乡村的庭院还是城市住宅的小花园内,都有这个年龄段的老人的身影。他们也许是我们的父母,或许是我们的外婆外公,爷爷奶奶……

此刻,我所面对的是芳芳的外婆,也是我前世记忆中的桂香……外婆开始蠕动着嘴唇,我看见了她嘴里的几颗不多的牙齿。她说,我们见过吗?你过去来过村庄里吗?姑娘,我告诉你……你之前肯定来过的,我们肯定是见过面的……外婆不断地重复着这些断断续续的话语,芳芳看上去有些激动地将我的一只手拉过去放在了外婆的手中,我便将另一只手也放在了外婆的手中……我不仅触抚到了一双温暖的手掌,我还触碰到了外婆手腕上的一只银手镯……是的，外婆就是桂香，六十多年前的桂香，那一晚我们坐在火塘边聊天，桂香曾告诉过我们，孩子们的父亲去缅甸了，他是赶马人，总是要离家出走的，她手腕上的银手镯是男人临走时送给她的，他亲手将那只银手镯戴在了她手腕上并嘱咐她要等着他回来……

我不知道当年的桂香，那个已经有三个孩子的年轻女人后来是否等回了她的男人……此刻，我触摸着这双手，当年她的手是多么年轻啊，正是这双手给我们从林子里砍来了柴火，烧开了一锅又一锅热水倒在了那只木缸中，使我和穿旗袍的女人周梅洁洗干净了身体上的所有汗水和污垢，也正是这个女子让我们在这所庭院中疗伤休整时吃到了苞谷米饭，喝到了鸡汤……而此刻，这双手已经变得骨瘦若柴……

芳芳拉住了外婆的手告诉她，那本笔记本的主人已经来到了村庄……我用目光制止了芳芳继续下去的话语，因为我不想在这突如其来的短暂的相遇之中，就将我的轮回呈现在外婆的面前。昨晚的我，之所以在入睡之前又将笔记本放回到了客房对面的陈列室，是想让那本已经有六十多年的笔记本先回到原处……芳芳没有再说下去，她似乎已经明白了我的意思——这是一个从漫长时光中培植起来的隐喻，我不想太早地揭开它的秘密，人生的过程就是一本书的历史。我也想告诉自己和他人，人生无处不相逢，因为时间是流动的，并非静止的……

与外婆的相遇，也就是与桂香的相遇，之后，我听到了外婆断断续续的回忆之后，芳芳带着我在这座过去的宅院中寻访着旧物，看上去，对于芳芳来说，我就是那本笔记本的主人……她带我进入了外婆的房间,我惊奇地发现了那只木缸还在房间的角落,我蹲下去,用手抚摸着那只木缸并对芳芳说,当年的桂香,在外面的火塘炉架上烧好了一锅又一锅洗澡水以后,就倒在这只木缸里,让我和另一个女人在这只木缸中轮流洗澡,你难以想象当时我们的身体积满了多少污垢……我告诉芳芳,当年我们就是在这只木缸中洗澡的,芳芳点点头说从她出生之后就看见这只木缸了,我问她出生以后是否看见过外公?她说外公几年前才去逝,在她小时候外公总是会讲述在年轻时代赶马人的故事,外公身体上有许多伤疤,他说阎王爷没有收他,是因为外婆在家等待着他,他无论如何都必须带着魂灵回家……我听了芳芳的话以后就感觉到很欣慰,因为桂香终于在那个战乱不息的年代里等回了自己的男人。

　　我们告别了桂香从老房子回到了客栈,摄影师问我上哪里去了?并说已经为我准备了去野人山的面包纯净水药品等。我来找桂香之前他们一帮人已经出发到小镇购物去了……野人山对于所有人来说都是一个深渊中的神话,因为远征军的生与死书写了这个神话的地狱与天堂之谜。那天晚上我们早早就寝,只是为了睡好觉,保持最好的体力进入野人山,我们预计天亮就出发。芳芳和他的男友说要参加我们的队伍——这样一来,我们的探险队由七个人增加到了九个人。芳芳说自己从没有进入过野人山,也许是从小听外婆和村里的老人们讲述了太多太多关于野人山的故事,小时候外婆总是叮咛她说别往后山上跑,会跑到野人山去的,野人山有许多大灰狼,还有黑熊老虎野猪……每次孩子们在山坡上抓捕空中的蝴蝶都会相互叫唤着,别往后山上跑啊，会跑到野人山去的啊，野人山有许多大灰狼，还有黑熊老虎野猪会把我们一口气就吞下去的……就这样，作为女孩子的芳芳再没有让自己的一双脚跑到后山上去……村里的男孩子就不一样了，他们似乎有意识地要进入传说中的这个魔沼之途，他们将一只脚踩到了通往后山上的山坡，另一只脚再迈过去……就这样，他们成功了，男孩子长大后到后山上砍柴放牧去了，他们又从后山上的山坡上踩着晚霞辉映的金光回来了……野人山，又远又近。尽管如此，仍然有一个十来岁的男孩子去山坡那边砍柴后就再也没有回来……村里人组织青壮男人举着火把由后山坡的山路进入了野人山，他们燃尽了手中的几十把松明火在森林中叫唤着男孩的名字，仿佛在叫魂，但最终还是没有将男孩子的魂叫回家……

大家听芳芳讲了这个故事，彼此互相传递着目光，我以为他们听了这个故事会就此改变去野人山的念头。然而，我们这九个人似乎是一根绳子上的灵魂，我们在天亮以前已经起床，吃过早点后就背着各自的行囊开始出发了。沿着客栈进入去老村庄的路上，我们没有看见任何一个人，这是一条非常寂静的小路。村里的老人们已经在宅院中开始生火做饭了，只有太阳将村庄照耀时，他们才会将门闩拉开，这已经成为村庄里的常规。因为太阳出来，来自野人山的妖魔鬼怪和野兽就不会游荡到村庄里来了。这种被村庄里的人们所延续下来的习惯告诉我们，山坡之上的野人山里是有妖魔鬼怪出入的，当然，巨大的野人山无疑是野兽们的天堂。

我们上路了，芳芳昨晚为我们每个人已经准备好了指南针和红布条并告诉大家，从开始走出村庄步入后山坡时基本已经步入了通往野人山的迷径，山坡后面的林子里每一条路都可以进入野人山，所以，大家务必不要走散，要像一根绳子上的影子一样互相捆绑起来。而且我们一旦进入了野人山以后就要用红布条捆在沿路的树枝上，这样哪怕已经走了很远，我们也同样可以沿路返回……芳芳是有经验的，她说自己虽然没有走过野人山，但她知道野人山就是一座巨大的森林迷宫。开客栈以来，她看了许多书和探险者的故事，就有意识地为进入野人山的探险者们配备了相应的指南针红布条等作为索引，以此让进入野人山的人们尽可能地从原路返回……在我们之前，进入野人山的探险者用此方法都顺利地走了出来。不过，前面的好几群探险者都没有走太远，他们通常是早晨出发，下午三四点钟就安全的回来了。迄今为止，还没有任何探险者在野人山过夜……因为，在野人山过夜是非常不安全的，我们也应该像他们一样，尽可能在太阳落山之前回到村庄……

刚才我们一直在倾听芳芳说话，因为已经走到后山坡了，准确地来说后山坡就属于野人山的版图了。所以，为什么芳芳会在这个分界点上反复嘱咐我们，是因为传说中的野人山是一种巨大的迷宫……我在这一刻似乎已经忘记了我的前世，所有在场者都应该忘却了自己的前世，无论我们的前世是人还是飞禽野兽，也无论我们的前世缔结了多少原罪和良善，我们此刻都要去探索一座充满传说的原始森林。

突然，我看见了空中飞来的一只鸟……我很迷惑地感受到了一种隐隐约约的召唤。或许是前世飞来的一只鸟又看见了我,我听见了空中传来的鸟语,似乎除我之外,没有任何人听见这阵鸟语,它是来召唤我的吗?这是一只雪白的小鸟……它在我头顶飞过了一阵以后就飞到前面的树林中去了……此刻,我们的脚已经跨进了一条通往树林的小路,这条路看上去似乎很迷幻,又很熟悉,它很有可能就是当年我走进去的小路……如果是这样的话,正是这条充满迷幻的小路,重又将我本已经走出野人山的灵魂又带入了野人山……而现在,获得了再生轮回中的我又一次回到了这条小路。这一切都是天意的安排,我要顺从命运中再次出现的这条迷幻之路……是的,唯有顺从命运中打开的这条道路,我才能回到前世。大家始终在集中精力地行走,也许害怕迷路,我们九个人的小分队就这样已经钻进了野人山的进出口。进入出口其实很平常,前世的我并不知这是进出口,然而当地的村里人是知道的,芳芳的男友告诉我们,村里人已经陪同他出入过野人山三四次了,为了寻找那棵梦中之树……他说,野人山很大很容易迷路,我们一定不要贪心……我知道他说的贪心是让大家不要走太远……我们就顺其自然吧!

　　进入野人山以后两三公里,又看见了红色的光,这一束束光是从树冠顶上射下来的。大家又都在纷纷拍照,手机朝向半空中,嚷叫着说野人山有一种通往天堂之路的诱惑。我没有那样兴奋,反之,心绪开始郁结着一种突如其来的悲伤。这条路通往的确实是野人山的纵深处,芳芳从一开始就在独自用红带子结在路边的树枝上。我想起,这样的行为我们当年也做过,后来可能是带子没有了,几个人开始离散了就无法再做路标了。他们一直在倾心拍照,我理解他们的心情,公正地说野人山确实是一座令人身心激动荡漾的原始森林,对于地球人来说,这样的原始森林已经不多了。

而对我而言,郁结在内心的一种魔力使我不知不觉中已经开始偏离了方向,我想寻找到一种前世生命的遗痕,类似我们身体中那种属于伤疤的东西。我被绊了一下,低头一看是一座坟墓,用土垒起来的坟墓,再往下看又出现了几十座坟墓……我感到了今世的震惊并深信这就是当年中国远征军穿越野人山时,未能走出野人山将士们的坟墓。眼眶中开始涌动着热泪,我终于这么快就找到了他们了……我双膝跪地,给他们磕了几个头,我的头垂倚在铺满了腐殖叶的林地上……我虽然不知道这几十座坟墓中躺下的将士们的名字,但我知道,他们已经坚持走了很长时间,只要再坚持着走三四公里就可以到出口处了。然而,在当时,三四公里对于跋涉而来的将士们来说仍然是漫长的火海,所以,他们躺下去了,活着的战士们埋葬了死者,再继续往前走。我看见了旁边的一束束野花,我伸手摘下了几十朵鲜花分别插在了他们的坟墓顶上……就在这时,我听见了他们在叫唤我的名字……我回应了一声或者三声,我不想让他们焦急便离开了这片坟墓。芳芳的男朋友走在前面已经带着他们走过来了,芳芳的男朋友对我说,他相信我就在这里,这只是野人山的坟墓之一,往前走一路上还会出现很多坟墓……他说完后,大家突然没有声音了。朱文锦走过来拉住了我的手问我刚才一个人站在这片坟墓中是否害怕?它们是不是我长篇小说中的一个场景?我没有回答,我们开始继续往前走……天空中的那一束束红色的光倏然间从头顶移走了,此时此际,巨大的传说和现实中的原始森林出现在眼前。光束开始变得幽暗,我看见花花走到男朋友身边拉住了他的手,朱文锦走在我身边叫了声麦香姐,我伸手拉住了她的手。芳芳的男朋友说这只是野人山的开始,再往里走,野人山会展现天堂般的色彩也会同时呈现地狱般的惊悚,大家别害怕,再往前走五六公里的这段路我还算熟……芳芳一边走一边从容地往路边树枝上系红带。

经芳芳男朋友这么一说,大家又有了声音。我现在倒想边走边倾听一下他们的声音,走在一座原始森林里,倘若只是沉默中往前走,那么这座幽暗的原始森林会出现很多幻境。那是一种艺术化的感受力,除此外,能够与你的同行者们边走边说话,那么林子里就会回荡着生命的语音。在漫长的行走中,当你的耳朵还能够倾听到旁边行走者的语音时,说明他们的身体还没有进入疲惫的状态。

麻醉师一路上总是在有意识地大口呼吸空气。他告诉我们,他每天的工作都是生活在医院的味道中,说实话,那些味道有时候会让他患上厌食症,所以,尽管他非常热爱他的职业,但隔一段时间,他都要到外度假,尤其是要寻找到乡村客栈住下来,嗅嗅牛羊粪味道。他说只要能嗅到家禽味的乡村也就是能从空气中嗅到果园荞麦稻花香的地方,林带就更不用说了。就他现在走在原始森林的感受来说,仿佛装满了医院味道的肺已经被野人山的清新空气重新洗过了,他觉得自己现在的肺就像是一个新生婴儿的肺一样干净……

银行会计主管发表了感受,他说自己的前世肯定是一只鸟,他在这座原始森林中终于找到了飞翔栖身的地方,他觉得自己仿佛已经长出了翅膀,如果可能的话他建议大家今晚在野人山住一夜,感受一下在原始森林栖身的滋味……

朱文锦的苹果脸较之进来之前变得暗淡了些,可能是被四周树林映衬的感觉。她说,刚刚她看见那片坟墓地时还感觉到有些害怕,不过,现在,她感觉好极了,尽管树林幽暗,她觉得很神秘,如果可能她也希望今晚就住在野人山……

花花不再牵着男朋友手了,她比刚才活跃了许多,她说她也非常愿意在野人山住一夜,他的男朋友也说很想住一夜……对我而言,曾经在前世的野人山行走了四个多月,也就经历了四个多月的白昼和夜晚的交织。

现在,我又回来了,沿着这片布满了花纹和魔咒的疆域,对于我而言,仿佛只是为了践行一本书的旅路,而这条旅路已来到了脚下。植物交织间的小路出现了,看得出来,这些路是被新的旅者和探索者们走出来的路,这批人虽然并不代表着来自生活在地球上的所有人的生活理念,却在用属于他们现世的身体再加上灵魂来到了野人山。如果没有当年中国远征军几万人的大撤离,那么,野人山仅仅是属于缅北的一座原始森林,它很容易被地球人的手中之魔杖所忽略。只因为远征军的降临以及几万将士在野人山的消失,这座原始森林不再仅仅是动植物们的天堂,它也是世界历史中的一段不能删除掉的轶事录。

灵魂开始通向了野人山,通向了我前世与它的相遇,明亮天宇之下的野人山,开始出现了天堂般的红色,或许是阳光与树枝交织后变幻的色泽。大家又开始激动地叫嚷着,对于所有人来说初看见这片红光缠绕于原始森林时,都会被这片炫光所迷惑,确实的,这片炫光竟然跟我们当年进入野人山时出现的红光一模一样。

第十章　野人山栖居之夜晚

摄影师无疑寻找到了他的摄影天堂,他刚才听了大家的意见后高兴地说住多少夜都行,能永远长驻野人山也行……

周韦刚才一直倾听大家在说话,他现在发表感言了。他说,走在这座森林中首先是他的肺很快乐,其次是他的整个身心都快乐起来了,他忘掉了自己是一个肺癌病人……如果可能他真愿意永远住在这座林子里,直到生命结束的那一天。

收藏者一直是沉默的,我注意到了他的眼神一直在路两边游离着……他是收藏者,所以他又发现了坟墓。这一次他发现的是单独的一座坟墓,他着膝而下磕了一个头,之后所有人都向这座孤独的亡灵者之墓磕了一个头……我们的心在现世和死者活着之前的世界中游离着,这是一个游离的世态,几万亡灵者未能走出野人山,他们就这样躺下去了,再也没有醒过来,当然,也有醒过来的时候,转世会让亡者们重又回到现世,我就是其中之一。接下来,又发现了几十座坟墓,这是一片风景极美的地方,紫蓝色的鸢尾花盘桓了这片环形的山坡。较之前面的原始森林相比,在这片显得有些空旷的山坡上,竟然没有林木丛,有的只是红黄蓝野花的绽放,而鸢尾花的面积非常广阔,它们有一种奇异的力量,竟然攀援上了每一座坟墓的顶部,在上面绽放并编织出了一座空中花园。死者们就躺在花景之中,这也许是我在这个世间见到过的最为美丽安静的墓地,它的美丽安静中有两个特殊的因素:第一,它是一座真正意义上的远离尘嚣的墓地,也同时是一座被人遗忘的墓地,当然,我们的到来,也是拜谒的方式;第二,躺在这些鲜花绽放中的亡灵者们,有的已经轮回转世,我感觉到了他们存在了世间的某些神秘足迹,但仅是我的感受而已,有的肉身已经蜕变为尘埃,但灵魂在这世间像我们一样游离着。收藏者走在这些墓地之间,他突然来到了我身边对我神秘地说道:麦香作家,我要告诉你一个非常奇妙的感受,这个地方我似曾来过,也许是在我梦中出现过的一个场景。总之,我记不清了,但当我的脚进入这片山坡时,我觉得似乎又回到了从前停留过的一个地方……你能告诉我这是一种什么样的现象吗?我们不是在天堂客栈谈论过前生今世的问题吗?我有一种感觉我的生命就是从这座山坡上转世而来的……所以,我不仅找到了我的父亲,同时那么不可名状地热爱上了收藏中国远征军的所有遗物……因为我曾经是他们中的一员……麦香作家,你会相信我此时此刻的感受吗?

收藏者的眼眶中仿佛弥漫着一种天蓝色的光泽,在他显得恍惚而又兴奋的神态中我似乎找到了我的依据,他的感受是正确的,所以,我只说了三个字:我相信。是的,我相信他的感受,他听见我肯定的声音后,目光显得很惊喜,竟然像孩子一样笑了起来。是的,人,对于我们活生生的一个人来说,如果能在神力的牵引之下寻访到我们的前世,那么这是一个延续我们今世的时间之魔力,我们会在前世的命运中修炼今生今世的每一转瞬即逝的时间。

在场的每个人都在用行为和声音礼赞着这座出现在野人山的世间最为美丽的自然墓园,我们走在野花缭绕的墓地之间似乎想寻找到死者们上升的灵魂。就在同时倾听到了一阵溪流的声音,而且溪流就在我们不远处的山坡上流动着,大家开始顺着静寂中飘来的流动声往前走去,在离墓地五十米之外的地方我们发现了一条从前面原始森林中流来的溪流。水,能滋生灵魂之源,能让人顿生喜悦,我们面对这条从弯曲森林中流淌而来的溪流,便兴奋地跑上前,就想弯下身去畅饮它,收藏者首先趴下身第一个畅饮了后说道:喝吧,这水很甜也很干净……经他这么一说,大家便纷纷开始去喝溪流中的水……收藏者又走到我身边神秘地说道:麦香作家,这水很甜也很干净,你相信吗?因为我前世曾经口渴时喝过这条溪流中的水……

我点点头,告诉他,我相信,因为在前世我也曾经喝过这条溪流中的水……我好像是在自言自语,接下来,我最后一个去喝这条溪流中的山泉水,同时也发现了我在前世肯定来到过这条溪流边,肯定喝过溪流中的水,它的甜仿佛又复苏了我咽喉深处的记忆力……

转眼已经到午后了,大家开始饥饿了便提议在这座山坡上吃午餐。这里有绚丽的阳光普照,而且还有身边甜而干净的山泉水,确实再没有比这个地方更美的休整午餐的地方了。大家从随身背的包里取出了面包,各种饮料……几乎是在同时大家都将自己的面包饮料分了一半,双手捧到了那片被野花缭绕的墓地上,然后将面包饮料分别放在每一座墓地之前。我置身在墓地中间自语道:兄弟们姐妹们,你们饿了吧,快来品尝我们带来的面包和饮料吧……我反复说了三遍后,眼眶中又噙满了热泪。令我感到欣慰的是我们每一个存在者,都面对这座墓地,用自己的方式表达了自己的内心之缅怀。之后,我们坐在山坡上开始用午餐。

天堂也不过如此,大家突然都不想离开了,说想在这座山坡上栖居一夜,明天再赶回村庄。芳芳也说,这座山坡实在太美了,想留下来,便将目光转向她的男友,因为她男友是将我们带进野人山的客栈庄主,他似乎有责任决定留下还是离开。他说道:白天的野人山看似很安详,而且这座山坡是被阳光所直接照耀的,因而显得很温暖,但是到了黄昏以后,这片山坡上也应该是野兽们出入的地方……如果大家都有这个愿望住下来,那么,我们必须去附近的林子里捡柴火,晚上我们要点燃篝火,野兽们是害怕火的,它们如果在林子里看见燃烧之火,就不会轻易地侵扰我们了……所以,大家务必趁着林子里有阳光时迅速地找柴火……有一点是重要的,我开始提醒大家说寻找柴火之路都不要分散,来自前世的经验告诉我,野人山很容易迷路,你只要置身其中,它那天堂和魔沼的能量就会暴露无遗,中国远征军之所以在野人山失去了那么多兄弟姐妹,就是因为迷路使我们深陷其中,使众多的战士死于疾疫、饥饿……这一点大家都很清楚,我再次提醒大家,现在的天空虽然看上去很晴朗,但你不知道几十分钟以后的天气变幻……我们开始去拾柴火,大家看上去都很遵守规则,我们将背包放在原地并系上了鲜红的布带后开始出发去寻找柴火……

其实，只要走到山坡外的森林里就可以寻找到柴火了，况且，满地都是落下的枝干，我们只需要将那些枝干修理一番就可以抱回山坡上去了。而正当我们弯腰捡柴火时，我们听到了一阵阵的声音，这不是飞禽走兽们的声音，那么到底是什么样的声音。大家都说有点像半人半兽的声音，芳芳说村里人经常说野人山直到现在都还住着野人部落，他们在树上睡觉……久远的记忆突然从原始森林中重现而出，我和穿旗袍的女子曾闯入过野人的那个小小的部落……心，一颗心要有多坚韧才可能去到我前世曾经途经之地。芳芳说听声音应该就是传说中的野人部落了……在场的所有人都开始竖起耳朵来认真地倾听，在这刻倾听很重要，因为原始森林看似安静，如果细听却充斥着各种各样的声音……我们的大千世界，有众生的渊源和现在的时间轨迹，但我没有想到的是我侧耳倾听时，确实听到了一阵阵曾经倾听到过的声音，芳芳说听声音野人的部落离我们不远……大家说我们来野人山不容易，去看看吧，去探索一下这个远离现代生活的世界吧。芳芳和男朋友商议了一下，让我们还是回到原地，背上自己的背包再走，因为包里面有粮食水源等等。

这是对的，我们遵循这个建议重回到那片山坡，但我们背上包以后都情不自禁面向那片被野花覆盖的墓地，深深地垂下头，仿佛在告别……这时候，突然开始起风了……我抬起头来看看天空，云层在开始移动，天空中的云层是一个奇妙的宇宙世界。是的，这是一个我们无法理喻的云端之上的宇宙，在它舒展出的云团中变幻着人类无法想象的美和阴郁……

我们背上包开始了新的出发,风开始呼啸过来了,仅仅不到四十分钟时间,刚才的碧云蓝空倏然消失了,这就是野人山的魔法之力吗？人类的时间简史可以改变生命的历史,却无法改变自然界的原生魔力。我们九个人仿佛开始向着风中呼啸而去,生命充满好奇,尤其是当你亲临于野人山的原始森林中时,总是想去探索其中的每一个奥秒……从风向的呼啸中我们又听到了刚才的那种半人半兽的声音……顺从这声音的方向而去,芳芳不断地一边走一边系红布条……手机早就已经没有信号了,因此,系红布条很重要。

随同风的更猛烈的呼啸,天空已经开始变得越来越灰暗,大家都不再说话。芳芳说村里人说野人部落的人不会伤害人,如果你在野人山迷路了,他们还会为你指路……对于这点我深信不疑,因为我和穿旗袍的女子曾经在野人山部落栖居过一夜,后来,他们又把我们送到了一条路口,唯其如此,我们才有可能走出了野人山。在狂风中,我们突然看到了从树篱不远处透出的火光,芳芳兴奋地说村里的老人们说过,如果看到火光离野人部落就已经很近了。我感觉到了在场所有人的兴奋的焦点在风啸中开始上升,他们中没有人的声音是胆怯的,或许我们是九个人,九个人已经形成了一个集体,一个小世界。

不知不觉我们已经听到了猎狗的狂吠,我告诉大家别害怕,不远处就是野人部落了……朱文锦走到我身边来牵住了我的手说道：姐姐,无论你是在创作长篇小说,还是在前世和今世中穿越,我都深信,野人山就是一部书,一部神奇厚重的大书。我点点头,在昏暗的光泽中率先走到了大家的前面。在这一刻,我仿佛有足够多的力量将在场的每个人引向这个地球的另一种存在：来自野人山的野人部落，尽管这个世界已经在造机器人为人类服务，而且，各种各样的机器人已经逐步走进了现代家庭，取代繁重的个体家务劳动，而在这座原始森林中仍然生活着另一个我在前世途经栖身过的野人部落。

他们来了，他们中的人从树上的木房子中走了出来，有些人从树下搭起的石房木房中走了出来。之后，他们便好奇地走向我们，用手比画着开始说话，虽然我们都无法听清楚他们在说什么，却都知道他们是在问我们从哪里来的？将到哪里去？这个问题也许是众生的问题。无论你此刻生活在哪一个星球上，都在用自己生命的过程追寻着这个令我们身心迷惑不已的问题。

看得出来，我们的到来让他们显得很快乐，转眼间就有近三十个人站在了我们面前，他们对我们微笑着，我又看见了前世曾经在他们脸上看见过的微笑。只不过，在我前世与他们相遇中，他们是赤身裸体的，身体散发出青铜器般的色彩。而在今世，他们身披用植物编织的衣服，如果他们的着装形体进入城市，完全是震撼人心的一幕幕行为艺术展览。而在这里，他们的着装形体完全融入了自然，相对来说，就变得非常和谐自然。

天黑下来了，事实上还是下午四点钟左右，野人山的天气变幻使天空彻底变暗，我们面对的是一个真正远离工业文明和现代文明的世界。他们看上去很欢迎我们的到来，一个四十多岁的男人将我们引向一座石头房子，这座在我的前世是没有的，如果说有什么变化的话，那就是在他们所生活中的部落领地上又增加了这座石头房子而已。房子里有火塘，火种是不可以灭寂的,在里面,我看到了被火焰熏黑的墙壁,天顶上是木头,在上面还盖上了金黄色的野草。尽管远离尘嚣,他们却在这座房子里议事,吃饭取暖。屋子里有许多天然的木凳,所有一切都取自原始森林中的原物,包括木碗筷子都是他们自己创造的。天顶上用藤子悬挂着许多野猪肉,还有其他动物的熏肉,就在这时,收藏者和我几乎是在同一个时刻发现了奇迹:在火塘的支架上我们发现了铁铸的炉架,这是来自城市的炉架,在城市的烧烤房中随时都可以看见的铁铸炉架。芳芳的男朋友解释说近些年来进入野人山的探险者增多,这些炉架应该是他们带进来后没有带走的,还有盐罐、辣椒等。最让我们惊奇的不仅仅是这些,炉架上还出现了我熟悉的中国远征军的军绿色饭盒,总共有四五个饭盒。对此,收藏者的眼睛变亮了,当我告诉大家说这就是当年中国远征军们所使用的饭盒时,所有在场者的眼睛都变亮了……之后,我们还在墙壁上发现了悬挂在木桩上的几把枪支……还有头盔……皮带、衣服……毋庸置疑,我们在与这个世界的无意识之中的偶遇中又发现了另一个中国远征军的遗物陈列室。此刻,门外传来了脚步声,这脚步声中挟裹着拐杖落地的声音,所有人都没有说话,都将目光朝石屋外看去……

我们的世界每天以分分秒秒变幻着世界的真相,那些复述过去时间的叙事总需要回到魔杖之中,才可能寻访到已经被时间和世人忘却的历史。而此刻,我是最先发现这奇迹的,屏住呼吸可以不让我发出声音,因为,在此刻,任何多余的声音都会破坏从这寂寞空气中呈现而出的真相。他来了,他已经九十多岁了,他已经失去一条腿,一只手臂,然而,他身穿的还是当年中国远征军的衣服……他来到了我们中间,部落中的一个妇女将他扶到了一只略高的木凳子上坐下来,他用目光看着我们,我们似乎不敢与他的目光长久对视,但我们的目光游离几秒钟以后又会前去与他的目光相遇……在接下来的时间里,我们围坐在火塘边,火光使我们冰冷的膝头开始变得暖和。几名妇女将墙壁上风干的野猪肉取下来,并取来了刀。我看到了远征军所用的匕首,她们熟练地用刀将一大块野猪肉割成小块后放在炉架上烘烤,几十分钟后石房子里便弥漫着一种城市人很难嗅到的野味。这野味的香很是馋人,它诱发着人们对于另一种食物的渴望。不到半小时,所有的肉块都已经烤熟了,妇女们给每个人都分发了一块烤肉。我们突然想起了九个人背包里面的面包饮料,大家开始从各自的背包里取出了自己的食物饮料分给了部落里在场的每个人。

  部落里的每个人脸上都绽放着笑容,这种绽放犹如我们在那座山坡的墓地上所看到的各种形状色泽的野花,以它们的自由天性在天地之间悄然地绽放着。它们似乎不为任何人任何势力任何专用的道德名词,不为那些迂回百转的观念而活着,它们喜悦地生,在平静中死寂后又获得了再生。我已经在他们之中看不到前世中熟悉的脸,那个曾经将我们送到路口的妇女没有在他们之间。如果她还活着,也应该很年迈了,也许她已经去了另一个世界,也许她已经又有了轮回,来到了他们之间。几个孩子吃着面包,脸上看不到任何忧愁。他们说着话,这是他们自己在野人山的原始森林中所发明的语言,我们虽然无法听懂他们的声音,但从音律中能感受到他们是在说那些面包很甜很香,就像我们每天的某个时刻会倾听到的鸟语声,我们听不懂,但鸟语声就像舒畅悦耳的音乐使我们感受到了世界的美妙。

将手中的烤肉撕成细条再慢慢地咀嚼是一件让感官味蕾舒服的现实。此刻,一个部落里的青年男子在芳芳男友的帮助下已经拉开了可口可乐的瓶子,无数泡沫涌了出来,青年男子狂笑着,孩子们围在他中间……

待大家吃完了所有的东西后,我知道我们团队的每个人现在最需要等待的一件事就是倾听到来自另一个人的声音。我们似乎已经等待了很长时间,准确地说从他撑着拐杖进入石头房子的那一时刻就开始等待了。后来,我们开始与部落人一起分享食物,这个世界因生命而产生了饥饿,众生都有饥饿,植物昆虫野兽飞禽岩石都会产生饥饿,也会拥有属于它们自己的食物。待身体的饥饿解决以后,众生也会面对另一现场,即完成自己精神领域的上升或下降。

现在,随着炉架上树枝燃烧时的声音,我们喝到了从那一只只军用饭盒中烧制的开水,用木碗喝到的温水让我们身心温暖,期待感也在渐渐上升着。终于,我们倾听到了这个身穿中国远征军戎装的老人发出的断断续续的叙事声……细听他的声音来自中国北方,不过也同时混杂着一些听不清楚的土著语。可以想象他生活在这座小小的土著部落中,在如此漫长的时间流逝中也同时学会了他们的语言,他之前一直沉默,以一个九十多岁老人的形态坐在火塘边。后来听见了我们的声音,我一直坐在他身边,递给他面包,他将面包撕得很小放在嘴里,我能感受到他嘴里已经没有多少颗牙齿了。我试图跟他说话。我说,阿叔,你是什么时候来到他们中间的？他的听力很好，他明白了我的问话，伸出手摸摸脸，仿佛是在抚平他脸颊额眉周围的皱纹……一个经历了人生漫长苦役的老人，此刻，仍然是如此的平静，终于他开口了。

他说，他是中国远征军撤离野人山的一员，进入野人山时，他的一条腿已经受伤，但他坚持跟随部队往前撤离，起初很好，他撑着一根拐杖始终未掉队……但因为在往前行走中发生了许多变化，当一周的粮食用完之后还未能走出野人山时，他开始在一次大雾中迷路，同时无法再跟上前面的队友们，他独自一人在林子里行走吃野果度饥，喝泉水解渴，枕林木过夜。有一天夜里，一条蛇侵犯了他，咬伤了他的手臂，他昏过去了……待他醒来时，他睁开眼睛感觉到自己睡在了一棵树上的小木房子里……他的右手臂没有了……他下了树，一群赤裸着身体的土著围住了他，用各种手势比画着，他听不懂他们在说什么……但可以看见他们慈善的目光。他明白了，这群人或许就是野人，这是部队进入野人山之前，听到过的关于野人山的传说之一。他看着自己的手臂，一个土著男人将他的手臂，那只埋葬在树下的一只手臂重又从潮湿的泥土中抱了出来，并让他看见了被毒蛇咬过的伤口，他明白了，是这群人救了他，为了保住他的命，便割断了他的手臂……这是他经历了较长昏迷之后所面对的现实……就在他准备离开时，他发现他那只受伤的腿已经全部溃烂了……他开始发高烧，伤口痛得让他发疯。一个男人拿着刀来到了他睡的木房子里，对他用手比画着说了许多话，一个妇女端着一木碗汤药上来了，他顺从地喝下了那碗看上去飘忽着植物的汤药,他相信这群人是不会害他的,是为了救他的命才让他喝汤药,而且那碗汤药很甜。

他说,喝了汤药他就睡着了,这一睡就睡了很长的时间,一只鸟飞到了树上的小木屋中叫醒了他……他睁开了眼睛,那只小鸟竟然栖在了他屋子里的木架上,他仰头看着那只小鸟,似乎又获得了再生,与此同时,他发现身体上少了一条腿。他们上来了,将他搀扶到了楼下,一个成年男子为他做了根拐杖并将散发出檀香木味的拐杖递给了他……他明白了,是他们救了他,尽管他的腿已经没有了,但是他活下来了。他活下来了,以他自己独有的方式,更为重要的是他活下来以后,为什么没有去追赶自己的队友们,他为何不去寻找走出野人山的出口?

浓烈的烟雾熏着我的眼睛,我们每个人的眼睛都被烟熏着,也被这个来自中国远征军老兵的故事震惊着。因而,我们的眼眶有被浓烟所熏出的泪水,也有被老兵诉说的故事所沁出的泪水,两种泪水在交织着,就像森林中的两股泉水彼此交融在一起。老兵就坐在我旁边,在如此漫长的时间里他就生活在这座原始森林中,与这个被称之为野人的小小土著群体生活在一起。这一段令世人难以想象的生活,他的身体他的心跳他的呼吸乃至他的灵魂是怎样融入他们之中的?我的双眼被浓烈的烟雾所熏着,我不得不用袖角擦着泪水。我见过许多世界的海洋,因为我是一个写作者,也是一个旅行者,在之前我曾经去访问有海洋环绕的许多内陆。在我认为,一个写作者,只有沿着海洋远航过多次,才能知道波涛是什么。海洋之外的陆地又意味着什么。烟熏出了我的热泪,泪水也是海洋中的一部分,此时此刻,我就坐在这个九十多岁的老兵面前,我的膝头碰着了他的膝头和拐杖……

  我想用灵魂去拷问这个世界,也同时想拷问有机缘翻开这本书的读者们,请你们发挥各自的想象力,去想象这个老兵为何能在这座与现代文明体系完全隔离的原始森林中,生活了如此漫长的时光?他又为什么没有去寻找通往野人山的出口?这是一个问题,仿佛是从浓烈的烟熏过的已经漫过我面颊的泪水中,激荡而出的一个关于生命存在的问题。

第十一章　生活在野人山的老兵和
　　　　　他的葬礼

　　他活下来了,他们为他点燃了一堆篝火,一群赤身裸体的男人女人小孩们围着篝火跳舞,仿佛在为庆祝他所获得的再生。他活下来了,尽管如此他依然在择日想去追赶战友们。就在他撑着那根檀香木味的拐杖在附近林子里行走时,他和陪同他一块行走的那个中年男子发现了很多具中国远征军的遗体。他们通常是单个,或许是在走着走着就倒下了,就再没有醒来。在中年土著男人的召集下,所有人都来了,他们帮助他埋葬了一个又一个未能走出野人山的死者……之后,他再也没有择日走出野人山,当他埋葬了几十个不知道姓名的战友们的遗体时,一个执着的念头就这样突然上升了,他要留下来陪伴这些孤独的亡灵者们,他一定要留下来陪伴他们。就这样,他留在了这个属于野人山的小小部落,同这些赤身裸体的土著人生活在一起。慢慢地,他学会了他们的语言,并告诉他们采撷树上的叶枝可以编织衣服,当然除此外,他同时也讲述了记忆中的战争,以及遥远的北国故乡的小村庄……就这样,他夜里住在树上的房子里,白天就同他们去狩猎,采撷可食的野生植物,他习惯了他们的生活方式,也习惯了远离外面的世界。最让他安心的是他并不孤独,躺在野人山的无数战友的灵魂总是会跑到他身边,与他对话……而他也总是撑着拐杖走到树林中一座座坟墓前去问候那些虽然消失了踪影,灵魂仍然在原始森林中飘忽的亡灵者们……

他用了很长时间,使用北方语言和这个小小部落的土著语言,在断断续续中给我们讲完了他的故事。他看上去有些累了,他站起来,我发现了他手中的那根黑檀木的拐杖,并深信,这就是当年他醒来时,那个男子递给他的散发出香味的檀香木拐杖。在火光的辉映下,这根拐杖散发出无数斑驳的痕迹。可以想象在如此漫长的时间里,正是这根来自原始森林中的魔杖给予了他延续生命的权利,并让他将生命的年华留在了这个小小的部落,同时也让他陪伴着那一个个死去的战友的灵魂。

他活下来了,并撑着拐杖开始了另一种生活。此刻,他站了起来,他累了,他要回到树上的木房子里睡觉去了。我们所有人都站了起来,目送着他走出了石房子,再步向通往树上房屋的木台阶……之后,他走到了自己的房间里去……我们站在树下突然看见了树冠之上的满天星宿……

一个妇女现在开始安排我们的住所……虽然言语不通,但人性中的所有细节,乃至我们的大脑存在的意念都应该是相同的,她将我们引向了一间很大的树上木屋……木屋的门很低矮,我们要低头才能进去,但进入里面后,才发现木房子的天顶是很高的,较之我的前世,里面已经有床,用木头撑起的床上铺满了用各种柔软植物编织的床被。大家又开始喧嚷了,说这是天堂的房间,我们今晚应该就是居住在天堂级别的房间里了吧!也许是神的安排,刚好又有九张床,这些都是让大家兴奋的原因。时间其有趣啊,刚刚我们还坐在火塘边沉浸在那个老兵断断续续的叙事片段中,而此刻,我们又进入了另一现实,大家终于实现了在野人山栖居一夜的愿望。

没有任何灯火,但有手电筒,之前的准备是充足的,手电筒的配置很大,也远远不是过去时代家用的手电筒。随同这个世界旅游和探险者的增多,手电筒也有了各种形状电流的变换,就我们的手电筒而言就像九盏灯,如果将手电筒从手中射出去的话,可以扫射到五十米以外,它特别适宜在原始森林中使用。尽管如此,我们大家都在节省能源,只打开了一只手电筒照明,在就寝之前,大家又分别到了树下不远的林子里方便了一下,我们不敢走远,害怕惹来野兽。我和芳芳、花花还有朱文锦分别来到了林子里,我们带上了各自的手电筒。或许这是第一次使用这种长筒形的手电筒,大家都很好奇。手电筒是芳芳男朋友之前就从网上订购的,也是为前来野人山的各种探险者准备的。当我们将三只电筒同时射出去时,便听到了一种野兽的叫声,还听到了树林里有野兽们在奔跑的声音,这是一个令我们心跳的现场。我们都没有叫喊,因为我们身后就是这个已经筑居了漫长时间的小小部落,尽管他们人数不多,却已经在时间的筑居中建立好了自己的堡垒,它无形之间使人与兽保持了警戒线。

我们后退着,用手电筒扫射着周围的树林,我不敢回忆我的前世,而且哪怕在回首中有些东西也同样开始模糊,比如,我就根本记不住,在我的前世我们是如何在黑暗中战胜恐惧的,尤其是当你遇到野兽们的围攻时……前世和今世有着很长的分界线,我们在轮回中彼此所修炼的只是生命的远行。在手电筒的光束照耀下,原始森林的树上藤条、冠顶、巨大的树身都显得极为魔幻,这些只有在电影和想象中出场的场景,现在使我们充满了恐惧也同时充满了快感。

直到我们上了树上木屋才终于吁了口气,而此刻,我们可以安寝了,大家都回来了,我们灭了电光,和衣躺下。每个人都没有说话,或许每个人都想保持安静,在这奇异的树上木屋静心地感受到时间的存在。头枕在植物编织的枕头上便嗅到了一种香味,耳旁有树枝的声音,细听还有野兽们的叫声,它们或近或远——仿佛就在我们木房下面附近的树林中,野兽们也有在黑暗中栖居的时刻,这些与人类相同的共性,使黑暗中漫无边际的浮游着众生的梦境。大家都没有声音了,也许这座林子里具有一种安神的能量,也许大家的肢体语言已经疲惫了,这一时刻睡神便将我们带到了梦乡。我慢慢地合上了眼皮,待我又睁开眼睛时,天已经亮了,天确实已经亮了。

所有人都慢慢地相继睁开了眼睛,鸟语声开始在原始森林中演奏着黎明交响曲,大家屏住呼吸倾听着,后来又终于忍不住了,开始起床了。是的,我们开始起床了,这是一生中头一次在树上的屋子里睡觉,大家在恋恋不舍中起了床,是想到树下去迎接新一天的到来。这时候,我们站在树下,才发现那个撑着黑檀香木拐杖的老人早在我们之前就已经起床了,我们走上前问候着早安,老人慈善地点点头,目光中充满着神性。他说,每天早晨起床的第一件事他都要到附近的林子里走一走,去问候埋葬在树林中的亡灵者,但他说,许多人已经轮回了……

我对轮回这个话题很敏感,便走到老人身边,想打开这个话题问问他关于轮回的问题。他好像听明白了我的意思,一边朝前走,一边自语道:我每天都在这树林中行走,我每天都能看到奇异的事儿发生……他一边走一边自语:我说的话你们也许不会相信,但我亲眼看见一座坟墓上突然钻出了一只大鸟,这只绿色的大鸟从林子里拍击着翅膀飞走了,再也没有回来过……我还看见了一座坟墓前突然来了一个人,我站在远远的地方看着他,好像是幻影又好像是真实的……后来就没有看见了……我不知道你们是否相信,但我相信,每一座坟墓中死去的战友都已经有了轮回……那些身前想变成大鸟的人就长出了翅膀变成了大鸟,那些想重新变成人的人就变成了人……时间已经太长了,我想,野人山所有死去的兄弟们都已经有了轮回,我曾经很多次在树林中默默地目送着他们生命的再生……他们也许是一只鸟,一群鸟,一个人,一群人……总之,我看到了他们的前世也看到了他们的今世……我慢慢地感觉到他们都已经走了,留下来的……或许只是灵魂而已……

老人自语着:我或许也该走了,只是时间先后而已,到了我们这个年龄离另一个世界就已经很近了……

我们走在老人身边,听见了他手下的黑檀木拐杖发出微弱的声音,那扬起又落下的声音听上去较之前似乎越来越微弱……在这微弱中我们都感觉到了什么,麻醉师现在离老人很近,他伸出手去触摸到了老人的手上静脉,他没说什么,但我感觉到在麻醉师的沉默中有一种未说出的现实就要发生了。是的,老人的拐杖突然再没有从地上扬起来……麻醉师告诉大家说,他走了,他非常平静地离开了……

　　之后,几个男人将他背到了部落的木房子里躺下,大家都期待有奇迹发生,然而,很长时间过去了,他的脉跳再也没有回来。所有部落里的人都来了,男人女人小孩全都来了。由于野人山气温忽冷忽冷,按照部落的习俗,人一死,也就气息尽了就将落入尘埃。这些习俗我是从那个四十多岁的男人眼光里看到的。葬礼很快就要开始了,这个四十多岁的男人理应是这个部落的族长,也应该是祭司,他把老人抱下了楼绕着他们生活的区域走了三圈,嘴里在念叨着属于他们自己创造的咒语。之后,在咒语的牵引下他似乎已经寻找到了埋葬这个老人的地方。所有部落的人都跟在他身后,我们九个人跟在最后面,前面的男人一直往树林里走,直到走到了几座坟冢前,看上去这是一片新老交替的坟冢。我猜想这是他们部落的坟墓区域,老人因为在此生活了漫长的时间,理所当然应该埋葬在他们部落的墓地上。他们亲自用双手刨开了一片腐殖树下的泥土,先是我走上前参与了这项活动,后来,我们的人都来到了他们中间,我们在亲自为这个未能走出野人山,并与一座土著部落的人们生活了漫长时间的中国远征军战士用双手掘开泥土。四十多个人的双手汇聚在此,每个人都已经失语,只有一双双不同骨骼的手伸在泥土中来回深挖着一座土冢。泥土越来越潮湿,大约一个钟头以后,我们用双手已经掘开了一座长方形的土冢,也是让逝者安息之地。妇女们从松柏上折下了柔软的针叶铺在泥土之上,抱着老人的土著男人仿佛是在抱着他离世的父亲,又像是在怀抱与他生活了很长时间的一个亲人……他悲伤而又庄重地走到土冢前居屈膝着地，然后再将老人轻柔地放在了松针叶上。他站了起来，妇女们又将碧绿色的松针叶撒在了老人的身体之上。我看见了这个九十多岁的老人合上的眼睑以及安详的面容，空气中有松针叶的淡淡香味。那个四十多岁的男人身披一件用褐色植物叶编织的衣服站在坟冢前吟唱着咒语，在咒语声的伴奏下，大家开始蹲在坟冢前将泥土撒在了逝者的身上。我的手中泥土带着我难以诉说的情感正撒下去，我的情感中有巨大的悲伤，这个老兵不仅仅是我们此次旅途中的一个传说，他也是我的前世撤离野人山的一位战友。他走了，安静地离开了，去寻找他的战友们去了。

为逝者吟诵的咒语声就像是在唱歌，在野人山的原始森林中我倾听到了世界上最忧伤而古老的旋律，它仿佛是用野人山的树枝、泉水、鸟语和众多生灵者所演奏的，献给亡灵者的交响诗，我的泪水再也忍不住流向了面颊，再从面颊滚落在地上……他走了，四十多岁的男人边吟唱最后的咒语，边用手将那根伴随了老人漫长时光的黑檀木拐杖插在了他的坟冢一侧。我仿佛看见了老人又开始撑着他的拐杖，穿着他身上的那套破旧的中国远征军的戎装去寻找天堂中的战友们去了……

葬礼结束后，我们又原路返回了土著人的部落，在温暖的火塘边，他们为我们又烘烤了麂子肉，又用远征军的绿色饭盒煮沸了水……补充了食物之后，我们将面临着离开。在我们即将离开之前，我看见收藏者站在石墙壁前伸出手去轻抚着中国远征军的遗物，我走到他身边轻声问他是不是很想带走？出乎我意料的是他摇摇头说：不是所有战争遗物都可以轻易收藏的，在这座来自野人山的石头房子里,我感受到了另一种收藏……

他没有继续说下去……但我似乎理解了收藏者的意思:在这座来自野人山的石头房子里,我们是意外闯进来的,就像当年中国远征军的战争大撤离一样,几万远征军因撤离不得不闯入了野人山,之后将面临从野人山的大撤离,因为我们当时也是闯进来的。这意味着几万无法走出野人山的远征军将长眠于原始森林中。这位刚刚逝去的老人则留了下来并与这些土著人生活在一起,正是这些善良的土著收留了我们的一名远征军战士,正是他们见证了中国远征军在野人山的大撤离,所以,他们的石头房悬挂着的遗物中飘忽着中国远征军的灵魂……他们已经与这些周游不息的灵魂融为一体,任何人任何机构都没有权利带走这些墙壁上的遗物。

终于到了我们该离开的时候了,在告别的时刻我想拥抱他们所有的人。我首先拥抱了那个四十多岁的男人,感谢他在葬礼中为逝者吟诵的咒语,也感谢他们的每个人收留了我们的远征军战士并陪伴了他终身。之后,我拥抱着他们的妇女孩子男人和老人……告别是必须的,然而,在告别的时刻,我们中的一个人突然走到这些土著人中间去了,他说,他想在这里居住一段时间,自从来到这里以后,他觉得他的肺他的周身以及他的精神重又获得了再生……

我们另外八个人有些惊讶地看着他,你们都应该知道想留下来的这个人应该是谁,他就是九个人中已经被医学宣布患了肺癌的那个男人周韦。我们走到他身边,问他是否认真地选择过了?他平静地说从开始旅途时他就想寻找一个可以住下来的地方,他想离开城市一段时间,在一个陌生的地方生活,来到野人山以后,他就喜欢上了这些土著人,他想跟他们生活上一段时间……

芳芳的男友走到他身边鼓励他道:没事,既然选择了就留下来,就像我当初一样跟芳芳来到了她从小生活的村庄,突然就选择了留下。我已经铭记了进入野人山再进入土著区域的路,我会经常来看你的,如果你想出去,我来看你时也可以跟我回家……

因此,他留下来了,没有跟我们离开。其实我自己也同样想在这里生活一段日子,但那是将来的事情,就目前来说,我想走出野人山,因为我的前世曾被野人山所困,因此,我想走出去再走进来。作家是在语言中叙述故事的,我需要走出去再去见三个人,时间对另外三个人已经不多了,我想尽可能在他们活着时见到他们。除我之外,离开的另外几个人看上去也同样对土著人的居所依依不舍。他们将目光抬起来再一次地告别着树上的木房,房屋顶上突然来了那么多雀鸟,那些或红或蓝或白或紫或绿的鸟身分明是精灵们的再现。我深信无论多么忧郁的情绪,一旦遇上了这些群鸟都会从心灵深处升起一束束阳光。在我们依恋的目光之中还有每个人的现实世界,所以,我们不得不先暂时离开。他们将我们送了很远,在我们一致的要求下他们终于回去了。周韦站在他们之间,看得出来,所有的土著人对他的留下都很高兴,尤其是那些孩子们早已经牵着他的手。在离开之前,我们将随身携带的衣服手电筒都留给了他们。

离开的路并不是一条迷途,因为沿路的树枝上芳芳都已经系满了红布条——我们就这样重又回到了野人山的出口。外面是一座就像城市体育馆一样大的环形圆球,我们又见到了那群栖居在田野中的白鹭。下午四五点钟的太阳是如此的柔和啊,它照耀着每一个角落,使万物都能产生安详和喜悦。我们重又回到了芳芳家的天堂客栈,大家都想今夜仍在此客居,明天一早再离开。

趁着天色还早,我想去拜访的第一个人,就是芳芳的外婆。芳芳和男友刚进入客栈还没有歇一分钟就去为大家准备晚饭了。我独自一个人走出了天堂客栈,摄影师看见我出了门就挎着照相机追上了我,他说是不是还想到村子里去走一走?我点点头,他竟然默默无语地跟着我。我们都不再说话,因为村庄里实在太安静了。沿着那条土路我们很快又回到了老村庄,不知道为什么,尽管没有芳芳引路,我还是很熟悉地就寻找到了那座老宅。芳芳的外婆也就是当年的桂香,她此刻正坐在门口右边的石凳上晒太阳。无论是在城市还是乡村的老人都喜欢晒太阳,这是他们的共性。桂香看见了我们便站起来告诉我们说院子里有草墩,摄影师就到宅院里拎来了两只草墩,我们便坐在桂香的对面。我伸出手拉住了桂香的手,在前世,桂香是一个三十多岁的妇女,她比我大不了多少,而在此世,她已经九十多岁,我二十九岁——命运的周转不息,使桂香坚韧地从三十多岁活到了九十多岁,使我拥有了轮回,再一次回到了人间与她相遇。我拉着桂香的手,从手背上的肌理中我们就能感受到时间无所不在,它使桂香的手背上隆起了一条条青筋,仿佛即将衰竭的树上枯枝,而正是这双手曾经为我们端过一盆盆洗澡水……

观其手就能观其人生的变幻也能观其命运的故事。

语言在此刻也不再重要,只要我们能在此相遇,就能完成一桩心愿,我不再让眼眶中荡漾着泪水,因为我已感觉到了与桂香再度见面的欢喜。摄影师不断地在周围为我与桂香拍照,我的心里已经获得了某种满足和宽慰。时间不多了,花花和朱文锦已经来找我们了,说晚饭已经做好了。时间过得真快啊,转眼又到离开的时间了!这就是我们的人生,我伸出手轻轻拥抱了一下桂香,芳芳的母亲此刻已经从庄稼地里干活回来了,她肩上的竹篮中背着一只还带着泥巴的白萝卜,还有青菜,土豆……我们离开了,又从小路回到了天堂客栈。

大树下的圆桌上已经摆好了冒着热气的饭菜和碗筷,吃晚饭的时辰又将开始了。芳芳的男友又拎来了满满的一壶酒分别盛满了各自的酒杯。天开始暗下来了,大家纷纷举杯并喝了第一杯酒。就着美味的饭菜,大家喝了几杯酒以后,话题又不知不觉中回到了野人山。麻醉师说道,这次进入野人山对生死又有了进一步的认识,有那么多人没有能走出野人山……从麻醉师的角度他真的无法理喻,在没有麻醉药的条件下,当年的战士们是如何忍受住疼痛让自己失去了脚或手臂。二十一世纪有各种各样的疼痛,他在医院里感受得最多的是肉体的疼痛,如果他下次再进入野人山,他要给生活在野人山的土著人带一些药物……

麻醉师打开了另一个话题。朱文锦说,她要回去写一篇深度报道,记录我们进入野人山后最真实的一幕,讲述中国远征军的一名战士留下来与土著人生活了一生,并埋葬在山林中的现实。这是一个被历史最为忽略的现实,她希望这篇报道能让现代人重温那一段残酷的历史,更为重要的是希望那些仍然活在世界各地的老兵们会受到历史的瞩目和尊重……

花花与男朋友仍坐在一起,男朋友说道,此次进入野人山对他和花花的震撼很大。他们有一个最大的心愿就是在下一次进入野人山要组织一批马帮,给生活在野人山的土著人送些粮食、衣服和床被褥……

摄影师说,我们应该在这里预约下次进入野人山的时间……他说他很想完整地走一遍野人山……他想再深入具体地拍摄到中国远征军走过的路线,包括能拍摄到野人山的众兽的形象。他有一个非常强大的愿望,想在有一天,就野人山的中国远征军的大撤离的前世今生做一次巡回大展览……

收藏者说,太好了,他要参加这次再次进入野人山的活动,他的收藏也想有一天进入每一座大中小型城市,他要面对新人和世界讲述自己的父亲和自己的收藏故事……

我在此倾听到了大家的心声,这些话语和梦想是在别的任何地方无法听到的……芳芳和男友都很激动并宣称他们会前来组织好这次活动,具体时间会提前通知大家。之后,大家又都碰杯干了杯中酒。夜色中弥漫着淡淡的忧伤,因为在如此短暂的旅途,我们每个人都经历了那么多的事情。我们边喝酒,边抬头看着星空,星空之上是神秘的另一个宇宙,它们缥缈无际,远离人间,而在星空之下是我们的现实世界,今夜,我们感触颇多。灵魂中荡漾着除了自我,对我们身边的另一段已经被忽略和忘却的历史的挚爱,每个人都在思虑我们所经历的一切,并力图用自身的力量去完成某个心愿。

　　我凝望着星际,仿佛看见了生活在野人山的老兵,他用漫长的时光留下来陪伴着他死去的战友们……我想起了他手中撑着的那根檀香木拐杖,绵延而出的路径下的每一个黎明和落日下的时间之谜,它缔造出了一个人生命的开始和终曲。倘若我们这次没有进入野人山,没有与他们相遇,那么,这个老兵的故事就无法被时间所记录。

第十二章 最后的老兵和我们的愿望

　　车轮开始奔驰出野人山之外的这座村庄的头一夜,我开始重又去面对那本笔记本。大家都已经回房间了,我上了楼进了天堂客栈的陈列室,我没打开灯光,借助星空的照耀,我又一次地看见了那本笔记本,它静卧于书架中,仿佛在坚守着它的秘密。芳芳上了楼,她看见了我,或许她也在找我,她将灯光打开,伸手将笔记本取过来递给我说:带走它吧,在我内心深处认为你应该就是笔记本的女主人⋯⋯

　　我从芳芳手中接过笔记本,虔诚地将它拥在胸前。芳芳说得不错,我就是笔记本的主人,我就是当年中国远征军的那名战地记者。而芳芳又是谁,从开始进入这座村庄我就感觉到她很熟悉,似曾在哪里见过,多少年来我一直在寻找白梅、兰枝灵等战友们的消息,但均无线索可寻找,她们当年是否走出了野人山如今已成了一种难以追索的时光之谜⋯⋯我查询了很多资料均无她们的消息⋯⋯有些名字可以考证查询,而有些人竟然就从这个世界上消失了⋯⋯这些纠缠不清的问题只能去考证战争,然而,当战争一旦进入野人山的大撤离时,我们所面对的是一座原始森林,是辗转在原始森林之中的生死之谜,是四个多月的魔沼之途，是一个个生命的消失……芳芳也许就是轮回过来的她们之中的一员，这些生命的迹象都只有天地知晓。我将笔记本带走了，因为我相信，我就是笔记本的主人。

　　第二天一大早我们就出发了，我的车上依然有摄影师和收藏者，摄影师将搭乘我的车重回怒江边岸的小镇，收藏者也要搭乘我的车重回怒江边岸的小镇。车子沿着乡村小路即将出村庄时，芳芳和她的男朋友站在村口一直在目送着我们。我们所有人都坚信用不了太长的时间，我们这个团体又会汇集到野人山外的天堂客栈，重返野人山……因此，我们的这次告别是短暂的，也是充满期待的，因为我们还会再次重逢的。车子途经了那片野葵花树，金黄色的花冠在车顶上彼此摇曳，我们在默默之中告别着，因为我们都坚信自己还会再回来的。

　　下了山坡后我们直抵怒江岸边的小镇，这也是我们互致告别的时间。我们将车停在江岸，花花和她的男友将回洱海边的客栈，麻醉师、银行会计主管、报社记者朱文锦将乘同一辆车回省城昆明，摄影师将陪同我继续在怒江岸边的这座小镇驻足一两天时间……又一次告别使我们将坚信我们会再一次回到天堂客栈的，因而，充满期待中的告别会让眼眶变得更晶亮。我目送着他们的车远去……你们知道的，我之所以要留下来，还有两个生命中的人需要再次相见……摄影师从一开始就知道我的意图，所以，他事先就告诉我，可以留下来陪同我了结这次旅途中的全部愿望。

　　摄影师很温柔，坐在天堂客栈的树下喝酒时，他走到我身边，举起酒杯碰了碰我手中杯说道：明天我还是搭乘你的车吧，我可以做你的司机，你想到哪里，我们就去哪里！我接受了他，因为我知道，他正在不慌不忙地寻找他镜头下的世界，他有时间在大自然中行走。就像我一样，我有时间去寻找生命中的渊源。我们先住进了客栈，这个世界是有秩序的，既然留下来了，我们先得将行囊放进客栈。人世间的版图中有许许多多大大小小的旅馆客栈，它们称谓不同，其目的都是为旅途中的人们敞开的。之后，我们又休整了一夜，晚饭是在客栈外的小餐馆开始的，这时候已经是黄昏了，这样的时间不适宜去会见我生命中遇见的两个人，只适宜我们舒缓地坐在怒江岸边的小餐馆。收藏者之前已经回家去了，他说每次外出时最让他所牵挂的就是父亲，因为父亲已经九十多岁了。

只剩下我和摄影师彼此对视着，他一直在和我分享他镜头中的图片。二十一世纪也是一个图片化的世界，每个人的手机中都蕴存着几千张图片，但很多图片在不知不觉中又被删除，只保留了最精华的。而对于专业的摄影者来说，他们之所以能用肩头承载着那么沉重的摄影器械，是为了在镜头下收藏一个个真实的世界，一个没法删除的世界——与自身的灵魂融为一体的那个芸芸众生所置身的世界。我们沿途的自然风光和人的现实已出现在摄影师的镜头之下……我们分享着，重又回到了那一时刻，全世界所创造的所有器械消磨着我们生命的光阴。摄影师热爱他的摄影器械，此刻，他将镜头对准了小餐馆外在黄昏中行走在青石板上的人们，每一个行走者看上去都被一天中最后的余晖所笼罩……这就是真实，游走于世间的每一个魂灵，无论在哪一块版图上生活，都拥有他们所行走的方向……黄昏，是一天中最后的礼赞,因为落日已尽,黑暗将从巨大的帷幕中露面。我们坐在这世界的角隅,默默地分享着镜头中已被收藏的图片,同时也将目光融入这座古镇下来来往往的人群中,在黑暗的玄光下出现的每个人既是神灵也是俗世⋯⋯

  第二天遵循我的计划,摄影师陪同我前去访问第一个人。上午九点多钟的古镇已被太阳渐渐地浸透,啊,这是被睡梦所笼罩了一夜之后像花骨朵样重又绽放的世界。因为有了太阳,所有阴霾将退下,生命之所以迎着太阳而上,是因为神性在牵引着芸芸众生。我们又来到了小镇的旗袍店门口,店门刚刚打开,周梅洁的孙女看见我们后便笑眯眯地问候着我们,并解释说旗袍还需要一个多月才能做好,主要是绣花慢,外婆每天就坐在缅桂树下绣花,尽管已经八十多岁了,看上去她的眼睛比年轻人还好,现在年轻人的眼睛天天看手机,视力都普遍在下降⋯⋯我们都有同样的观点,认为手机害了很多人的眼睛,同时也让很多人渐渐丧失了阅读纸质书的能力。我提出了想见见她外婆的恳求,周梅洁的孙女很畅快地说,很多人来订制旗袍最喜欢坐在树下看外婆是怎样绣花的。其实,外婆是北方女子,她初来到这座小镇时根本就不会绣花。后来,外婆开起了旗袍店以后,发现这座古镇里的妇女都有一种手艺活,那就是在闲下来的时候坐在自家的庭院中绣花⋯⋯外婆开始了绣花,在外婆认为所谓绣花一定要让鸟雀能在绣花布上飞起来,能让花朵在绣布上绽放⋯⋯转眼间,外婆就能实现她的这个愿望了,她经常在我们看她绣花时问我们,有没有看见那一双鸟儿的翅膀?那双翅膀能飞多远?有没有看见那些花骨朵就要绽放了,这些花朵如果是绽放了又能开多长时间？这些问题外婆总是反复地问我们。就这样外婆绣花的手艺越来越高，只要太阳出来，外婆就很高兴，她喜欢明亮的光线，而且是喜欢坐在缅桂树下，嗅着院子里的草木花香绣花，每当天阴下雨的时候是外婆心情灰暗的日子，她总是在房子里看着天色变幻，只要天空晴朗，外婆就像过年一样快乐……

我没有想到周梅洁的孙女给我们讲了这么多的故事，这些细小的东西也就是周梅洁安居在这座古镇以后的日常生活。正是这些平凡的生活使这个肉体饱受巨创的女子，寻找到了安居于小镇的日常生活的意义。

亲爱的读者，你们是否发现，一个人的日常生活也就是日复一日所延续的时间。在这些日常生活面前，每个人都会寻找到自己的命定规则，反复地只做一件事，不厌其烦地只做一件事，意味着这件事就是你的灵魂之穴，是使你为此活下去的理由。周梅洁同我在野人山外的村庄告别以后，她一定是遇到了一个人，或者是天上的云朵载着疲惫惊恐的她来到了这座古镇……当我重又穿过裁缝店的后门来到庭院中时，陪伴周梅洁的这座不大不小的庭院中飘来的新鲜空气和花香，使我再一次的明白了，一个来自北方的女子，在终于逃离出野人山以后所寻找到的避难之所，在如此漫长的时间里，除了使她拥了安居之所，最重要的是让她遗忘了来自第二次世界大战的缅北，使她遭遇到的肉体蒙难史记。

我们又一次地来到了她身边，并坐在树下看她绣花，她抬起头来认出了我，点点头继续绣花。在一条鹅黄色的旗袍上此刻出现了一对云雀,她轻声问我们:你们看见这一对云雀栖身的树枝了吗?你们感觉到它们想结伴飞翔的愿望了吗?

面对这样一个老人,倾听着她的声音……我开始失语了,摄影师正将镜头对准老人和她膝头上的那件鹅黄色的旗袍,老人没有阻止他的镜头,只是轻声自语道:我已经老了,所有该过去的时间都已经过去了……

而当她抬起头来时突然又一次仔细地端详了我片刻说道:我们好像在哪里见过……哦,见过的人太多了,每天都有人来到院子里看我绣花……每天的每天我都坐在这里往旗袍上绣花……她一边自语着一边又开始绣花。时间让我们遗忘了原本清晰的往事,对于她来说,我的面孔只是她曾经记忆中的一个片段。在我和她之间,存在着看不见的轮回,简言之,自从我们站在野人山之外的那座村庄告别的时刻,她走出了村庄,等待她的是延续生命的时间,等待她的是怒江岸边的这座古镇的世俗生活。而反之,我却沿着村庄里面的林中小路再一次地进入了野人山,等待我的是一棵巨树下凝固的蜜液,等待我的是一群呼啸而来的野蜂,等待我的是死亡……当她在这座小镇继续着生命的时间时,而我也拥有了自己的再生……

我深信,在这个世界上除我之外,已不再有任何人知道她在战争中蒙受的肉体苦役,时间帮助她获得了生的勇气,这座古老仁慈的小镇在苍茫的天地间接纳了她,转眼间,近六十年的时光已逝,她的身体已经开始慢慢地缩小。当我们站起来离开时,我看见了她身穿紫红色的旗袍,而她已不再是在野人山的河流中洗澡后穿上旗袍的年轻女子。那时的她年轻的肉身中饱受了缅北战争中一个日军慰安妇的辛酸和耻辱。她想竭尽全力地撤离出野人山,撤离开那些战争中日军在缅北的营区……而现在的她,是如此的安详啊。在那件鹅黄色的旗袍上出现的那一对云雀正是她所心仪的意念,它们既可以舒心地栖居于葱绿的树枝,也可以拍翅飞翔,而那些花蕾则正在等待绽放……周梅洁,就这样忘却了战争,寻找到了对生命的热爱,多少年过去了,她平静地坐在这座庭院,终于摆脱了战争给她肉体带来的耻辱和创伤,除此之外,她的旗袍店还给这座小镇带来了美好的现实。

告别之时,她身穿旗袍的身体显得单薄瘦小,但我感受到了一个八十多岁妇女的现实生活洋溢着美意。她的身世只有我知道,我将永远为她收藏着那段耻辱的历史,永不再当着她的面和世人揭开已被她渐忘的历史。我拥抱了她,仿佛又回到了野人山的原始森林之中向往着生命的奇迹……

之后,我们将去访问在小镇生活的第二个人。

收藏者现在将我们带到了他父亲居住的庭院中,这是我头次来他父亲居住的旧式庭院。收藏者告诉我们,父亲正是在这里疗伤,成婚并慢慢地恢复了记忆。这座老宅已有些年代了,摄影师说应该有两三百年的历史了,他对于充满时间的世界非常有兴趣,他说在怒江岸边的旅游小镇中能见到这样的房屋很不容易。旅游者所抵达的地方,总是会缔造一片崭新的区域,包括这座小镇也是如此。在临街的那些店铺中总是夹杂着新的面貌,当地人以为新的东西,仿造的东西可以吸引旅游者,殊不知那些新的东西也正是从城市奔涌而来的旅游者们目光所逃避的。城市人从城市潜入高速公路再潜入通往小镇和乡村的路线,更多人是为了寻找与金属玻璃钢筋水泥有时间差异的世界。

　　面对这幢住宅,我看到了几百年的屋梁上的燕巢,摄影师也看到了,他将照相机举了起来——我们都同时看到了柔软的燕巢,那是一窝燕子亲自用嘴衔来的草叶,你很难想象它们要用翅膀飞越多长的距离,才可能用嘴衔来几百根草叶垒建自己休养生息的巢穴,你也很难想象它们在此繁衍了多少后代。收藏者告诉我们说这只燕巢自他出生以后就有了。是的,我们的生命所投生的这个世界尽管苍茫似海,但同样可以有一群燕巢安居之地,我看到了屋檐上累积的一层层白色的鸟粪,也同时看到了一只幼小的燕子从金黄色的巢穴中探出头来,仿佛在研究我们是从哪里来的。

　　摄影师的镜头一定能拍下这个屋檐下的燕巢,一定能拍下那只金黄色的燕窝,一定能拍下屋檐上层层叠叠的鸟粪。一位老人此刻从正堂屋中走了出来,他手里撑着一根木拐杖,他就是我前世在野人山认识的将军,他像神一样朝着我们走了出来。我看见将军的脚跨过了凸凹不平的门槛,他已经步下了石台阶。时光啊时光,我们当年的将军已在这座庭院中生活了近六十年的时光,有些个人历史的时光你是无法一一考证的,只有天与地的日光见证了每个人的因与果。将军来到了我们身边,我们坐在了一棵榕树下面,我不知道前来访问将军是为了什么?是为了启开他的记忆之窗吗?我又想起了将军身体中的另外十二颗子弹。然而,面对这个九十多岁的老人,我不想再跟他谈论那场战争给我们身体所留下的创伤,所有一切都过去了都成为了历史。我突然明白了,我不想面对将军再考证任何线索,我们此生再次重逢，只是因为我们拥有生命的体温，它使我们拥有了除了肉身的另一种灵魂。

　　摄影师一直用镜头拍着这座老宅的格子窗户、土坯屋的墙壁，同时也会将镜头对准我们。将军坐在竹椅上，他是那样安详，面容中看不出来任何情绪的起伏，当我们说话时他好像在聆听……收藏者告诉我，父亲今年以来视力和听力开始变差了，你跟他说话时，他好像听见了，事实上他并没有听见。或许是他已经不再需要听见人世间杂乱的声音了，因为近些年来父亲的生活很简单。温泉是他最愿意去的地方，只要有时间我们总会陪他去温泉，父亲的身体在温泉水池中浸泡时，他曾经给我们讲述过身体中的那十二颗子弹……我们曾经在池水中分别寻找过那十二颗子弹的位置，但很多子弹已经长进了肉里再不露痕迹，父亲之所以喜欢泡温泉，最重要的是在温泉水池中他失去的记忆重又回来了，他渐渐地寻找到了自己是从哪里来的，在进入古镇之前的一些历史痕迹……除此外，泡温泉的另一个益处就是让他的父亲的身体，减少了携带着十二颗子弹的疼痛。

　　疼痛，这个属于人类肉身的体验，每个肉身都携带着自己疼痛的记忆，无论你置身在什么样的时代，都将用我们柔软的肉身去经历每一个来自疼痛的现实和记忆。我们与这位九十多岁中国远征军老兵中间相隔着时间的距离，尽管如此，我们身体中都充斥着各种各样的疼痛，正是它使我们清醒，并在坚韧中去热爱生命。

　　又将告别了，转眼间我们竟然已经在庭院中坐了两个多小时的时间。在这两个小时中，我们的将军很少说话，或者说他的灵魂周转在这里也在别处。灵魂真是一个看不见道不清的载体，神赋予了我们肉身中的灵魂，更多是为了让没有长出翅膀的人类寻找到另一种超越尘埃的飞翔。我们面对面地坐着，或许也是为了相逢以后以时间的能量用自己的灵魂去飞翔。

告别近在眼前，我什么话都不想说，只想轻轻地前去拥抱我们的将军。对于他来说，我只不过是一个过客，或许他也会飘忽过久远中的一种记忆……但我只是轮回过来的我……伸出手臂终于又拥抱到了我们的将军，他仍然坚韧而平静地活在这个世界上。战争早就已经结束了，他的活着是如此的美好，尽管已年迈，他仍然固守着这座古镇上的老宅院，因为这宅院是他走出野人山之后寻找到的家园。

松开了拥抱的手臂，我的眼睛最后又与他的目光相遇了，他的目光竟然像初生婴儿那样安静……这就是我们的老兵在战争结束以后，熔炼出的灵魂之光泽。

离开了宅院同时也告别了收藏者，他的个人博物馆将在不久后开馆，他说届时要请九十多岁的父亲做馆长。这是一个来自怒江岸边古镇的故事，这是一代又一代人造梦的故事。我深信将有更多的旅游者来到古镇后去参观这家博物馆，而他们将会看到由一个中国远征军的老兵兼任馆长的博物馆内，那些来自战争的遗物……噢，遗物，令人遗憾的是将军身体中取出来的那颗子弹跟随我在野人山后就消失了，随同我的生命消失了，哪怕是我的再生已无法再与那颗子弹相遇。而此刻的将军，就像神一样伫立在这座古老的宅院中，正是在这里的天与地之间，我们的将军在离开了野人山以后，寻找到了他的最终归宿，也正是这片良善的小镇安抚了伤痕累累的将军之躯,使他在此生活了如此漫长的时间。

告别将军和收藏者以后,我们将沿着洱海边岸的那座村庄前行。摄影师开着车,我坐在他身边,一路上到处是来自滇西广袤而神秘的自然风光。当年的中国远征军正是从滇西进入了缅北,我们当时参加远征军时,全凭着救国的一腔热血……即使相隔前世和今世的时间距离,我仍然能感觉到身体中的那一腔热血在荡漾,隔着千山万水我甚至无法跟母亲联系。当时,母亲是我在世唯一的亲人。很快我们这些来自西南联大的学生就穿上了军装,开始了一个多月军事化的训练以后,就搭乘战车进入了滇缅公路,再进入热浪翻滚的缅北战场。战争于我们是当时的社会背景,那些被热血荡漾的年轻人都穿上了军装,在国家遭遇到侵略时,心怀一腔热血荡漾的年轻人理所当然听到了天地之神的召唤……

年仅十六岁的黑娃就是其中参战的年轻人,只因为中国远征军途经了自己家的村庄,当时坐在村庄外的牧羊人黑娃就这样听从了天地之神的召唤,参加了途经村庄的远征军队伍去到了缅北。黄昏之前可以赶到黑娃所居住的那座村庄吗?我喜欢黄昏之色,它是划分白昼与黑暗来临前夕的分水岭,更重要的是我期待着在黄昏之前的光线中与黑娃再次相遇。此次见面是我生命中的事件,是我生命获得轮回以后的因果之缘。摄影师似乎意识到了我无语中的愿望,当我的目光从车窗外看着太阳渐渐地西移时,他总是安慰我道,黄昏之前我们应该就能赶到那座村庄的。

黄昏之前的滇西，万象生晖，在远离了战乱的国度，万灵们都在以自己的生命方式飞翔于空中，或者在大地之上劳作修行着。在我轮回转世的这个世界里，尽管人类的进程开始了全球化的文明，然而，在每个生命的时间史上，仍然被自己的灵魂牵引着，我就是芸芸众生之一。此刻，我们的车已经离洱海很近，当车子盘旋于山冈上时，我们欣慰地从车窗中看见了洱海，像明镜般的洱海，使我们吁了一口气，这意味着我们很快就要到达黑娃的村庄了。

黄昏前夕的洱海边岸的一座山冈上跃出了黑娃的小村庄，它就像传说一样遥远，却又如此真实地在眼前出现。车子早就已经偏离了高速公路，沿着纯粹的乡村公路在奔驰，路两边是丘陵中的果木庄稼地，偶见农夫们在山地上干活，也会见收购家禽水果的拖拉机微型车停在路边。我们的车寻找到了通往黑娃所住村庄的更窄小的一条小路，之后，我看见太阳的熔金色将山冈上的那座村庄完全地笼罩其中，落日最后的色泽将悄然谢幕。我们将车直接开到了黑娃家的门口。

黑娃听见我们的声音后走了出来，当他认出了我们时，也正是他的孙男赶着群羊来到了家门口的时辰，那位十七岁的少年李福目光羞涩地欢迎着我们的再次到来。黑娃嘱咐孙男快去山地里摘些玉米豆角蔬菜回来，他便返回堂屋中的火塘边生起了柴火，年迈的黑娃仿佛重又回到了野人山，带领我们去摘可食的野菜并从林子里找到了野薯……他仍然是当年的黑娃，我们陪着这位战争老兵坐在火塘边，支立在炉架上的那只漆黑的铜壶很快就发出了水在沸腾的声响。听见这声音，是多么温暖啊，最重要的是我们介入了这位老兵的生活方式。当黑娃要站起来为我们沏茶时,我已主动站起来从炉架上提起了被柴火完全熏黑的铜壶,黑娃嘱咐我说旁边柜子上有茶叶杯子,我就找到了茶叶杯子……我仿佛重又回到了野人山,回到了那里的原始森林深处,回到了我们彼此依偎着度过的寒冷而惊恐的一个个长夜……

  少年李福很快就回来了,他从肩上放下的篮子里有玉米、土豆、瓜果等等,很快他就将土豆埋进了火塘,再将苞谷煮在了一只土锅里……我们的胃开始饥饿了,我们坐在火塘边等待着,同时也跟黑娃聊着天,他问我们是不是饿了?我们点点头,他说苞谷快要熟了,土豆也快要熟了……在黑娃的声音中我仿佛重又回到了野人山,回到了那种致命的饥饿中……突然,我看到了一只野兔从门外边跑了进来,跑到了黑娃的身边,黑娃将那只野兔抱到了怀中后告诉我们,这是我们那天离开以后,突然从山坡上跑出来的一只野兔。那天早晨,在晨光弥漫中黑娃正站在大榕树下念咒语,这只野兔就来到了他身边,并仰起头看着他……黑娃说在野人山时他曾经收留过一只野兔,那只野兔陪伴他走了很长时间,然而,在一次暴雨袭击的夜晚,那只野兔突然就消失了……黑娃说当他仔细端详这只野兔时,突然有一种感觉,那只野人山的野兔重又回到了他身边,于是,他就将这只野兔带回了家……

  黑娃平静地讲述着这个故事……我又看到了轮回,因此,我深信这就是当年在野人山陪伴黑娃的那只野兔……历经了漫长的时空以后,它重又寻找到了黑娃的踪迹……它回到了黑娃的身边,回到了黑娃生活的村庄。至于它是怎样在辽阔无涯的世界上寻找到黑娃的,这是一个玄幻无穷的谜底,我们可以发挥无穷的想象力去穿梭无数种因果循环的可能。亲爱的读者,想象力是这个地球上人与神共同厮守的魔法,一旦你培植了属于自己的想象力,它无疑会让你在无数个暗淡而焦虑的白昼与黑暗之间,寻找到魔杖之光亮,去抵达世界上那些无穷无尽迷途之外的彼岸。

终曲　野人山的无穷无尽之渊薮

黑娃站在村庄外的山坡上,在他头顶之上是一棵巨大的银杏树。我在黎明醒来后就出了门,昨晚我们就住在黑娃家的楼上,夜晚出奇的静,从木格窗外荡来了尘土和牛羊粪的味道,有人说过,只有嗅到牛羊粪的味道,才真正地证明你已经到达了名副其实的村庄。我在这味道中竟然一觉睡到了公鸡发出悦耳的叫声时,睁开眼睛,有一种从未有过的踏实安静,或许是我又重新寻找到了前世的黑娃。这个世界中浮荡着黑娃的味道,在我的某些意念深处,黑娃从未老去。他仍然是行走在野人山中的那个年仅十六岁的少年,他仍然是那个从树躯体中寻找神秘细小的白虫给大家治病的少年,他仍是那个走在我们中间,脸上总是闪烁着质朴刚毅而又充满神性的少年。

循着这村庄中黑娃的味道,我出了门,我相信黎明是黑娃祈祷的时间,在野人山中黑娃已经学会了诵念咒语,那是他从村庄的一位祭司老人的嘴里学会的咒语,大凡咒语都是对天地神灵的诵颂,也是对生命因果循环不已的祈祷。我循着村庄的小路出了门,我循着一条黑娃每天来回行走的道路,前去寻找黑娃所置身的那座山坡,那应该是一座充满神性的村庄人所敬仰和祭祀的山坡，也应该是黑娃十六岁所描述的那个祭司爷爷每天吟诵咒语的地方，而在此世，黑娃成了村里的吟诵者，理所当然也应该是这座村庄的长老和新的祭司。

　　远远地，我就看见了黑娃的影子，他身着当地纯土布的黑衣黑裤黑鞋，正站在那棵伸展着无数茂密枝叶的银杏树下，远远看去就像一个来自大地之上的神。是的，伟大的神就在尘埃之上，那些充满神性的人就是我们的灵魂所感受到的神。我慢慢地来到了那棵大银杏树下面，无数盘桓不已的树藤架起了空中的枝条，仿佛在这里筑建了一座殿堂。黑娃就站在之间吟诵着，我听不清楚语音的内容，但我能听见在黑娃吟诵出的咒语之中有一种无法忽视的音律，那就是对于生命和古老大地的吟诵和缅怀……

　　银杏树的绿色枝叶在微风中轻柔地摇曳着，四野从黑暗中又迎来了初生的太阳。对于天地间的生命来说，每一天都应该是新生的日子，所以，我相信，黑娃所歌吟的也是对于时间和生命的礼赞。摄影师来了，他正在四周用镜头记录着这个村落，这个在世界版图上看似微不足道的一个村落，却呈现出了令时间震撼不已的日常生命的足迹。空气中弥漫着黑娃吟诵咒语时的音律，我的身心已经全部被来自一个人的音律深深笼罩，因而，我的内心也开始向着天与地之间的这座村落虔诚地致意，同时也向着站在银杏树下的这位已经八十多岁的中国远征军的老兵致意。

　　在黑娃吟诵咒语之后，他看见了我们，太阳将光辉洒在这位已经八十多岁的老兵躯体之上，他的目光仍像从前一样质朴，只不过增加了更多的神性和深邃的光泽。我们将在此告别黑娃，这是我旅途中访问并告别的最后一个人，我就像之前一样伸出手臂前去拥抱了黑娃，在前世作为十六岁的少年黑娃与今日八十多岁的黑娃之间相隔着多少时光和彼岸？

眼眶中又开始禁不住荡漾着晶亮而滚烫的热泪……

我与这个世界之间的联系离不开野人山的原始森林。

越野车启动时，我从车窗口看着黑娃，李福正赶着一群羊出村，他告诉我们说还有三天时间就要到镇里上学去了，我问他上学后这群山羊又由谁来放牧呢？李福看了黑娃一眼说，爷爷会将它们赶到村后的山坡上放牧。爷爷还能去放牧群羊吗？这对于眼下的我来说无疑是另一个惊叹号。李福点点头说，从他记事以后，看见爷爷每天早晨都会在这棵大树下祈祷，之后就会带上干粮赶着羊群去山冈上放牧。爷爷说，他这一生最快乐的事情就是站在山冈上看着人间的山水，牧放着羊群……

李福赶着羊群上山了，摄影师又下了车将镜头对准正在出村的这群黑乎乎的山羊。我也下了车，李福刚才告诉我的现实，使我再一次走向了黑娃。这么说，自从走出野人山以后，黑娃回到村庄又开始继续着他牧羊人的职业了，这是一个令今天的世人向往或费解的现实……我想象着黑娃身着中国远征军战服回到村庄里的那一幕，他是在怎样的时段回到村庄的？如果是在白昼，来自洱海岸边的太阳是炽热的，那是一种从碧空万里之下巡游到村庄上空的太阳，从山那边的弯曲小路上走来了一个衣衫褴褛的年轻军人，阳光照着他黝黑的脸庞，较之在野人山行走的黑娃，他的脸上添加了一个少年的忧伤和沉重，微笑从他脸上消失了,阳光照着他脸上的伤痕和衣装上的污渍破军鞋上的泥垢。他走出了山丘便看到了自己的小村庄,在那一刻,他突然流出了泪水。他为那些未能走出野人山的战士们而流下了泪水。他的手伸向了阳光,这双少年的手曾经在野人山挖过野菜,用石头擦出火苗,在树躯体中寻找过奇异的寄生小白虫为战友治病,这双手也曾经无数次地伸出去刨开了层层腐殖叶下的沉土后,埋葬了离世的战友,再用野人山的沉土垒起了土冢……他突然加快了脚步,因为他听到了厩栏中的羊群在呼唤着他。他跑了起来,年仅十六岁的少年从缅北战争中跑了出来,从无际无涯的野人山的天堂和地域中跑了出来……他跑到了通往村庄的那条小路上,在寂静无人的小路上他跑了起来,他终于跑到了土坯屋外筑起的厩栏中,他打开了栅栏门,一群黑乎乎的群羊奔向了他,他屈膝在地伸出手——拥抱着羊们,之后,他便赶着羊群出了栅栏门。简言之,十六岁的少年黑娃还没来得及回家喝口水换下衣服,就又呼唤着羊群到山坡上牧放去了,他从回到家的第一天就又成为了牧羊人……当然,还有另外一种可能,他是在一个月黑风高的夜晚抵达村庄的,整座村庄都进入了梦乡,他没有听见羊群的鸣叫。在那一时刻,疲惫万分的他只想推开家门,找到离家参战之前的小小房间,找到自己的小木床,他就这样悄然中推开了家门,然后悄然地上了楼,再进了自己的房间。他又在黑暗中嗅到了火塘边烟熏肉的味道,他的饥饿,那种已经因麻木而疼痛过去了的令人悲伤不已的饥饿,仿佛重又开始来寻找他的胃,他赤着脚下了楼,来到了火塘边,他用火钳揭开了灶灰,他知道,灶灰中总会有土豆、红薯的……是的,这个属于村里人的习惯,是为了让第二天黎明去干活的农人和放牧人在夜里的灶灰中烤熟食物,他从灶灰刨出了三个土豆,两个大红薯,他坐在火塘边,开始大口大口地吞咽着那些香喷喷的食物……

这是两个令我游动不已的场景……自此以后,黑娃就真正地回到了村庄,开始了牧羊人的生活。

离开的时辰又到了,我们重又上车,我将目光久久地告别着黑娃,如果他知道我就是从前世轮回而来的,曾经同他在野人山走了很长时间的那位同伴,他会相信吗?我从车窗外久久地告别着黑娃,尽管我相信,用不了多长时间,我还会回来的,而且再次回来的时候,我一定会在太阳落山之前抵达,然后去山坡上寻找八十多岁的牧羊人黑娃……这是另一个生命中跃起的幻境或现实,每个人都会拥有寄生在命运中的期待,我将会尽早践行我的梦想。

车子已经偏离乡村小路,黑娃的背影已经被重重山冈所挡住,当眼眶中的泪水重又回到源头以后,车子已经进入了二十一世纪的高速公路。当我们沉默了很长时间以后,摄影师突然问我道:你真的相信你前世是中国远征军的一名战地记者吗?如果是这样,那么我们这一路上所见到的几名老兵都应该是你前世的战友……我沉默着,语言的诠释力在此刻已失去功效,我不知道应该怎样在时间中寻找答案。摄影师又一次打破了车厢中的沉默,他说道:如果所有的这一切都是作为小说家的你所虚构出来的一部长篇小说的故事,那同样是一部非常摄人心魂的故事。他很希望我的这部关于野人山的长篇小说能尽早问世,他很愿意做我的第一个读者。

越野车又再次进入城市时已经是下午五点多钟了,这正是一座城市疯狂堵车的时间。我们的车一进入城市的主道以后就意味着进入了堵车的队伍中,我敞开车窗,可以看见拖着蔬菜的小商贩,还有肩背蜂蜜的小商贩们……在街头巷尾,犹如传说中的地下工作者们在秘密活动,商贩们在街头巷尾活动,是为了窥探四周是否有城管,一旦他们看不见城管的车辆和影子就会找一块广告牌做护栏,就地设下临时的商贩点叫卖他们的蔬菜和野蜂蜜……在堵车的空隙间,我竟然看见了那个肩背蜜蜂的妇女,几只蜜蜂正在她肩后面的篮子上空飞翔,我仿佛又嗅到了野蜜蜂的甜蜜之味,它来自野人山,在我再次进入野人山之后的遭遇中有成群的野蜜蜂。现在想来,我并不仇恨那群野蜂,而且在我意识中我从来都没有仇恨过那群从野人山的原始森林中,突然扑向我的那一群褐黄色的野蜂……

也可以有另一种诗意的诠释法。当我的舌头伸向树躯上野蜜的液汁时,我尝到了世间的甜蜜,同时也被那几百只甚至上千只的野蜜发现了,它们嗅到了我身上的味道。因为走出野人山以后我们曾经在桂香家的木缸中用本地的皂角和香草沐过身体,很有可能野蜜蜂们就是迎着我的体香过来的,它们有可能把我当作了可采蜜的花朵……

任何事件都可以诠释出让我们的生命为之雀跃和幻想的境遇,正是这一切使我们的生获得了千万种答案。仅有一种答案的人生是迷途中的迷途,也是我们的内心之神并不期待的,就像一个人的成长过程,你可以在幻想和现实中去寻找多种飞翔的可能性。

城市之所以堵车，是因为街道已容不下如此众多的车流量。也可以这样说，面对如此疯狂的堵车，不知道有多少人已经丧失了走路的快感。也不知道有多少人在堵车中滋生出了多少烦躁的心绪，并在这种疲惫而忧烦的心绪中死于心碎。

我和摄影师都在这同一时刻，情不自禁地想起了已经留在野人山的周韦。他能勇敢地留在野人山，并与野人山现世的土著部落们生活，每天睡在大树上的木房子里，喝野人山的水，食野人的野菜烤肉，并融入那群身穿植物编织的衣装的土著生活中去，对于他来说，肯定是已经倾听到了神的建议。我们每个人内心世界都居住着一个神，如果我们每天都有一个安静的时刻，能够与我们的内心之神来交流世间的生活故事，甚至能虔诚地诉说自己的苦恼烦忧，那么你就会倾听到神的声音。神会告诉你，启示你去选择你的生活，同时也会默默地护佑你，并给予你力量和勇气，去走完生命中的魔路，进入光芒四射的天道。

终于越过了堵车道，天色已近黄昏了，摄影师说他想请我去一家咖啡馆品面包咖啡……我同意了，他将车开进了城中央的一家地下停车场，之后带我来到了一条老街，他说这可能是最后的一条老街了……是的，这可能是最后一条老街了，但愿它能避开拆迁的图纸，同时也避开挖掘机所带来的劫运。我们来到了老街中央的一家咖啡屋，这是一座二层楼的房屋，我们上了二楼并在靠窗前默默坐下来。

不多会儿，侍者已经上了咖啡，面点……

我用勺子轻轻地搅动着咖啡……

在不长的旅途中我们经历了那么多的事情，而此刻，我们重又回到生活的城市,尽管如此,我们的内心仍在旅途中的自然和人与人的相遇中徘徊着……我们在沉默中仍然在一路上的时间分秒地交替变幻中彷徨不息……摄影师又取出了他包里的照相机,对于他来说,镜头中所保留的那些图片就是他的记录,他开始边喝咖啡边看着镜头中的那些图像……在这一时刻,摄影师似乎已经忘记了我的存在,其实,这是他巧妙地将时间留给我的方式,他想让我有单独安静的时间回到自我的世界中去……我的手在无形之间已经触摸到了包里的那本隔世的笔记本,我从包里取出了它,但我并没有翻开,只是将它放在了铺有亚麻布的咖啡桌上……我想默默地面对它,但翻开它需要另一种时间……

他放下了照相机,看见了那本笔记本,他用手搅着咖啡杯里的小勺子,低声说道:你还是将它带回来了,我相信,它是属于你的另一个世界,总有一天,你会翻开它的。他的声音总是很低沉,在很多时候,又总是充满了暗示和鼓励,或许这也是我乐于跟他待在一起的原因之一。

我们又开始了语言的交流,他说回到这座城市以后,他会花时间整理一下几千张图片,然后做些准备,期待着下一次与我同行再次进入野人山的时间。我说,很快我们就会再次进入野人山的,在等待的这段时间里,我们也可以回到现实中做一些我们应该做的事情。

转眼间,夜幕徐徐上升,我们望着老街外不远处的一幢幢高楼大厦。手机响了,是芳芳来的电话,她问我们是否已平安抵家?并告诉我,自我们走后,天堂客栈里又来了七八个人,说是要去走野人山……芳芳说,她和男友在这段日子会为我们这群人拟定一份再次走野人山的线路或计划,在我们休整生活了一段时间以后,尽快实现这个梦想。

又到告别的时候了,我们离开了咖啡馆,这一次是我驱车将摄影师送到了他所住的小区,他指着高楼告诉我说,他就住在上面的第二十三层……他说,他会给我电话的……

我驱车离开了,我手握方向盘,时间已不再停留于黑娃的村庄,我已看不见黑娃家里的火塘,灶灰中烤熟的土豆玉米,已无法看见黑娃站在大榕树下吟诵咒语的身影,更无法看见八十多岁的黑娃牧放羊群的山冈;时间已不再驻留于怒江岸边的古镇,我已无法看见九十多岁的将军生活的老宅中飘忽的缅桂花香,已无法看见老兵将军在温泉泡澡时那十二颗子弹长到肉里去的痕迹;时间已不再萦绕于古镇中的旗袍店,已不再让我在往里走的院落中看见当年的慰安妇女子,已看不到她在漫长时空中忘却的耻辱之苦役后的新生之路;时间已不再徘徊于野人山之外的那座中国村庄,已不再让我徘徊于桂香家的那座土坯宅院,已不再让我们在芳芳家的天堂客栈追溯我们的前世和轮回之谜;时间已不再让我们一行人行走于进入了野人山的探索之路,已不再让我们拜谒着无数中国远征军的亡灵者的一座座土冢,已不再让我们进入了土著人的石头房和在树上的房中过夜,已不再让我坐在那位生活在土著人中间的老兵,倾听他的故事后再将他安葬于野人山的泥土下的悲伤……

尽管如此,对于我来说,时间仍在停留并穿越于野人山的原始森林中,我又回到了撤离于野人山的那一悲壮的时刻。无论是我的前世和现在的轮回,都只是为了更清晰地呈现那些从时光流逝中变得暗淡的记忆,并寻找到轮回中那些与我再次相遇中的生命的足迹。因此,我是辗转于野人山的另一个精灵,是见证野人山历史的一个叙述者,也是芸芸众生中饱经生与死所磨砺的一个渺茫的生命。基于此,我深信,每个人内心深处所居住的那个神,会聆听到我们的声音,会安排并引领我们生命的迷途,以此在伟大时间的巨雾中抵达世界上那个最后明亮的地域。

我上了小区的住宅楼,随电梯而上,身体仿佛仍在穿越着,电梯门闪开,我用钥匙打开门,将灯光打开。第一件事就是洗澡,无论是前世还是此世,我都是那个喜欢洗澡的女子。就洗澡的前世而言,我们曾在缅北战后的暴雨中仰起脖颈将全身淋透,这样的洗澡能听见暴雨从空中下来打在你头顶身上的响声,穿着军装的身体很快就会被暴雨所浇透,然而,太阳出来了,穿在身上的衣服很快又干了。如果营地靠近一条河流,那洗澡就方便得多了,我们在河流上游的弯道洗澡,男兵则在下游洗澡,河岸的苇草是我们的天然屏障……在野人山的山涧边洗澡时我由此遇到了那个身穿旗袍的女子……之后,就来到了野人山之外的乡村,我们遇到了桂香,她亲自为我们烧水,由此,我们又在桂香家的木缸中泡澡……而此际,我正在城市高空的建筑屋中,站在金属的水龙头下洗澡……四周的墙壁中有钢筋水泥,屋内有所有现代人享受的生活用具……噢,从水龙头里哗哗流出来的水已不再是前世缅北、野人山和那座村庄的水……我洗完了澡,穿上柔软的玫红色睡衣,站在宽大晶亮的落地玻璃前。城市永远是一座不夜城,我合上了双层窗帘,重回到现实,重又回到了我的书房,我把最大的一间房子用以建构我的书房,同时也是写作室……足以说明我对书籍和灵魂生活的热爱。现在,书房花瓶中的红玫瑰已经彻底凋谢了,我用手拾起一朵萎顿在书桌上的玫瑰,但仍有暗香浮起……

是时候了,我捧着那本来自前世的纯牛皮封壳的笔记本,里面将出现我的笔迹,将出现来自第二次世界大战中的缅北主战场的炮火硝烟,生存与死亡者的场景……当然,也会出现来自野人山的原始森林,我记得我曾一次次歇脚和在森林中过夜时,从背包里掏出了这本笔记本,甚至在我第一次亲手刨开泥土埋葬完那个耳朵被蛇咬伤而致命的战士以后,我仍坐在一座孤零零的土坟前记录下来了他的死亡。那时候我连他的名字都不知道,当时我的指甲缝里还塞满了泥巴,身上也沾满了泥巴,我欲哭无泪,悲伤就像暴风骤雨席卷之后的宁静……而此刻,我将打开笔记本……

笔记本显得很旧,与屋子的水晶吊灯等生活物件形成了明显的差异。我们就是在差异中前进的,唯有微妙而又神秘的差异让我们抵达昨天的时间,仿佛抵达那些被电流触伤后战栗的身体。因为有强烈的差异,我们才会破壁而出,去寻访灵魂渐强渐弱的气息……野人山对于我们的探索行走才是刚刚揭开帷幕的一座舞台,用不了多长时间我们将重返野人山。当然,我们的下一次旅途首先将抵达黑娃所生活的那座村庄。我一定会在一个阳光灿烂的午后,寻找到八十多岁的老兵黑娃放牧羊群的那座山冈,并陪同他坐在隆起的山冈上,我要在一束束阳光的照耀下认真地端详黑娃那张黝黑的面孔,并在十六岁与八十多岁的时间中穿梭……以此时间之脉迹弥漫中我们会再次将车开往怒江岸边的那座古老的小镇,我要去问候收藏者的博物馆,我相信当年的将军一定是今天的博物馆馆长,他将坐在院子里,用他九十多岁的年轮诉说第二次世界大战缅北战场的生死之谜……我还会去看望穿旗袍的女子,到时候,我订制的旗袍上将出现这个历尽沧桑的女子绣出的飞鸟……我们将再次抵达野人山外的那座小村庄,并客居天堂客栈,之后,我会去看望八十多岁的桂香……再之后,我们将从村庄外山坡上的那片树林,再次进入野人山……我们会带着各自的礼物奔往那座土著部落,周韦会从土著部落的人群中走出来迎接着我们……

当我们第二次开始出发去探索野人山的原始森林时,我们会在一路上与来自战争的遗物和老兵再次相逢。正是他们的故事,使我们深信,这个世界上无论有多少次战役给人的生命和躯体带来了多少杀戮和摧残,生命所折射而出的坚韧之力,足以战胜那些生命中的浩劫和磨难。人的信念使无数的妖邪和阴霾终将退下,只要有一口气,人的信念将使生命穿过层层雾化的世界,最终抵达的将是我们在苦役中所幻想并期待的那个世界。

当我们第二次进入野人山时,我们将寻访并拜谒那些终未能走出野人山的几万人的魂灵……这是我置身于这座城市坐在书屋中时所产生的最大愿望。同时,我也相信,无论现世的科学技术文明以怎样迅疾的速度在改变这个世界的面貌,我相信世界将同样是一个水乳交融的大地,我们的生命从古老时间历史中滋养出来的道德禀性,将继续在永恒的时间变幻中熔炼我们的灵魂。简言之,人的生命将遵循自己的灵魂牵引抵达世界上那些黑暗的长夜,而最终将抵达被众灵所礼赞向往的那个明亮而美好的国度。

嘘,而此刻,我正打开台灯,垂下眼帘,我祈祷着,漫长的时间之神请给予我勇气和魔法,翻开这册来自我前世的战地笔记本……我深信,人世间的所有惊奇,都来自漫漫长夜,来自你坚韧中穿越时空的爱和仁慈。

2017年5月—2018年1月于昆明